THE WALKING DEAD

La Route de Woodbury

Paru dans Le Livre de Poche :

L'Ascension du Gouverneur

ROBERT KIRKMAN et JAY BONANSINGA

THE WALKING DEAD

La Route de Woodbury

TRADUIT DE L'ANGLAIS (ÉTATS-UNIS) PAR PASCAL LOUBET

LE LIVRE DE POCHE

Titre original :

THE WALKING DEAD – THE ROAD TO WOODBURY
Publié par Thomas Dunne Books, an imprint of St. Martin's Press, 2012.

À Jilly (L'amore della mia vita)

Jay Bonansinga.

REMERCIEMENTS

Je remercie tout particulièrement Robert Kirkman, David Alpert, Brendan Deneen, Nicole Sohl, le Circle of Confusion, Andy Cohen, Kemper Donovan et Tom Leavens.

Jay.

PREMIÈRE PARTIE

Aube rouge

La vie est bien plus douloureuse que la mort.

Jim Morrison.

1

Dans la clairière, personne n'entend les Bouffeurs s'approcher entre les grands arbres.

Le crissement métallique des piquets de tente qui s'enfoncent dans l'argile froide et obstinée de Géorgie couvre les bruits de pas éloignés. Les intrus ont encore cinq cents bons mètres à parcourir sous le couvert des sapins. Personne n'entend les brindilles qui craquent sous le vent du nord ni les gémissements gargouillants caractéristiques, lointains comme des cris de huarts derrière la cime des arbres. Personne ne décèle le vague relent de viande décomposée et d'excréments. Dans la brise de l'après-midi, l'odeur âcre du feu de camp et des fruits pourris masque celle des morts-vivants.

En réalité, pendant un bon moment, pas un seul des membres du campement ne remarque le moindre danger. La plupart des rescapés sont en train de hisser des poutres taillées dans ce qu'ils ont pu trouver – poteaux téléphoniques, traverses de voie ferrée, fers à béton rouillés.

— Quelle misère… regarde-moi ça, se lamente la jeune femme à queue-de-cheval en s'accroupissant comme elle peut près d'un bout de toile de tente taché de peinture plié par terre dans un coin du camp.

Elle frissonne dans son jean déchiré et son sweat-shirt trop grand de Georgia Tech avec ses bijoux anciens. Le visage rouge, parsemé de taches de son, avec de longs cheveux bruns aux mèches décorées de délicates petites plumes, Lilly Caul est un sac de nerfs agité de tics, entre les cheveux rebelles qu'elle replace derrière l'oreille et les ongles qu'elle ne cesse de ronger. Elle serre le marteau dans sa main menue et frappe inlassablement le piquet métallique qu'elle manque régulièrement, comme s'il était couvert de graisse.

— C'est bon, Lilly, détends-toi, dit un grand type derrière elle.

— C'est à la portée d'un gosse de deux ans.

— Arrête de culpabiliser.

— C'est surtout sur cette saleté de piquet que j'ai envie de taper, répond-elle en assenant vainement les coups à deux mains.

— Tu le tiens pas, tu l'étrangles, ton marteau.

— Quoi ?

— Place ta main plus bas sur le manche, laisse l'outil faire le boulot.

Elle s'y remet de plus belle. Le piquet rebondit brusquement et s'envole trois mètres plus loin.

— Bon Dieu de bon Dieu ! peste Lilly en donnant un grand coup de marteau sur le sol et en laissant échapper un long soupir.

— Tu te débrouilles bien, ma petite. Attends, je vais te montrer.

Le grand bonhomme vient s'agenouiller auprès d'elle et tente de lui prendre gentiment le marteau. Lilly refuse de céder et recule.

— Donne-moi une seconde, OK ? Je peux y arriver toute seule, je le sais, soutient-elle en haussant ses maigres épaules.

Elle prend un autre piquet et se remet gauchement à la tâche. Le sol résiste, aussi dur que du ciment. Le mois d'octobre a été glacial et les champs en jachère du sud d'Atlanta ont durci. Encore que ce ne soit pas une mauvaise chose. L'argile tassée est également poreuse et sèche – du moins pour l'instant – et c'est pour cela qu'ils ont décidé de dresser leur camp ici. L'hiver approche et le petit groupe s'est replié ici depuis une semaine, le temps de souffler et de réfléchir à l'avenir – si tant est qu'il y en ait un.

— Il suffit quasiment de laisser tomber le marteau dessus, mime l'Afro-Américain en agitant son bras énorme et une main qui pourrait lui recouvrir toute la tête. Sers-toi de la force de gravité et du poids de l'outil.

Lilly s'efforce de ne pas le fusiller du regard tandis qu'il poursuit sa démonstration. Même accroupi, avec sa chemise en jean aux manches coupées et son gilet dépenaillé, Josh Lee Hamilton en impose. Dégarni, bâti comme un rugbyman, avec des épaules en béton, des cuisses énormes et un cou de taureau, il parvient tout de même à garder un comportement délicat. Ses yeux tristes à longs cils et son front perpétuellement plissé lui donnent un air aussi tendre qu'inattendu.

— C'est pas compliqué, tu vois ? (Il joint le geste à la parole et son biceps tatoué gonflé comme un ventre distendu tressaille tandis qu'il manie son marteau imaginaire.) Tu vois ce que je veux dire ?

Lilly détourne discrètement le regard du bras de Josh. Un petit frisson coupable la parcourt chaque fois qu'elle remarque ses muscles, son dos en V et ses larges épaules. Malgré tout le temps qu'ils ont passé ensemble dans cet enfer que certains Géorgiens appellent « l'épidémie », Lilly évite scrupuleusement de franchir la frontière de l'intimité avec Josh. Mieux vaut en rester à une relation platonique, frère-sœur, meilleurs potes et rien de plus. S'en tenir strictement aux affaires… surtout au milieu de cette peste.

Mais cela ne l'empêche pas de glisser au colosse de timides regards obliques quand il l'appelle « poupée » ou « chérie », ni de faire en sorte qu'il aperçoive le caractère chinois tatoué au-dessus de son coccyx quand elle se glisse dans son sac de couchage. Est-ce qu'elle l'allume ? Est-ce qu'elle le manipule pour qu'il la protège ? La question reste sans réponse.

Car les braises de la peur qui continuent de couver au fond de Lilly ont cautérisé toutes les nuances et questions éthiques du comportement social. Pour tout dire, elle connaît depuis presque toujours des épisodes d'angoisse – elle a fait un ulcère au lycée et a dû prendre des anxiolytiques durant son bref séjour à Georgia Tech – mais à présent, la peur ne la quitte plus. Elle empoisonne son sommeil, obscurcit ses pensées et lui oppresse le cœur. La peur la pousse à faire certaines choses.

Elle reprend le marteau et le serre tellement que les veines gonflent sur son poignet.

— Pas besoin d'être Einstein, putain de merde ! aboie-t-elle.

À force de rage, elle finit par maîtriser l'outil et enfonce un piquet dans le sol. Elle en prend un autre, passe au coin opposé de la toile et l'enfonce en tapant comme un sourd, le manquant une fois sur deux. La sueur commence à perler sur son front et sa nuque. Elle redouble d'énergie, se laisse aller. Puis elle finit par s'arrêter, épuisée, haletante et luisante de sueur.

— OK, c'est une façon de faire, dit doucement Josh en se relevant et en contemplant avec un petit sourire narquois la demi-douzaine de piquets qui fixent la toile au sol. Lilly ne répond pas.

Côté nord, les zombies, qui continuent d'avancer entre les arbres sans se faire repérer, sont maintenant à moins de cinq minutes de là.

Pas un seul des compagnons d'infortune de Lilly Caul – cette presque centaine de rescapés qui tentent bon an mal an de former une communauté – n'a perçu l'inconvénient fatal de ce coin de campagne où ils ont dressé leurs tentes bricolées.

À première vue, l'endroit paraît idéal. Située dans une zone verdoyante à quelque quatre-vingts kilomètres au sud de la ville – une région qui produit habituellement chaque année des millions de cageots de pêches, poires et pommes –, la clairière se trouve dans une cuvette naturelle de terre durcie envahie de digitaires. Abandonnée par ses occupants, probablement les propriétaires des vergers environnants, elle a la taille d'un terrain de football et est entourée d'allées de graviers bordées d'immenses sapins et de chênes qui remontent jusqu'aux collines.

Au bout de ce champ se dressent les vestiges effondrés et calcinés d'une vaste demeure qui se découpent sur le ciel comme des squelettes noircis et pétrifiés. Ces derniers mois, des incendies ont emporté d'immenses portions des banlieues et des propriétés agricoles au sud d'Atlanta.

En août, après la première rencontre entre humains et morts-vivants, la panique qui a déferlé sur le Sud a pris de court les services d'urgence. Les hôpitaux ont été débordés, puis fermés, les casernes de pompiers ont mis la clé sous la porte et l'autoroute 85 s'est retrouvée envahie d'épaves. Les gens ont perdu tout espoir de trouver une station de radio sur leurs transistors à piles et commencé à chercher des endroits à piller, des alliances à nouer et des cachettes où se terrer.

Ceux qui se sont rassemblés ici, dans cette propriété abandonnée, se sont rencontrés sur les petites routes de campagne qui serpentent entre les champs de tabac et les centres commerciaux des comtés de Pike, Lamar et Meriwether. Composé de personnes de tous âges, dont une douzaine de familles avec enfants, le convoi de véhicules crachotants prêts à rendre l'âme a grossi… jusqu'à ce que la nécessité de trouver un abri et un peu d'espace devienne impérieuse.

Désormais, ils se sont répartis sur cette parcelle de terre d'un hectare comme dans un bidonville de l'époque de la Grande Dépression. Certains vivent dans leurs voitures, d'autres se sont aménagé un nid dans les herbes, quelques-uns se sont déjà terrés dans de petites tentes aux alentours. Ils ont peu d'armes à feu et encore moins de munitions. Ce sont les outils de jardinage, articles de sport et ustensiles de cuisine – tout ce qui fait le bonheur de la vie civilisée – qui en tiennent lieu. Des dizaines d'entre eux en sont encore à enfoncer les piquets dans le sol glacé, pressés, luttant contre quelque monstre invisible pour ériger leur abri de fortune, et aucun ne remarque la menace qui s'avance vers eux entre les arbres.

L'un d'eux, un type maigre d'une trentaine d'années, vêtu d'un blouson en cuir et coiffé d'une casquette, est debout au centre du campement sous une vaste toile qui laisse dans l'ombre ses traits taillés à la serpe. Il surveille un groupe d'ados maussades rassemblés sous la tente.

— Allez, les filles, un peu d'entrain ! braille-t-il par-dessus les bruits de ferraille qui résonnent dans l'air glacial.

Les ados empoignent une énorme poutre en bois qui sert de mât central à ce chapiteau de cirque, qu'ils ont trouvé sur la 85, étalé dans un fossé à côté d'un camion renversé, orné d'un logo à la peinture écaillée, représentant un clown. En voyant la toile, avec sa centaine de mètres de circonférence, l'homme à la casquette a estimé que, même élimée, tachée et empestant le moisi et le crottin, elle serait idéale pour abriter une zone commune, la réserve de vivres et maintenir un semblant d'ordre et de civilisation.

— Mec… ça va pas soutenir tout le poids, grommelle l'un d'eux, un feignant en treillis du nom de Scott Moon, dont les longs cheveux blonds pendent sur le visage et qui peine avec les autres gothiques tatoués et piercés de son lycée.

— Arrête de geindre, je vais la tenir, rétorque l'homme à la casquette. (Chad Bingham – c'est son nom – est l'un des pères de famille de la colonie. Il a quatre filles : une de sept ans, des jumelles de neuf et une ado. Malheureux en ménage avec une pauvre femme de Valdosta, Chad s'imagine en maître implacable comme l'était son papa. Mais son papa, ayant eu des garçons, n'a jamais eu à supporter les absurdités dont les filles sont coutumières. Sans compter que le papa de Chad n'a jamais eu non plus affaire à des sacs de pus et de viande morte qui traquent les vivants. Du coup, Chad Bingham prend le rôle du chef, du mâle alpha… parce que, comme disait son papa, « faut bien que quelqu'un le fasse ».) Tenez-la droite ! ajoute-t-il avec un regard noir.

— On peut pas aller plus haut, gémit entre ses dents un autre gothique.

— Tu es trop défoncé, glousse Scott Moon.

— Tenez-la ! ordonne Chad.

— Quoi ?

— J'ai dit : tenez ce foutu machin bien droit !

Chad glisse une goupille dans une fente du mât. Les parois extérieures de l'énorme chapiteau de toile frémissent dans le vent d'automne en grondant, pendant que les ados se précipitent aux extrémités avec d'autres poutrelles.

Alors que le chapiteau prend forme et que le reste de la clairière apparaît par l'ouverture, Chad contemple les herbes sèches couchées de la prairie, au-delà des voitures aux capots ouverts, de la demi-douzaine de vans débordant de précieuses possessions et des mères qui comptent avec leur marmaille leurs maigres provisions de baies et ce qu'elles ont trouvé dans des distributeurs.

Un instant, Chad croise le regard du grand Black qui monte la garde à trente mètres de là au coin nord du champ avec Lilly Caul. On dirait le videur géant d'une boîte en plein air. Chad connaît Lilly de nom, mais pas plus. Il ne sait pas grand-chose d'elle, à part que c'est « une copine de Megan », et il en sait encore moins du grand costaud. Cela fait des semaines qu'ils se côtoient et il ne se rappelle même pas son prénom. Jim ? John ? Jack ? Pour tout dire, Chad ne sait pratiquement *rien* de tous ces gens, hormis qu'ils sont tous désemparés, morts de trouille et avides de discipline.

Mais cela fait un moment que Chad et le grand Black échangent des regards lourds. Ils se jaugent. Pas un mot n'a été échangé, mais Chad sent que des défis sont lancés. Le colosse aurait probablement le dessus à mains nues, mais Chad ne laisserait jamais une telle éventualité arriver. La taille ne compte plus face à une balle de calibre .38, laquelle est déjà engagée dans la culasse du Smith & Wesson Modèle 52 glissé dans la ceinture du pantalon de Chad.

Mais pour le moment, c'est un éclair inattendu qui jaillit entre les deux hommes, comme un arc électrique enjambant la distance qui les sépare. Lilly, toujours agenouillée devant le Black, tape à tour de bras sur les piquets, mais quelque chose de sombre et de troublant brille soudainement dans le regard du Black tandis qu'il fixe Chad. La lumière se fait en lui, rapidement, par étapes, comme un circuit qui se déclenche.

Par la suite, les deux hommes concluront, chacun de son côté, que comme tous les autres, deux phénomènes cruciaux leur ont échappé en cet instant. D'abord, le bruit du chapiteau qu'on érigeait couvrait les pas des Bouffeurs depuis une heure. Ensuite, et c'est peut-être le plus important, leur emplacement souffrait d'un très grave handicap.

Après l'échauffourée, les deux hommes se rendront compte l'un comme l'autre, à leur grand dam, qu'à cause de la barrière naturelle qu'offre la forêt voisine montant jusqu'en haut de la colline, le moindre bruit était comme étouffé par les arbres.

En fait, une fanfare pourrait fondre sur eux qu'ils ne s'en apercevraient qu'en prenant un grand coup de cymbale en pleine face.

Par bonheur, Lilly ne se rend compte de l'attaque qu'au bout de quelques minutes – même si tout se passe en un éclair, le bruit des marteaux et des voix laissant la place aux clameurs des enfants. Elle continue d'enfoncer rageusement les piquets dans le sol, prenant les cris pour des exclamations de joie, jusqu'au moment où Josh la saisit par le collet.

— Quoi? sursaute-t-elle en se retournant vers le colosse.

— Lilly, faut qu'on…

Josh ne peut pas achever : une silhouette sombre surgit en titubant entre les arbres à trois mètres de là. Il n'a pas le

21

temps de courir ni de sauver Lilly, juste celui de lui arracher le marteau et de la pousser à l'écart.

Lilly tombe à la renverse et se roule instinctivement en boule avant de se ressaisir et de bondir sur ses pieds, un cri étranglé dans la gorge.

Le problème, c'est que le premier cadavre ambulant qui surgit en titubant dans la clairière – un grand pantin livide vêtu d'une chemise de nuit d'hôpital avec des tendons qui se tortillent comme des vers à la place de son épaule manquante – est suivi de deux autres. Un homme et une femme avec un trou béant en guise de bouche, les lèvres exsangues ruisselantes de bile noirâtre, leurs yeux vitreux luisants comme des billes.

Tous les trois s'avancent de cette démarche saccadée caractéristique, claquant des mâchoires et retroussant leurs babines comme des piranhas affamés.

Dans les vingt secondes qu'il leur faut pour encercler Josh, le campement connaît un brusque bouleversement. Les hommes courent chercher leurs armes bricolées, les plus fortunés dégainant leurs pistolets. Certaines des femmes les plus téméraires empoignent des tasseaux, des fourches ou des haches rouillées. Les mères embarquent leurs enfants dans les voitures et camionnettes avant de verrouiller les portières d'un coup de poing et de fermer les hayons.

Bizarrement, les rares cris qui s'élèvent – des enfants pour la plupart et de quelques vieilles femmes plus ou moins séniles – diminuent rapidement, remplacés par le calme surnaturel d'un bataillon militaire à l'exercice. Durant ces vingt secondes, le brouhaha de la surprise laisse la place à l'instinct de défense, la répugnance et la fureur mis au service d'une violence maîtrisée. Ce n'est pas la première fois que cela leur arrive. Petit à petit, on finit par apprendre. Certains des hommes armés se déploient sur les pourtours du camp, calmement, armant leurs pistolets, sortant des cartouches de leurs poches et levant le canon de leurs carabines volées dans un stand de foire ou leurs vieux revolvers rouillés. Le premier coup de feu provient d'un Ruger calibre .22 – sûrement pas une arme des plus puissantes, mais précise et facile d'utilisation – et la balle fait voler à trente mètres le sommet du crâne de la morte-vivante.

La femme n'est pas encore sortie des arbres qu'elle s'effondre dans une mare de liquide rachidien visqueux qui l'inonde. Cette première victime tombe dix-sept secondes après le début de l'attaque. À la vingtième, tout s'accélère.

Dans le coin nord, Lilly Caul se reprend et avance avec la lenteur et la raideur d'une somnambule. L'instinct prend le dessus et c'est presque *involontairement* qu'elle recule devant Josh, qui est rapidement entouré par les trois Bouffeurs. Il a un marteau. Mais pas d'arme à feu. Et les trois gueules béantes remplies de dents noircies se rapprochent.

Il pivote vers le zombie le plus proche pendant que le reste du camp se disperse. Josh enfonce le côté pointu du marteau dans la tempe de Monsieur Liquette. Le craquement fait penser à un bac à glaçons qu'on vide. De la cervelle jaillit avec un chuintement tandis que l'ancien hospitalisé s'effondre et que le marteau resté coincé échappe à Josh.

Au même moment, d'autres rescapés se déploient dans tous les coins de la clairière. Chad a sorti son Smith et tire une première balle qui fait sauter l'orbite d'un vieux maigrichon dont il manque une moitié de mandibule. Le vieux pirouette dans une gerbe de liquide putride et s'affale dans les herbes. Derrière une rangée de voitures, un piquet de tente embroche une femme grondante et la cloue au tronc d'un chêne. Côté est, une hache fend en deux un crâne pourrissant aussi facilement qu'on éventre une grenade. À vingt mètres, un coup de fusil vaporise du feuillage en même temps que le tronc d'un ancien homme d'affaires en état de putréfaction.

De l'autre côté, Lilly Caul – qui recule toujours devant les assaillants de Josh – sursaute et tremble dans le vacarme. La terreur qui lui picote la peau lui coupe le souffle et la paralyse. Elle voit le grand Black tomber à genoux en tentant d'attraper le marteau, pendant que les deux autres Bouffeurs se précipitent vers ses jambes en gigotant comme des araignées sur la toile de tente. Un autre marteau se trouve dans l'herbe, mais il est hors de portée.

Lilly tourne les talons et se met à courir.

Il lui faut moins d'une minute pour franchir la rangée de tentes et atteindre le centre de la prairie, où une vingtaine de timorés sont blottis parmi les caisses et les vivres entassées sous le chapiteau partiellement dressé. Plusieurs véhicules démarrent et s'en approchent dans des nuages de fumées de pots d'échappement. À l'arrière d'un pickup, des hommes armés veillent sur les femmes et les enfants, pendant que Lilly, hors d'haleine et tremblante de peur, se planque derrière une vieille malle de voyage.

Elle reste prostrée pendant toute la durée de l'attaque en se couvrant les oreilles. Elle ne voit pas Josh devant les arbres qui réussit à la dernière seconde à dégager le marteau du crâne de sa première victime et à en assener un coup au mort-vivant le plus proche. Elle ne voit pas le bout rond du marteau frapper la mandibule du zombie et fendre en deux le crâne en putréfaction sous la force du coup. Et elle manque la dernière partie de la lutte : la femme qui est sur le point d'enfoncer ses dents noires dans la cheville de Josh avant de prendre un coup de pelle sur le crâne. Plusieurs hommes ont rejoint Josh à temps pour régler son compte au dernier zombie et le Black roule sur le côté, indemne, mais encore tremblant de s'en tirer d'un cheveu.

L'attaque, qui s'achève dans des gémissements d'enfants, des flaques de pus noirâtre et des vapeurs de chairs en putréfaction, n'a pris en tout et pour tout que trois minutes.

Plus tard, alors qu'ils vont jeter les dépouilles dans le lit d'un torrent asséché, Chad et son compagnon mâle alpha dénombrent un total de vingt-quatre Bouffeurs – une menace que l'on peut parfaitement gérer. Du moins, pour le moment.

— Bon sang, Lilly, ravale donc ta fierté et va t'excuser auprès de lui ! dit la jeune femme nommée Megan, assise sur une couverture devant le chapiteau, en contemplant le petit déjeuner que Lilly n'a pas touché.

Un pâle soleil glacé vient de se lever dans le ciel clair. Une journée de plus s'ouvre sur le campement et Lilly, assise devant un vieux réchaud de camping et une poêle remplie des restes d'œufs lyophilisés, boit à petites gorgées du café instantané dans un gobelet en carton. Elle essaie de dissiper la culpabilité qui l'a empêchée de dormir. Dans cet univers, il n'y a pas plus de repos pour ceux qui sont fatigués que pour les lâches.

Sous le grand chapiteau élimé, maintenant entièrement monté, tout autour d'elle, les autres survivants s'affairent comme si l'attaque de la veille n'était jamais arrivée. Des gens chargés de chaises pliantes et de tables de camping entrent par la grande ouverture du fond – probablement celle qui servait aux éléphants et aux voitures des clowns –

tandis que les parois palpitent sous la brise et l'agitation. Dans d'autres parties du campement, d'autres abris sont dressés. Des pères de famille font l'inventaire des quantités de bois de chauffage, eau minérale, munitions, armes et conserves. Des mères s'occupent des enfants, couvertures, vêtements et médicaments.

Un observateur avisé remarquerait que chaque activité est voilée d'une légère angoisse. Mais nul ne sait quel est le danger le plus menaçant : les morts-vivants ou l'hiver qui s'installe.

— Je ne sais toujours pas ce que je vais dire, murmure finalement Lilly entre deux gorgées de café tiède.

Ses mains ne cessent de trembler. Dix-huit heures ont passé depuis l'attaque, mais, encore rongée par la honte, elle évite tout contact avec Josh et reste dans son coin, convaincue qu'il lui en veut à mort d'avoir pris ses jambes à son cou en le laissant pour mort. Josh a essayé de lui parler plusieurs fois, mais elle n'a pas supporté et a prétexté qu'elle ne se sentait pas dans son assiette.

— Qu'est-ce qu'il y a à dire ? demande Megan en cherchant sa petite pipe dans son blouson en jean. (Elle glisse un peu d'herbe dedans et l'allume en tirant une longue bouffée. Proche de la trentaine, la peau mate et des cheveux bouclés teints au henné qui encadrent un visage étroit et rusé, elle souffle la fumée et tousse.) C'est vrai quoi, regarde ce mec, il est énorme.

— Qu'est-ce que ça veut dire ?

— Qu'il a l'air capable de se débrouiller tout seul, sourit Megan. C'est tout.

— Ça n'a rien à voir.

— Tu couches avec lui ?

— Quoi ? s'indigne Lilly. Tu rigoles ?

— C'est juste une question.

Lilly secoue la tête en soupirant.

— Je m'abaisserai pas à répondre à…

— Tu couches pas avec, alors, hein ? La sage petite Lilly qui se tient toujours bien.

— Tu veux bien arrêter ?

— Et pourquoi tu couches pas avec lui ? ricane Megan. Pourquoi tu lui as pas grimpé dessus ? Qu'est-ce que tu attends ? Il a un physique… des armes…

— Tais-toi ! s'emporte Lilly, elle-même surprise par la violence de sa réaction. Je suis pas comme toi… OK. Je suis pas le genre à papillonner. Putain, Megan, je sais même plus avec qui tu couches en ce moment, ça défile tellement.

Megan la foudroie un instant du regard, tousse et bourre une autre pipe.

— Tiens, dit-elle en la lui tendant. Prends-en un petit peu, pour te détendre.

— Non, merci.

— C'est bon pour ce qui te travaille. Ça va tuer le truc qui te démange.

Lilly se frotte les yeux et secoue la tête.

— Tu es vraiment une fichue nana, Megan.

— Je préfère être une fichue nana qu'une fichue merde, répond Megan en tirant sur sa pipe.

Lilly continue de secouer la tête sans répondre. Le plus triste, c'est qu'elle se demande parfois si Megan Lafferty n'est pas précisément cela : une merde. Elles se connaissent depuis le lycée Sprayberry de Marietta. Inséparables à l'époque, elles partageaient tout, devoirs, drogues et petits copains. Puis Lilly a eu des idées de carrière et a passé un an de purgatoire au Massey College of Business d'Atlanta, puis à Georgia Tech pour passer un MBA qu'elle n'aurait jamais. Elle voulait se lancer dans la mode, monter éventuellement une entreprise de création de vêtements, mais elle a eu la trouille et n'a pas osé franchir la réception lors de son premier entretien – un stage vivement convoité chez Mychael Knight Fashions. Sa vieille compagne la peur a fait capoter tous ses projets.

Elle l'a forcée à fuir le hall luxueux, à renoncer et à rentrer chez elle à Marietta pour retrouver son existence de feignasse avec Megan, se défoncer et rester vautrée sur le canapé à regarder des rediffusions de *Project Runway.*

Mais quelque chose a changé entre les deux filles ces dernières années, quelque chose de fondamentalement chimique que Lilly trouve aussi infranchissable que la barrière de la langue. Megan n'avait aucune ambition, aucun but dans la vie, aucun centre d'intérêt, et elle s'en contentait. Mais Lilly nourrissait toujours des rêves – mort-nés, peut-être, mais des rêves malgré tout. Elle caressait en secret l'envie d'aller à New York, de lancer un site web ou retourner chez Mychael Knight et dire à la réceptionniste : « Désolée, j'ai dû m'absenter pendant un an et demi... »

Le père de Lilly – Everett Ray Caul, prof de maths veuf à la retraite – encourageait toujours sa fille. C'était un homme gentil et respectueux qui avait pris sur lui, après la lente agonie de son épouse des suites d'un cancer du sein au milieu des années quatre-vingt-dix, et élevé seul sa fille avec tendresse. Il savait qu'elle attendait plus de la vie, mais aussi qu'elle avait besoin d'un amour inconditionnel, d'une famille et d'un foyer. Et elle n'avait qu'Everett. C'était à cause de tout cela que, pour Lilly, les événements des deux derniers mois avaient été un enfer.

Les premiers cas de zombies avaient frappé de plein fouet le nord du comté de Cobb. Ils avaient surgi des zones ouvrières, des parcs industriels au nord des bois de Kennesaw et s'étaient insinués dans la population comme des cellules malignes. Everett décida d'embarquer Lilly et leurs affaires dans son vieux combi Volkswagen et ils arrivèrent jusqu'à la 41 avant d'être ralentis par les épaves. Ils trouvèrent à deux kilomètres au sud un bus de la ville qui parcourait les rues et ramassait les survivants – et ils faillirent monter dedans. Encore aujourd'hui, l'image de son père la poussant entre les portes accordéon du bus pendant que les zombies fondaient sur eux hante les rêves de Lilly.

Le vieil homme lui sauva la vie. Il referma les portes à la toute dernière seconde et se laissa glisser sur la chaussée, déjà dans les griffes de trois cannibales. Le sang de son père gicla sur la vitre du bus qui s'élançait tandis que Lilly criait à s'en rompre les cordes vocales. Elle tomba ensuite dans une sorte de catatonie, roulée en position fœtale sur une banquette en fixant la porte souillée de sang jusqu'à Atlanta.

Ce fut par un petit miracle que Lilly retrouva Megan. À ce moment de l'épidémie, les mobiles fonctionnant encore, elle parvint à donner rendez-vous à son amie aux abords de l'aéroport d'Heartsfield. Elles partirent toutes les deux à pied vers le sud, firent du stop et s'abritèrent dans des maisons désertes, ne songeant qu'à leur survie. La tension entre elles s'intensifia. Chacune semblait compenser la terreur et la peine à sa façon. Lilly se replia sur elle-même. Megan fit tout le contraire, défoncée les trois quarts du temps, parlant constamment et s'en prenant à tous les voyageurs qu'elles croisaient sur leur route.

Elles se joignirent à une caravane de rescapés à une cinquantaine de kilomètres au sud d'Atlanta – trois familles de Lawrenceville voyageant dans deux minivans. Megan convainquit Lilly que plus ils étaient nombreux, plus ils seraient en sécurité et elle accepta de les suivre un moment. Elle resta à l'écart durant les quelques semaines où le convoi zigzagua dans la région des productions fruitières, mais Megan eut rapidement des vues sur l'un des maris. Il s'appelait Chad et avait un côté mauvais garçon sage avec sa chique et ses tatouages de la Navy sur ses bras nerveux. Lilly fut consternée de la voir flirter dans ce cauchemar et il ne fallut pas longtemps pour que Megan et Chad se glissent furtivement dans la pénombre des toilettes des aires de repos où la bande faisait halte pour « se détendre ». Le fossé se creusa entre les deux filles.

C'est précisément à ce moment que Josh Lee Hamilton fit son entrée. Au coucher du soleil, un jour que la caravane avait été prise au piège par une horde de zombies sur le parking d'un K-Mart, le mastodonte black avait surgi d'un quai de chargement pour voler à leur secours. On aurait dit un gladiateur mauresque avec les deux binettes portant encore leurs étiquettes qu'il faisait tournoyer dans le vent. Il régla sans peine leur compte à la demi-douzaine de zombies et les membres de la caravane se répandirent en remerciements. Il leur montra les fusils tout neufs qui restaient encore au fond du magasin ainsi que le matériel de camping.

Josh était à moto et, après avoir aidé à charger les minivans de provisions, il décida de se joindre au groupe et le suivit tandis qu'ils gagnaient les vergers abandonnés qui parsèment le comté de Meriwether.

Maintenant, Lilly se met à regretter le jour où elle a accepté de monter derrière lui sur la grosse Suzuki. Son attachement pour le colosse est-il simplement une projection due au chagrin d'avoir perdu son père ? Est-ce un geste désespéré de manipulation dans cette atmosphère de terreur infinie ? Est-ce aussi minable et transparent que le petit manège de Megan ? Lilly se demande si sa lâcheté

– quand elle a laissé tomber Josh dans la bataille hier – était inconsciemment quelque sombre et malsaine vision pré-monitoire.

— Personne n'a dit que tu étais une merde, Megan, répond finalement Lilly d'une voix aussi tendue que peu convaincante.

— Pas besoin de le dire, fait Megan en tapant rageuse-ment sa pipe sur le réchaud avant de se lever. Tu en as dit largement assez.

Lilly se lève à son tour. Elle a pris l'habitude des brusques changements d'humeur de son amie.

— C'est quoi, ton problème ?

— C'est toi, mon problème.

— Putain, mais qu'est-ce que tu racontes ?

— Laisse tomber, je supporte plus, répond tristement Megan, la voix rendue rauque par la fumée. Je te souhaite de la chance, fillette… Tu vas en avoir besoin.

Et elle s'en va d'un pas décidé rejoindre la rangée de voitures de l'autre côté du terrain. Lilly regarde sa copine disparaître derrière un gros camion rempli de cartons. Les autres rescapés remarquent à peine la querelle entre les deux filles. Quelques têtes se tournent, des murmures sont échangés, mais la plupart des campeurs continuent de s'affairer à l'inventaire des provisions, le visage sombre et tendu. Le vent sent la ferraille et la neige. Un front froid s'installe insidieusement.

Lilly se retrouve un instant hypnotisée par toute cette activité. Le champ ressemble à un marché aux puces grouillant de vendeurs et d'acheteurs, où l'on fait du troc et entasse des bûches tout en bavardant. À présent, une bonne vingtaine de petites tentes se dressent aux abords du campement et sur quelques cordes à linge tendues entre les arbres sont accrochés les vêtements souillés de sang pris aux morts-vivants – car il ne faut rien perdre : l'arrivée de l'hiver mobilise tout le monde. Lilly voit des enfants jouer à la corde à sauter près d'un van, des garçons taper dans un ballon. Un feu brûle dans une fosse et la fumée flotte au-dessus des toits des voitures. L'air sent le gras de bacon et le barbecue, une odeur qui, dans de tout autres circonstances, évoquerait d'indolentes journées d'été, des fêtes improvisées, des matchs de football et des déjeuners de famille dans le jardin.

Une sombre vague de peur monte en elle tandis qu'elle scrute le petit campement fébrile. Les enfants gambadent… les parents s'échinent pour que tout fonctionne… et tous sont de la chair à zombie… Et Lilly se sent la proie d'une intuition, d'un sursaut de réalité.

À présent, elle voit clairement que tous ces gens sont condamnés. Ce grandiose projet de construction d'un campement dans les champs de Géorgie ne va pas tenir la route.

2

Le lendemain, sous un ciel couleur de plomb, Lilly joue avec les filles Bingham devant la tente de Chad et Donna Bingham, quand un crissement résonne au-dessus des arbres sur la route en terre qui mène au terrain. En entendant ce bruit, la moitié des campeurs se raidissent et des visages se tournent en direction du geignement d'un moteur qui peine.

Cela pourrait être n'importe qui. On raconte que le pays est infesté de bandes qui pillent les vivants, de rôdeurs lourdement armés qui dépouillent les rescapés de tout, jusqu'à leurs chaussures. Plusieurs campeurs sont partis en reconnaissance en voiture, mais on ne sait jamais.

Lilly lève les yeux et les petites Bingham se figent au milieu de leur jeu de marelle tracé avec un bâton dans l'argile rouge brique. L'aînée, Sarah, jette un regard furtif vers la route. Maigrichonne, des airs de garçon manqué avec sa salopette en jean usée, sa doudoune et ses grands yeux bleus interrogateurs, Sarah est la meneuse de bande et la plus intelligente des quatre filles.

— Est-ce que… ? murmure-t-elle.

— Tout va bien, ma chérie, la rassure Lilly. C'est sûrement l'un des nôtres.

Les trois autres se dévissent le cou et cherchent leur mère du regard.

Donna Bingham est pour le moment invisible, en train de faire la lessive dans un baquet en zinc derrière la grande tente familiale que Chad Bingham a montée affectueusement il y a quatre jours et aménagée avec lits de camp en aluminium, glacières et aérations, ainsi qu'un lecteur de DVD sur piles accompagné de sa provision de DVD pour enfants tels que *La Petite Sirène* ou *Toy Story 2*. Lilly entend Donna faire le tour de la tente tandis qu'elle rassemble les fillettes.

— Sarah, prends Ruthie avec toi, dit Lilly, calmement, mais fermement, tandis que le grondement du moteur se rapproche et que des fumées de pot d'échappement montent au-dessus des arbres.

Elle se lève et rejoint rapidement les jumelles de neuf ans. Mary et Lydia sont deux petits angelots identiques avec leurs cabans et leurs couettes blondes. Lilly entraîne les petites vers l'entrée de la tente, pendant que Sarah hisse dans ses bras Ruthie, une adorable fillette de sept ans dont les boucles à la Shirley Temple couvrent le col de son blouson de ski.

Donna surgit au moment où Lilly pousse les jumelles sous la tente.

— Qu'est-ce qui se passe ? demande la femme, si menue dans son blouson de toile qu'elle donne l'impression qu'elle s'envolerait à la moindre bourrasque. Qui c'est ? Des rôdeurs ? Un inconnu ?

— Aucune raison de s'inquiéter, répond Lilly en tenant la toile pour laisser passer les enfants. (Depuis cinq jours qu'ils sont ici, Lilly est devenue de fait baby-sitter et surveille divers groupes d'enfants pendant que leurs parents partent au ravitaillement, en exploration ou ont simplement besoin d'un peu de répit. Cette diversion est bienvenue pour elle, d'autant qu'à présent, elle lui fournit un bon prétexte pour éviter de croiser Josh Lee Hamilton.)

34

Reste sous la tente avec les filles en attendant qu'on sache ce qu'il en est.

Donna ne se fait pas prier pour se calfeutrer avec ses enfants.

Lilly se retourne vers la route et voit avec soulagement la calandre familière d'un camion International Harvester apparaître dans un nuage de fumée au bout de la route. Elle sourit malgré son état de nerfs et s'avance vers le bord ouest du terrain qui sert de zone de déchargement. Le camion rouillé brinquebale dans les herbes et s'arrête dans un dernier tressautement qui envoie valser contre la cabine cabossée les trois ados juchés sur la benne.

— Lilly Marlene! crie par la vitre ouverte en la voyant approcher Bob Stookey le chauffeur, ses grosses mains couvertes de cambouis posées sur le volant.

— Qu'est-ce qu'il y a au menu du jour, Bob? demande Lilly avec un faible sourire. Encore des Twinkies?

— Oh, on a la dégustation gastronomique au grand complet, aujourd'hui, petite sœur, répond Bob en désignant du menton l'arrière du camion. On a trouvé un supermarché désert avec seulement deux Bouffeurs comme obstacles. Ça a été réglé en moins de deux.

— Raconte.

— Voyons… (Il passe au point mort et coupe le contact. Avec sa peau couleur de vieux cuir, ses yeux fatigués et rougis, Bob Stookey est l'un des derniers hommes du Sud à se mettre de la brillantine dans les cheveux.) On a du bois de charpente, des sacs de couchage, des outils, des fruits en conserve, lanternes, céréales, radios, pelles, charbon… Quoi d'autre? Oui, des casseroles et des poêles, des plants de tomate encore avec quelques petits fruits, des bouteilles de gaz, quarante litres de lait périmé depuis seulement deux semaines, du désinfectant, de l'alcool gélifié, du savon, des bonbons, du papier toilette, un bouquin

sur l'agriculture bio, un poisson chantant pour ma tente…
et un raton laveur.

— Bob, enfin… Pas d'AK-47 ? Ni de dynamite ?

— J'ai mieux que ça, petite maligne. (Il prend un cageot sur le siège passager et le lui tend par la vitre.) Sois mignonne et va poser ça dans ma tente pendant que j'aide les trois guignols derrière à décharger les gros trucs.

— Qu'est-ce que c'est ? demande Lilly en regardant l'assortiment de flacons en plastique.

— Des médicaments, répond-il en sautant à terre. Faut les garder à l'abri.

Lilly remarque une demi-douzaine de fiasques d'alcool entre les flacons d'antihistaminiques et de codéine.

— Des médicaments, hein ? fait-elle en le dévisageant narquoisement.

— Oui, je suis très malade.

— Je vois ça.

Elle connaît suffisamment Bob maintenant pour savoir qu'en plus d'être un homme charmant et un peu perdu, ainsi qu'un ancien infirmier de l'armée – ce qui en fait le seul de la bande à avoir des connaissances médicales –, c'est aussi un ivrogne invétéré.

Au début de leur amitié, quand Lilly et Megan étaient encore sur la route et que Bob les a tirées d'affaire dans une aire de repos infestée de zombies, il a vaguement tenté de leur dissimuler qu'il était alcoolique. Mais depuis que le groupe s'est installé ici, Lilly l'a régulièrement aidé à regagner sa tente la nuit en s'assurant que personne ne le détrousse – un risque constant dans un groupe aussi vaste et divers où règnent autant de tensions. Elle l'a apprécié et cela ne lui fait rien de jouer la baby-sitter avec lui comme avec les petits. Mais cela rajoute à son stress, et Lilly s'en passerait bien.

D'ailleurs, en cet instant, à sa manière de s'essuyer pensivement la bouche, elle voit bien qu'il a besoin qu'elle lui rende un autre petit service.

— Lilly, il y a un autre truc que je voulais…

Il n'achève pas et déglutit, gêné.

— Allez, crache, Bob, soupire-t-elle.

— C'est pas mes affaires… Bon, je voulais juste dire… Oh, et merde. Josh Lee, c'est un type bien. Je vais le voir de temps en temps.

— Ouais, et ?

— Je dis ça comme ça.

— Continue.

— Je… Écoute… il va pas trop bien en ce moment, tu vois ? Il croit que tu lui en veux pour une raison quelconque et il sait pas pourquoi.

— Qu'est-ce qu'il a dit ?

— C'est pas mes oignons et puis je suis pas non plus dans ses petits papiers. Je sais pas, Lilly, il regrette que tu l'ignores.

— Je l'ignore pas.

— Tu en es sûre ?

— Si je te le dis…

— OK, écoute, conclut-il avec un geste nerveux de la main, je vais pas te dire ce que tu as à faire. Je me dis seulement que deux personnes bien comme vous, c'est dommage que ça se passe comme ça, tu vois, par une période pareille…

— J'apprécie, Bob, vraiment, se radoucit Lilly en baissant les yeux.

Bob a une moue pensive.

— Je l'ai vu tout à l'heure près du tas de bûches, il coupait du bois comme si on allait en manquer demain.

Il en coûte à Lilly de franchir la centaine de mètres qui sépare la zone de déchargement du tas de bois. Elle marche lentement, tête baissée, les mains enfoncées dans ses poches de jean pour cacher qu'elles tremblent. Elle doit se faufiler entre des femmes qui trient des vêtements dans des valises, contourner le chapiteau, éviter un groupe de garçons qui réparent un skate-board cassé et faire un grand détour pour esquiver plusieurs hommes qui inspectent des armes étalées par terre sur une couverture.

En passant devant eux – ce péquenaud de Chad Bingham y tient audience comme un despote –, elle jette un coup d'œil sur les onze pistolets usés de différents calibres, marques et modèles, rangés soigneusement comme des couverts dans un tiroir. La paire de fusils du K-Mart est posée à côté. Onze pistolets, deux fusils et une quantité limitée de munitions – la totalité du stock trouvé chez un armurier –, c'est tout ce qui peut défendre les campeurs des calamités.

Lilly a la chair de poule et la terreur lui noue le ventre. Ses tremblements redoublent, comme si elle avait la fièvre. Cela a toujours été un problème pour elle. Elle se rappelle la fois où elle a dû faire un exposé devant le comité d'admission de Georgia Tech. Elle avait répété avec ses fiches, pendant des semaines. Mais une fois arrivée devant ces professeurs dans la salle étouffante de North Avenue, elle tremblait tellement que ses fiches s'étaient éparpillées par terre et qu'elle était restée sans voix.

Elle ressent la même tension à présent, mais en mille fois pire, alors qu'elle approche de la clôture sur le côté ouest du terrain. Elle tremble tellement qu'elle a l'impression qu'elle va finir paralysée. « Anxiété chronique », avait diagnostiqué le médecin de Marietta.

Ces dernières semaines, elle a éprouvé le même genre de symptômes juste après l'attaque d'un Bouffeur – une crise de frissons qui a persisté des heures après – mais là, elle sent une terreur plus profonde qui jaillit du plus profond de son être. Elle se recroqueville sur elle-même, sur son âme blessée, déchirée par le chagrin et la mort de son père.

Elle sursaute en entendant le fracas d'une hache qui fend du bois et son attention est attirée par la clôture. Un groupe d'hommes est massé autour d'une longue rangée de bûches. Des feuilles mortes et du pollen flottent dans l'air qui sent la terre humide et les aiguilles de sapin. Les ombres qui dansent derrière les feuillages font redoubler sa terreur. Elle se rappelle avoir failli se faire mordre à Macon trois semaines plus tôt par un Bouffeur qui lui a sauté dessus de derrière une benne à ordures. Pour elle, ces ombres derrière les arbres ressemblent à la ruelle derrière la benne, empestant le danger, la pourriture et cet horrible miracle que sont les morts revenus à la vie.

Un autre coup de hache la fait sursauter et elle se dirige vers le tas de bois.

Les manches retroussées, Josh lui tourne le dos. La sueur marque l'étoffe d'une tache sombre entre ses omoplates. Les muscles bandés, la nuque ruisselante, il travaille à un rythme soutenu, levant puis abattant la hache régulièrement.

Arrivée à sa hauteur, Lilly se racle la gorge.

— Tu t'y prends mal, tente-t-elle de plaisanter d'une voix pas très assurée.

Josh se fige, la hache en l'air. Il tourne vers elle son visage d'ébène perlé de sueur et la regarde. L'espace d'un instant, il a l'air stupéfait, les yeux pétillants de surprise.

— Tu sais, je m'en suis rendu compte, dit-il finalement. J'ai réussi à fendre seulement une centaine de bûches en un quart d'heure.

— Tu la tiens pas, tu l'étrangles, ta hache.

— Je me doutais que c'était un truc de ce genre, sourit Josh.

— Faut que tu laisses les bûches faire le boulot.

— Bonne idée.

— Tu veux que je te montre ?

Josh s'écarte et lui tend sa hache.

— Comme ça, fait Lilly en s'efforçant d'apparaître aussi charmante et spirituelle que courageuse.

Elle tremble tellement qu'elle manque la bûche et que la hache s'enfonce dans le sol. Elle essaie vainement de la dégager.

— Là, j'ai pigé, fait Josh en hochant la tête, amusé.

Puis, remarquant ses tremblements, il reprend son sérieux. Il s'approche d'elle et pose sa grosse main sur la sienne, crispée sur le manche. Son geste est tendre et apaisant.

— Tout va bien se passer, Lilly, dit-il à mi-voix.

Elle lâche la hache, se retourne vers lui et le regarde droit dans les yeux, le cœur battant. Un frisson la glace et elle essaie de parler, mais elle est forcée de se détourner, gênée. Finalement, elle parvient à retrouver sa langue.

— On pourrait aller discuter quelque part ?

— Comment tu fais ?

Lilly est assise en tailleur sous les grosses branches d'un chêne, sur le sol tapissé de feuilles mortes mouchetées de lumière. Elle lui parle, adossée au tronc, les yeux fixés sur les cimes qui ondoient dans le lointain. Elle a un air distant que Josh Hamilton a vu quelquefois sur le visage d'anciens combattants et d'infirmiers des urgences – un regard d'épuisement perpétuel, l'œil hagard de ceux qui sont bouleversés et qui fixent le vide. Il a envie de prendre sa délicate et mince silhouette dans ses bras, de la serrer et de lui caresser les cheveux en disant que tout va s'arranger. Mais il sent – il sait – que ce n'est pas le moment. Pour l'instant, il faut écouter.

— Quoi donc? demande-t-il en s'essuyant la nuque avec un bandana trempé.

Il est assis en face d'elle, lui aussi en tailleur. Une boîte de cigares est posée devant lui – c'est tout ce qui reste de ses maigres provisions. Il hésite presque à fumer les derniers, se disant superstitieusement qu'il va ainsi sceller son destin. Lilly lève les yeux vers lui.

— Quand les zombies attaquent... Comment tu fais pour pas mourir de trouille?

— Si tu réussis à deviner, glousse Josh, va falloir que tu me le dises.

— Arrête...

— Quoi?

— Tu es en train de me dire que tu es mort de trouille quand ils attaquent?

— Carrément, oui.

— Oh, je t'en prie, dit-elle, incrédule. Toi?

— Je vais te dire un truc, Lilly. (Il prend la boîte de cigares, en sort un et l'allume avec son Zippo avant de prendre une longue bouffée pensive.) Il y a que les idiots ou les fous qui aient pas peur, de nos jours. Si tu as pas peur, c'est que tu te rends compte de rien.

Elle regarde au-delà de la rangée de tentes alignées le long de la clôture et pousse un soupir douloureux. Elle a le visage blême et les traits tirés. On dirait qu'elle essaie de formuler des pensées qui refusent de se laisser mettre en mots.

— Ça fait un moment que ça me travaille. J'en suis pas fière. Je crois que ça a gâché pas mal de choses pour moi.

41

— Quoi ?

— Mon côté trouillard.

— Lilly…

— Non, écoute. Il faut que je le dise. (Elle refuse de croiser son regard, les yeux brûlants de larmes de honte.) Avant que cette épidémie arrive… c'était juste un peu… gênant. Ça m'a fait manquer deux trois trucs. J'ai raté des occasions parce que je suis une trouillarde… Mais maintenant, l'enjeu est… Je sais pas. À cause de moi, quelqu'un pourrait se faire tuer. (Elle parvient enfin à le regarder dans les yeux.) Je pourrais carrément gâcher la vie de quelqu'un à qui je tiens.

Josh sait de quoi elle parle et cela lui serre le cœur. Dès l'instant qu'il a vu Lilly Caul, il a senti quelque chose qu'il n'avait pas éprouvé depuis son adolescence à Greenville – le genre de fascination que peut provoquer chez un garçon la courbe du cou d'une fille, le parfum de ses cheveux, les taches de son sur son nez. Oui, vraiment, Josh Lee Hamilton est sous le charme. Mais il refuse de gâcher cette relation comme il en a gâché tellement avant Lilly, avant cette peste, avant que le monde devienne aussi sinistre.

À Greenville, Josh tombait amoureux des filles si fréquemment que c'en était gênant, mais il réussissait toujours à tout bousiller à cause de sa précipitation. Il se comportait comme un gros toutou toujours à leurs pieds. Mais pas cette fois. Là, Josh va la jouer finement… Et précautionneusement. Une étape à la fois. C'est peut-être un gros péquenaud de Caroline du Sud, mais il n'est pas idiot. Il est disposé à tirer les leçons de ses erreurs passées.

D'une nature solitaire, Josh a grandi dans les années soixante-dix, quand la Caroline du Sud, encore accrochée aux fantômes de la ségrégation raciale, tentait d'ouvrir les écoles et d'entrer dans le XXe siècle. Ballotté d'un logement social pourri à un autre avec sa mère et ses quatre sœurs, Josh profita du physique et de la force que la nature lui avait donnés pour s'engager dans l'équipe de football du lycée de Mallard Creek en espérant décrocher une bourse. Mais il lui manquait l'unique chose qui permet aux joueurs de monter, d'accéder à l'université et de gravir l'échelle sociale : *l'agressivité brute.*

Josh Lee Hamilton avait toujours été un être fondamentalement gentil... au point que c'en était un handicap. Il se laissait faire par des condisciples bien moins costauds. Il donnait du « oui monsieur » à tous les adultes. Il n'avait tout bonnement pas l'instinct du combattant. Et c'est pourquoi sa carrière de footballeur déclina dans les années quatre-vingt. C'est pile à cette époque que sa mère, Raylene, tomba malade. Les médecins diagnostiquèrent un « lupus érythémateux » qui n'était pas au stade terminal mais, pour Raylene, ce fut une condamnation à mort, une existence vouée aux douleurs chroniques, aux lésions dermatologiques et à une quasi-paralysie. Josh prit sur lui et s'occupa de sa mère (pendant que ses sœurs quittaient l'État pour sombrer dans des mariages ratés et des boulots sans issue). Josh faisait la cuisine et le ménage et était aux petits soins pour sa maman, et il finit par être si doué aux fourneaux qu'il décrocha une place dans un restaurant.

Avec son don naturel pour la cuisine, notamment les viandes, il gravit la hiérarchie des cuisines de steakhouses en Caroline du Sud et Géorgie. Vers les années deux mille, il était devenu l'un des chefs les plus recherchés du Sud-Est, avait sous ses ordres d'importantes brigades, travaillait comme traiteur sur les grands événements et eut sa photo publiée dans *Atlanta Homes & Lifestyles*. Et tout cela en réussissant à diriger ses équipes en douceur – une rareté dans le milieu.

Et aujourd'hui, dans cette horreur quotidienne, troublé par l'amour qu'il éprouve, Josh meurt d'envie de cuisiner un petit plat tout spécialement pour Lilly.

Jusqu'à présent, ils ont subsisté avec des petits pois en conserve, du corned-beef, des céréales et du lait en poudre – rien qui puisse servir pour un dîner romantique ou une déclaration d'amour. Cela fait des semaines que toute la viande et les produits frais de la région ont été la proie des asticots. Mais Josh a en tête un lapin ou un sanglier qui pourrait rôder dans les bois environnants. Il pourrait préparer un ragoût ou un bon rôti avec des oignons sauvages, du romarin et un peu de ce pinot noir que Bob Stookey a récupéré dans un magasin abandonné. Il pourrait servir le tout avec de la polenta aux herbes et il y ajouterait sa petite touche personnelle. Des femmes de leur campement ont fabriqué des bougies avec le suif trouvé dans une mangeoire à oiseaux. Ce serait bien. Des chandelles, du vin, peut-être une poire pochée pour le dessert, et Josh serait paré. Les vergers sont encore remplis de fruits trop mûrs. Ou un chutney à la pomme avec du porc. Oui, tout à fait. Josh servirait le dîner et dirait à Lilly ce qu'il éprouve pour elle, son désir d'être avec elle, de la protéger et d'être son homme.

— Je sais où tu veux en venir, Lilly, dit-il finalement en tapotant son cigare sur une pierre. Et je veux que tu saches deux trucs. Grand un, tu as pas à avoir honte de ce que tu as fait.

— Tu veux dire m'être enfuie comme un chien battu pendant que tu te faisais attaquer ? demande-t-elle en baissant les yeux.

— Écoute-moi. Dans la même situation, j'aurais fait pareil.

— C'est des conneries, Josh, j'ai même pas…

— Laisse-moi finir, dit-il en écrasant le cigare. Grand deux, je *voulais* que tu t'échappes. Tu m'as pas entendu. Je t'ai gueulé de foutre le camp. Ça avait pas de sens, à deux pour un seul marteau contre ces machins. Tu vois ce que je veux dire ? Il y a pas de quoi avoir honte de ce que tu as fait.

Lilly respire, mais elle ne relève pas la tête. Une larme perle le long de son nez.

— Josh, je te remercie d'essayer de…

— On fait équipe, pas vrai ? dit-il en se penchant pour pouvoir voir son beau visage. Pas vrai ? (Elle hoche la tête.) Le duo de choc, hein ? (Elle acquiesce encore.) Voilà. Une mécanique bien huilée.

— Ouais, fait-elle en s'essuyant d'un revers de manche. OK.

— Alors restons comme ça, dit-il en lui jetant son bandana humide. Ça marche ?

Elle baisse le nez vers le foulard humide qui a atterri sur ses genoux, puis elle le regarde et se force à sourire.

— Putain, Josh, ce truc est complètement dégueu.

Trois jours passent dans le campement sans la moindre attaque. Seuls quelques incidents mineurs troublent le calme. Un matin, un groupe de gosses tombe sur un torse qui se contorsionne dans un fossé le long de la route. Le visage gris rongé par les vers tournés vers les cimes des arbres dans un gémissement d'éternelle souffrance, la chose a l'air d'être passée dans une moissonneuse qui ne lui a laissé que des moignons à la place des membres. Personne n'arrive à comprendre comment elle a pu arriver jusque-là. Chad abat la créature d'un coup de hache en plein front. Un autre jour, près des latrines communes, un vieillard se rend compte à son grand désarroi qu'il est en train de se soulager sur un zombie. Dieu sait comment, le Bouffeur s'est retrouvé coincé dans la conduite et c'est un autre campeur qui lui règle son compte d'un simple coup de pieu.

Cependant, ce ne sont que des rencontres isolées et le reste de la semaine se passe sans incident.

Ce répit donne aux occupants le temps de s'organiser, de terminer de monter les derniers abris, ranger les vivres et le matériel, explorer les environs immédiats et prendre des habitudes tandis que coalitions, bandes et hiérarchies se forment. Les dix familles ont apparemment plus de poids dans la prise de décision que les célibataires. C'est sans doute parce qu'elles ont charge d'âme et davantage à risquer, l'obligation de protéger les enfants, voire de détenir symboliquement le patrimoine génétique des générations futures, qu'elles bénéficient tacitement d'une sorte de droit d'aînesse.

Chad Bingham apparaît de fait comme le chef de ces patriarches. Chaque matin, il mène les débats de la communauté sous le chapiteau, assignant les tâches avec l'autorité nonchalante d'un capo de la Mafia. Chaque jour, il se pavane autour du camp, sa chique dans la joue, son pistolet bien apparent. Avec l'hiver qui arrive, et les bruits angoissants qui résonnent derrière les arbres la nuit, Lilly se fait du souci à cause de cet ersatz de grand chef. Chad garde à l'œil Megan, qui s'est mise à la colle avec un des autres pères de famille, au vu et au su de tous, y compris de l'épouse enceinte. Lilly s'inquiète que le semblant d'ordre qui règne ici repose sur un baril de poudre.

Sa tente n'est qu'à une dizaine de mètres de celle de Josh. Chaque matin, elle se réveille, s'assoit face à l'ouverture et sirote son café instantané en contemplant la tente de Josh et en essayant de faire le tri dans les sentiments

46

qu'elle éprouve pour le grand Black. Sa lâcheté la ronge encore et la hante jusque dans ses rêves. Elle revoit la porte accordéon ensanglantée du bus d'Atlanta, mais à présent, au lieu de son père dévoré glissant le long de la vitre, c'est Josh qu'elle voit.

Son regard accusateur la réveille chaque fois en sursaut, trempée d'une sueur glacée.

Durant ces nuits blanches ponctuées de cauchemars dans son sac de couchage moisi, alors qu'elle fixe le toit taché de sa petite tente – elle l'a trouvée lors d'une expédition dans une colonie de vacances et elle pue la fumée, le sperme et la bière –, elle entend inévitablement les bruits. Faiblement, dans l'obscurité lointaine au-delà de la colline, derrière les arbres, ils se mêlent à ceux du vent, des grillons et des feuillages : des claquements entrecoupés de frottements qui rappellent à Lilly le bruit de vieilles chaussures qui brinquebalent dans une machine à laver.

Dans son esprit ivre de terreur, cela lui évoque d'horribles images comme on en voit sur les clichés en noir et blanc des rapports de police, des cadavres mutilés et noircis par la raideur cadavérique, mais qui bougent encore, des visages morts qui se tournent vers elle et la lorgnent, des films d'horreur muets où des dépouilles tressautent comme des grenouilles sur un gril. Chaque nuit, incapable de dormir, Lilly se demande ce que signifient vraiment ces bruits, ce qui se trame là-bas et quand va survenir la prochaine attaque.

Au camp, ceux qui réfléchissent ont leurs théories.

Un jeune d'Athens, Harlan Steagal, un étudiant à grosses lunettes, a commencé à tenir des salons philosophiques la nuit autour du feu. Défoncés à la pseudo-éphédrine, au café instantané et à l'herbe, une poignée d'inadaptés sociaux cherchent comme ils peuvent des réponses aux questions qui tourmentent tout le monde : l'origine de cette peste, l'avenir de l'humanité et peut-être la plus urgente de toutes : les habitudes comportementales des zombies.

Le consensus de ce think tank est qu'il n'y a que deux possibilités : *a)* les zombies n'ont ni instinct ni but ni constantes de comportement hormis le besoin involontaire de se nourrir. Ce sont tout au plus des terminaisons nerveuses pourvues de dents qui s'entrechoquent comme des machines mortelles qu'il faut simplement « éteindre ». Ou bien *b)* il y a à l'œuvre ici un schéma comportemental complexe qu'aucun des survivants n'a encore percé à jour. Ce qui soulève la question de la transmission de la peste entre zombies et vivants – est-ce seulement par le biais d'une morsure ? – des comportements de meute *et* la possibilité de courbes d'apprentissage pavloviennes *et* d'impératifs génétiques à une échelle encore plus vaste.

En d'autres termes – comme dirait Harlan Steagal dans son jargon : *Les zombies, c'est un truc de ouf, une putain d'évolution complètement barrée ?*

Lilly entend malgré elle la plupart de ces divagations depuis trois jours et n'y accorde guère d'importance. Elle n'a pas de temps à perdre en conjectures et analyses. Plus les attaques se font rares, plus Lilly se sent vulnérable, malgré les mesures de sécurité. Maintenant que la plupart des tentes sont montées et que les véhicules garés sur le pourtour servent de barricades, la situation s'est calmée. Les gens sont installés, restent discrets, et les quelques feux de camp et réchauds utilisés pour les repas sont rapidement éteints de peur que fumée et odeurs attirent des indésirables.

Malgré tout, chaque nuit, Lilly est sur les nerfs. On dirait qu'un front froid approche. Le ciel nocturne est cristallin, sans nuages, des gelées se forment le matin sur le sol, les clôtures et les tentes. Ce froid qui rôde reflète la sombre intuition de Lilly. Quelque chose de terrible est imminent.

Une nuit, avant de se coucher, Lilly sort un petit agenda relié en cuir de son sac à dos. Dans les semaines qui ont suivi l'apparition de la peste, la plupart des appareils ont rendu l'âme. Le réseau électrique ne fonctionne plus, les batteries et piles sont à plat, les fournisseurs de services ont disparu et le monde est revenu aux fondamentaux : briques, mortier, papier, feu, chair, sang et sueur, et chaque fois que c'est possible, *combustion interne*. Comme Lilly n'a jamais été très branchée numérique – à Marietta, sa chambre était remplie de disques vinyles, de transistors, de réveils mécaniques et de vrais livres en papier –, c'est naturellement qu'elle consigne son quotidien dans le petit agenda à la couverture frappée du logo d'une compagnie d'assurances.

Ce soir-là, elle barre d'une grande croix la date du jeudi 1er novembre.

Le lendemain, le 2, c'est le jour où son destin, ainsi que celui de beaucoup d'autres, va irrémédiablement changer.

Dans l'aube claire du vendredi règne un froid âpre. Lilly se réveille juste après le lever du soleil en frissonnant dans son sac de couchage, le nez tellement glacé qu'elle le sent à peine. Ankylosée, elle superpose les couches de vêtements, puis elle sort de sa tente en remontant la fermeture éclair de son blouson et jette un coup d'œil à la tente de Josh.

Le grand Black est déjà levé et s'étire devant sa tente. Emmitouflé dans un gros pull et une doudoune élimée, il fait volte-face.

— Fait assez froid pour toi ? demande-t-il en la voyant.

— Tu as pas plus idiot comme question ? répond-elle en le rejoignant pour se servir dans le thermos de café fumant qu'il tient dans sa grosse main gantée.

— Le temps a fait paniquer tout le monde, dit-il à mi-voix en le lui tendant. (Du menton, il désigne les trois camions qui sortent lentement de la clairière.) On part dans la forêt pour récupérer le plus de bois possible.

— Je viens.

— Non, j'ai parlé à Chad, je crois qu'il veut que tu surveilles ses gosses.

— OK. Comme il veut.

— Garde-le, dit-il avec un sourire en désignant le thermos et en prenant la hache posée contre sa tente. On devrait être de retour au déjeuner.

— Josh, fait-elle en le rattrapant par la manche. Fais attention dans la forêt.

— Toujours, poupée, toujours, rigole-t-il.

Il tourne les talons et va rejoindre les nuages de fumées de pots d'échappement sur la route.

Lilly regarde la petite troupe sauter dans les camions et les bennes. Sur le moment, elle ne prend pas conscience du vacarme qu'ils font en criant et en claquant les portières. Dans toute cette agitation, ni Lilly ni personne ne s'aperçoit que tout ce bruit s'entend jusqu'au delà des arbres.

C'est Lilly qui perçoit la première le danger.

Les Bingham l'ont laissée sous le chapiteau avec leurs quatre filles, qui jouent dans l'herbe piétinée entre les tables pliantes, les piles de cageots et les bouteilles de gaz. La lumière filtre à l'intérieur par des lucarnes ménagées dans la toile du toit et l'air sent le moisi et la paille qui l'ont imprégnée depuis des années. Les fillettes jouent aux chaises musicales avec trois pliants cassés. C'est Lilly qui est censée fournir la musique. Elle fredonne sans conviction un vieux succès de Police, d'une voix faible, pendant que les filles tournent en gloussant. Lilly est distraite. Elle ne cesse de jeter des coups d'œil à l'autre bout vers l'ouverture, par laquelle elle aperçoit une grande portion de toile grise. Le campement est presque désert : ceux qui ne sont pas partis ramasser du bois sont blottis dans leurs tentes.

Lilly ravale son angoisse. Le soleil glacial brille, oblique, entre les arbres au loin ; le vent chuchote dans les montants du chapiteau. Sur la colline, des ombres dansent dans la pâle lumière. Lilly a l'impression d'entendre un frottement quelque part, dans les arbres, peut-être ; elle ne sait pas trop. Peut-être qu'elle se fait des idées à cause des bruits qui résonnent sous la grande tente.

Elle se détourne de l'ouverture et balaie les alentours du regard, cherchant des armes. Elle aperçoit une pelle posée contre une brouette remplie de terreau. Quelques outils de jardinage dans un seau. Les restes d'un petit déjeuner dans un sac poubelle – des assiettes en carton sales, des emballages de burritos, des boîtes de jus de fruits vides – et juste à côté, un bac contenant des couverts sales. Ils proviennent de l'un des camping-cars et Lilly remarque quelques couteaux pointus, mais il y a surtout des cuillers et fourchettes en plastique gluantes de restes et se demande si ce serait efficace contre un monstre cannibale affamé.

Elle maudit mentalement les chefs du camp de ne pas avoir laissé d'armes à feu.

Ceux qui sont restés sont les plus âgés : Mr Rhimes, deux vieilles filles de Stockbridge, O'Toole, un professeur à la retraite octogénaire, deux frères gâteux anciens pensionnaires d'un hospice de Macon – ainsi qu'une vingtaine de femmes qui sont trop occupées par les corvées de lessive et les bavardages philosophiques le long de la clôture pour remarquer si quelque chose cloche.

Le reste se compose d'enfants, une dizaine de fratries, certains à l'abri du froid sous leurs tentes, d'autres en train de jouer au ballon devant le bâtiment en ruines de la ferme. Chaque groupe est sous la responsabilité d'une femme.

Lilly se retourne vers l'ouverture du chapiteau et aperçoit au loin Megan Lafferty assise sous le porche de la maison incendiée, faisant semblant de surveiller des gosses et de ne pas fumer de l'herbe. Lilly secoue la tête. Megan est censée s'occuper des enfants de Jerry Hennessey, un courtier en assurances d'Augusta, qui couche avec elle depuis des jours et pas très discrètement. À huit, neuf et dix ans, les trois petits Hennessey sont parmi les plus jeunes du camp, derrière les jumelles Bingham et Ruthie, qui se sont interrompues dans leur jeu pour regarder avec agacement leur baby-sitter inquiète.

— Continue de chanter, Lilly, crie Sarah, les mains en porte-voix, depuis le tas de cageots.

Elle porte un adorable pull en faux angora qui fend le cœur de Lilly.

— Désolée, ma chérie, dit-elle en se retournant vers les filles. Je… (Elle n'achève pas. Elle entend un bruit au dehors, en haut dans les arbres. On dirait le craquement de la coque d'un bateau qui tangue… ou le grincement d'une porte de manoir hanté… ou plus probablement, le poids d'un zombie juché sur une branche morte.) Les enfants, je…

Un autre bruit l'interrompt. Elle fait volte-face vers l'ouverture de la tente en entendant ce frottement qui résonne à l'est et trouble le silence à une centaine de mètres de là, vers un bosquet de cornouillers et d'églantiers. Un vol de pigeons s'élève brusquement du feuillage. Lilly les fixe un instant tandis qu'ils s'éparpillent dans le ciel en une constellation de points noirs.

Comme des fusées de feu d'artifices qui explosent lentement, des pigeons s'élèvent de l'autre côté du camp puis se rejoignent dans les airs comme un nuage ondoyant. Les pigeons sauvages sont abondants dans la région, où les habitants les appellent des « rats volants » et prétendent qu'ils sont tout à fait savoureux une fois désossés et grillés – mais leur brusque apparition ces dernières semaines représente quelque chose de plus sombre et inquiétant qu'une source de nourriture.

Le quelque chose qui a dérangé les oiseaux est en train de s'approcher du campement.

3

— Les filles, écoutez-moi, dit Lilly en rejoignant rapidement la cadette des Bingham et en la prenant dans ses bras. Il faut venir avec moi.

— Pourquoi ? demande Sarah avec une moue typique d'une ado. Qu'est-ce qui va pas ?

— Ne discute pas, ma chérie, s'il te plaît.

Devant le regard qu'elle lui jette, Sarah se calme comme si elle avait pris un coup de cravache. Elle prend précipitamment les jumelles par la main et les entraîne vers l'ouverture.

Lilly s'arrête tout net sur le seuil en voyant le premier zombie surgir des arbres à une quarantaine de mètres de là. C'est un grand bonhomme chauve au crâne marbré et aux yeux laiteux. Immédiatement, Lilly ramène les enfants sous le chapiteau en serrant Ruthie contre elle.

— On change de plan, les enfants, murmure-t-elle, les dents serrées. (Elle pose la petite sur l'herbe près de la malle de voyage.) Pas un bruit, tout le monde.

— Qu'est-ce qui se passe ? demanda Sarah, toujours flanquée des jumelles, les yeux écarquillés de terreur.

— Restez ici sans faire de bruit.

Lilly retourne rapidement vers l'ouverture de la tente et se débat avec l'énorme rabat enroulé et noué avec des cordes. Elle finit par le libérer et la toile retombe.

Le plan qui lui était venu au premier abord était de se cacher avec les gosses dans un véhicule, de préférence avec les clés sur le tableau de bord, au cas où il faudrait filer. Mais à présent, elle ne voit d'autre solution que de se blottir silencieusement sous le chapiteau en espérant que les autres campeurs repousseront l'assaut.

— On va jouer à un autre jeu, maintenant, dit-elle en revenant auprès des fillettes.

Un cri retentit quelque part dans le campement. Lilly essaie de réprimer ses tremblements et une voix résonne dans sa tête : *Putain, pauvre conne, pour une fois dans ta vie, tu vas avoir un peu de courage, pour ces mômes ?*

— Un autre jeu, oui, oui, un autre, dit Sarah, rendue hagarde par la peur.

Elle a compris ce qui se passait. Elle se cramponne à ses petites sœurs et suit Lilly entre les deux grandes piles de cageots.

— On va jouer à cache-cache, dit Lilly à la petite Ruthie, rendue muette d'horreur. (Elle case les quatre filles dans la pénombre des cageots et les fait s'accroupir.) Il faut rester immobiles et ne pas faire de bruit du tout. D'accord ? (Sa voix semble les réconforter un peu, même si la plus jeune sait désormais que ce n'est pas un jeu et qu'on ne fait plus semblant.) Je reviens, chuchote-t-elle à Sarah.

— Non, attends ! Non, ne pars pas ! dit Sarah en se cramponnant avec un regard suppliant à la doudoune de Lilly.

— Je vais juste chercher quelque chose de l'autre côté de la tente, je ne m'en vais pas.

Lilly se dégage et file à quatre pattes sur l'herbe jusqu'aux seaux près de la longue table. Elle empoigne la pelle posée à côté de la brouette et revient à leur cachette.

Pendant ce temps, des bruits affreux résonnent derrière les parois du chapiteau battues par le vent. Un autre hurlement perce l'air, suivi de pas précipités, puis c'est le bruit d'une hache qui fend un crâne. Lydia gémit, Sarah la fait taire et Lilly s'accroupit devant elles, étourdie de terreur.

Le vent glacial agite les parois de la tente et, l'espace d'un bref instant, Lilly aperçoit dans une ouverture le massacre qui se déroule dehors. Une bonne vingtaine de zombies – dont elle ne voit que les pieds qui traînent comme un peloton d'hémiplégiques – convergent vers le campement. Les pas précipités des survivants, femmes et vieillards, s'éparpillent dans toutes les directions. Le spectacle de l'attaque distrait temporairement Lilly du bruit derrière les filles. Un bras ensanglanté surgit brusquement sous le pan de toile à quelques centimètres de la jambe de Sarah.

Celle-ci pousse un cri perçant quand la main du cadavre ambulant se referme sur sa cheville, ses ongles noircis s'enfonçant dans sa chair comme des serres. Le bras est creusé d'entailles et marqué de tatouages, enveloppé dans la manche d'un costume du dimanche, et Sarah se contorsionne de terreur. Instinctivement, elle recule en rampant, tirant derrière elle le reste du zombie.

Une cacophonie de piaillements et de hurlements s'élève du groupe de fillettes tandis que Lilly bondit sur ses pieds en serrant fermement le manche de la pelle dans ses mains moites. L'instinct prend le dessus et elle lève l'outil au-dessus de sa tête. Le cadavre mord furieusement dans le vide tandis que l'adolescente se contorsionne en rampant sur le sol glacé et en poussant des glapissements terrifiés, traînant toujours le zombie derrière elle.

Avant que les dents pourries aient le temps de mordre, Lilly abat la pelle de toutes ses forces sur le crâne du zombie dans un fracas de gong désaccordé qui fait vibrer le manche jusqu'à l'épaule de Lilly.

Sarah se libère et se relève péniblement. Lilly abat de nouveau la pelle, encore et encore, avec son bruit de cloche fêlée, et le mort-vivant se vide par saccades d'un sang noirâtre et de giclées de cervelle. Au quatrième coup, le crâne s'enfonce avec un bruit humide et une écume noire se répand sur l'herbe.

Entre-temps, Sarah a rejoint ses sœurs qui se cramponnent les unes aux autres, les yeux écarquillés, gémissant d'horreur, et qui reculent vers la sortie.

Lilly se désintéresse du cadavre mutilé en costume et se dirige vers l'ouverture à cinq mètres de là quand, soudain, elle se fige et saisit Sarah par la manche.

— Attends, Sarah ! Attends !

De l'autre côté du chapiteau, l'immense rabat de toile soulevé par le vent révèle une dizaine de zombies massés devant. Ils s'y engouffrent d'une démarche saccadée. Ce sont tous des hommes et femmes adultes, aux vêtements ensanglantés et déchirés, qui forment un assortiment hétéroclite et dont les yeux vitreux se fixent sur les filles.

— Par ici !

Lilly empoigne Sarah et l'entraîne vers l'autre bout du chapiteau à une dizaine de mètres. Sarah ramasse Ruthie et les jumelles les suivent en courant, glissant sur l'herbe sèche. Lilly désigne le bas de la paroi de toile.

— On va se glisser dehors par en dessous.

Elles ont fait la moitié du chemin quand un autre zombie leur barre la route. Apparemment, ce cadavre maigre et mutilé en salopette de jean délavé, la moitié du visage arrachée dans une bouillie de chairs, a réussi à passer sous la bâche et fonce droit sur Sarah. Lilly s'interpose et lui assène sur la tempe un coup de pelle qui l'envoie valser sur le côté.

Le zombie s'affale contre le mât central qu'il déséquilibre. Sous le choc, les filins se rompent. Dans un craquement de brise-glace dans la banquise, sous les cris suraigus des petites Bingham, les mâts de soutien sautent en arrachant les piquets extérieurs et l'énorme toit s'effondre comme un soufflé qui retombe.

La tente tombe sur les filles qui se retrouvent plongées dans le noir. Elles suffoquent, empêtrées dans la toile. Lilly s'agite sous la lourde étoffe et essaie de s'orienter. Elle n'a pas lâché la pelle et la bâche l'écrase comme une avalanche. Elle entend les cris étouffés des enfants et, apercevant la lumière à une dizaine de mètres, elle se met à ramper vers elle. Elle finit par atteindre l'épaule de Sarah.

— Prends ma main, lui crie-t-elle. Prends les filles de l'autre et tire !

À ce stade, comme c'est souvent le cas dans les situations catastrophiques, le temps semble ralentir et plusieurs choses arriver en même temps. Lilly atteint le bout de la tente et s'en extirpe. Le vent glacé la ragaillardit et elle tire de toutes ses forces sur Sarah, qui traîne toujours deux des autres fillettes.

Il manque Lydia, la cadette des jumelles – « d'une bonne demi-heure », comme dit toujours Sarah. Lilly écarte les rescapées en leur ordonnant de ne pas s'éloigner. Puis elle se retourne vers la tente et ce qu'elle voit lui déchire le cœur.

Sous la bâche, des formes s'agitent. Lilly lâche la pelle. Elle fixe la scène, le souffle coupé, l'échine et les jambes comme prises dans les glaces. Elle ne peut détacher son regard de la petite forme qui se contorsionne à quelques mètres d'elle : c'est la petite Lydia qui essaie de s'enfuir et dont les cris sont étouffés par la toile. Le pire, ce qui paralyse totalement Lilly, ce sont les autres formes qui s'avancent lentement vers elle comme des taupes géantes.

Au même instant, la peur fait sauter un fusible dans le cerveau de Lilly et le feu de la rage se répand dans tout son corps. En proie à une soudaine poussée d'adrénaline, elle se jette dans l'action, et la colère décuple ses forces. Elle soulève la toile et se glisse dessous en criant.

— Lydia, ma chérie, je suis là! Viens par ici!

À cinq mètres d'elle dans la pénombre, elle distingue les cheveux blonds de la fillette qui s'agite et rampe pour échapper à ses poursuivants. Lilly crie de plus belle, avance à quatre pattes et parvient à saisir le pull de la gamine sur lequel elle tire de toutes ses forces.

C'est à cet instant qu'elle voit le bras en lambeaux et le visage bleu et exsangue se profiler à quelques centimètres derrière l'enfant. Au moment où une main blafarde aux ongles déchiquetés tente de se refermer sur la chaussure de la petite, Lilly parvient à sortir la fillette de sous la toile. Elles roulent à quelques pas de là, puis Lilly la saisit et la serre dans ses bras.

— Tout va bien, ma chérie, tu es avec moi, tu risques rien.

L'enfant sanglote, mais Lilly n'a pas le temps de la consoler. Un vacarme de voix et de toiles froissées s'élève autour d'elles alors que le camp est pris d'assaut. Toujours à genoux, Lilly fait signe aux enfants de la rejoindre.

— OK, les filles, écoutez-moi bien. Il va falloir aller très, très vite, rester groupées et faire ce que je vous dis.

Elle se relève, hors d'haleine, ramasse la pelle, se retourne et voit le chaos qui s'empare du campement.

D'autres zombies arrivent encore. Certains en groupes de quatre ou cinq, grondant et la bave aux lèvres, rendus fous par la faim.

Dans ce tumulte de cris – les campeurs qui fuient de toutes parts, les moteurs qui démarrent, les haches qui s'agitent, les cordes à linge qui s'effondrent –, certaines tentes frémissent des combats qui se déroulent à l'intérieur, leurs occupants pris de court par les zombies qui s'y sont insinués. Une petite tente s'effondre, des jambes qui en dépassent s'agitent. Une autre est secouée en tous sens et la toile translucide est éclaboussée du sang qui gicle. Lilly repère un chemin qui va les mener vers les voitures garées à une cinquantaine de mètres et se retourne vers les enfants.

— Il faut toutes me suivre, OK? Restez groupées et ne faites pas un seul bruit. On y va?

Les fillettes hochent la tête en silence, et Lilly les entraîne à travers le campement.

Les survivants de cette peste inexplicable ont rapidement appris que le plus gros avantage des humains sur les morts-vivants est la vitesse. Dans des circonstances favorables, un être humain distance sans peine le plus robuste de ces cadavres ambulants. Mais cet atout ne peut rien face au nombre. Le danger augmente exponentiellement avec chaque zombie supplémentaire... jusqu'à ce que la victime succombe sous un déferlement de dents acérées et de griffes noirâtres. Lilly fait à ses dépens l'apprentissage de cette dure réalité.

La Chrysler 300 gris métallisé cabossée, avec son coffre de toit, souillée de traînées sanguinolentes, est garée dans un virage de la route d'accès à moins de cinquante mètres du chapiteau, à l'ombre d'un févier épineux. Les vitres sont remontées, mais Lilly a de bonnes raisons de croire qu'elles pourront grimper à l'intérieur, même si elles ne peuvent pas la démarrer. Il y a cinquante pour cent de chances que les clés soient sur le contact : cela fait long-temps que tout le monde a pris cette habitude pour pouvoir fuir facilement.

Malheureusement, le terrain grouille de zombies et Lilly et les filles ont à peine parcouru dix mètres que plusieurs d'entre eux fondent sur elles.

— Restez derrière moi ! crie-t-elle à ses ouailles en brandissant sa pelle.

Le fer rouillé s'abat sur la joue marbrée d'une femme en peignoir ensanglanté et l'envoie bousculer un groupe de bonshommes en salopettes sales qui s'affalent comme des quilles. Mais la femme reste debout, vacille, agite les bras et redouble d'ardeur.

Lilly et les petites se rapprochent encore de la Chrysler quand un autre groupe s'interpose. La pelle siffle dans l'air et fracasse le nez du premier zombie. Un autre coup démolit la mâchoire d'une femme en manteau de vison crasseux. Un troisième fend le crâne d'une vieille dame voûtée dont les intestins jaillissent à travers sa chemise de nuit d'hôpital, et qui recule simplement en titubant.

Enfin les filles atteignent la Chrysler. Par bonheur, la portière côté passager est ouverte. Alors que les zombies gagnent du terrain, Sarah jette Ruthie sur le siège, avant d'apercevoir les clés glissées dans le contact. Encore un coup de veine.

— Reste là, ma chérie, dit-elle à la gamine de sept ans avant de claquer la portière et de gagner l'arrière avec les jumelles. Sarah, fais attention !

Le cri strident de Lilly perce le vacarme ambiant alors qu'une dizaine de zombies s'avancent derrière Sarah. L'ado ouvre d'un coup sec la portière arrière, mais elle n'a pas le temps de faire monter les jumelles. Les deux petites trébuchent et s'étalent dans l'herbe. Sarah pousse un hurlement. Lilly essaie de s'interposer avec sa pelle et réussit à fracasser le crâne d'un Noir putréfié en veste de chasse qui tombe à la renverse. Mais les zombies sont trop nombreux, à présent, et ils arrivent de partout. Dans la pagaille, les jumelles parviennent à grimper sur la banquette et à claquer la porte.

Au bord de la crise, folle de rage, Sarah se retourne et laisse échapper un cri en écartant sans ménagement un mort-vivant. Profitant d'un espace dans le mur compact des cadavres, elle s'y faufile et s'enfuit.

— Non! crie Lilly en la voyant courir vers le chapiteau.

Sarah a franchi la moitié de la distance lorsqu'une horde impénétrable de zombies se rapproche d'elle, lui barre la route et se jette sur elle. Elle tombe et mord la poussière alors que d'autres se précipitent. La première morsure traverse le pull imitation angora au ventre et emporte un morceau de chair, puis les dents pourries s'enfoncent dans sa jugulaire. Elle finit noyée dans une mare de sang.

À vingt-cinq mètres de là, près de la voiture, Lilly repousse une masse de dents avides et de chairs mortes. Il y a à présent une bonne vingtaine de zombies en proie à une grotesque frénésie avide qui entourent la Chrysler. Leurs lèvres noirâtres s'agitent voracement, tandis que, derrière les vitres souillées de sang, les trois petites, pétrifiées, contemplent la scène.

Galvanisée par le spectacle macabre de l'agonie de Sarah, Lilly fait tournoyer sa pelle, mais ses efforts sont vains devant cette horde toujours plus nombreuse. Les cris assourdissants de l'adolescente diminuent pour laisser la place à des gargouillements. Une demi-douzaine de zombies sont maintenant sur elle et fouaillent ses chairs qu'ils déchiquettent jusqu'à ce que son ventre ne soit plus qu'une masse sanglante.

Lilly, glacée, abat sa pelle sur un autre crâne, électrisée par la terreur et concentrée sur un unique objectif : *les éloigner de la Chrysler et des enfants.* Cette obsession lui redonne courage et énergie. Elle se retourne et donne un grand coup de pelle sur l'aile avant de la voiture. Le fracas métallique fait sursauter les enfants à l'intérieur, tandis que les visages livides se tournent vers le bruit.

— Allez, allez ! crie Lilly en s'éloignant de la Chrysler pour gagner la voiture la plus proche, une Ford Taurus dont la vitre cassée est colmatée avec un carton.

Elle frappe le toit de toutes ses forces, et le vacarme attire l'attention d'autres zombies. Elle court vers la voiture suivante et recommence son manège.

— Allez ! Allez !

Sa voix domine le tumulte comme l'aboiement d'un animal malade, un glapissement d'horreur et de folie rauque et monocorde. Elle frappe les voitures les unes après les autres, sans trop savoir ce qu'elle fait ni vraiment maîtriser ses gestes. D'autres zombies sont alertés et se dirigent lentement vers le bruit.

Il faut à Lilly à peine quelques secondes pour arriver au dernier véhicule, un pickup Chevrolet, mais déjà, la plupart des assaillants ont répondu à son appel et lentement, comme des crétins, s'avancent gauchement vers les cris. Les seuls qui n'ont pas bougé sont les six qui dévorent Sarah Bingham sur le sol, près de l'immense chapiteau effondré. Lilly redouble de cris tout en traversant la route et en montant vers les arbres.

Le cœur battant la chamade, la vision brouillée et les poumons en feu, elle lâche sa pelle et gravit la pente boueuse pour s'enfoncer sous les arbres. Elle se cogne l'épaule contre un bouleau et la douleur irradie jusque dans son crâne. Elle marche à l'instinct, à présent, une horde de zombies sur ses pas. À force de zigzaguer entre les troncs, elle finit par ne plus savoir où elle est. Le temps a perdu toute signification. Comme dans un rêve, Lilly sent ses mouvements se ralentir, ses cris refusent de franchir sa gorge, ses jambes s'embourbent dans les invisibles sables mouvants des cauchemars. L'obscurité se referme sur elle à mesure qu'elle s'enfonce dans la forêt.

Elle pense à Sarah, la pauvre, à son joli petit pull angora rose, qui baigne à présent dans son sang, et cette tragédie lui coupe les jambes. Lilly s'effondre sur le sol tapissé d'aiguilles de sapin et de feuilles pourrissantes. Elle laisse échapper toute sa douleur dans un sanglot muet et des larmes roulent sur ses joues. Ses pleurs que personne n'entend vont durer longtemps.

La patrouille partie à sa recherche la trouve en fin d'après-midi. Mené par Chad Bingham, le groupe de cinq hommes et trois femmes, tous lourdement armés, aperçoit le blouson en polaire bleu ciel de Lilly derrière un arbre abattu à un bon kilomètre au nord du campement, dans l'obscurité glaciale de la forêt, dans une petite clairière abritée par des branches. Allongée dans des ronces, elle paraît inconsciente.

— Attention ! s'écrie Chad Bingham à son bras droit, Dick Fenster, un mécanicien maigrichon d'Atlanta. Si elle bouge encore, elle a peut-être commencé à se transformer !

Avec inquiétude, Fenster s'approche, son arme au poing, le doigt tressaillant sur la détente. Il s'agenouille auprès de Lilly, l'examine longuement, puis se retourne vers ses compagnons.

— Elle a rien ! Elle est vivante, pas une morsure, et elle est consciente !

— Plus pour longtemps, grommelle Chad en s'approchant à son tour. C'est à cause de cette petite saloperie de trouillarde que ma fille chérie est morte…

— Holà ! s'interpose Megan. Attends une seconde, toi.

— Dégage de mon chemin, Megan.

— Respire un bon coup.

— Je veux juste lui parler.

Un silence gêné s'empare de tous. Les autres membres de la patrouille restent sous les arbres, tête baissée, leurs visages épuisés et tendus encore marqués par l'horreur de la journée. Certains ont les yeux rouges d'avoir pleuré.

En rentrant de leur collecte de bois, les oreilles encore pleines du bruit des moteurs et des haches, ils ont été bouleversés de trouver le campement plongé dans un état épouvantable. Des humains et des zombies jonchent le sol, seize campeurs ont été massacrés, certains dévorés, dont neuf enfants. Josh s'est chargé d'achever les zombies et les malheureux humains encore intacts. Personne n'avait le cœur de loger une balle dans le crâne d'un ami ou d'un être cher. La période d'incubation paraît étrangement de moins en moins prévisible, ces derniers temps. Certaines victimes ressuscitent quelques minutes seulement après avoir été mordues. Pour d'autres, il faut des heures, voire des journées pour se transformer. Pour l'heure, d'ailleurs, Josh est resté au camp pour superviser l'équipe de nettoyeurs qui s'apprête à évacuer les cadavres. Il va falloir encore une journée pour remonter le chapiteau.

— Mec, sérieux, écoute, dit Megan à Chad d'un ton pressant. Je sais que tu es déchiré et tout, mais elle a sauvé trois de tes gosses… Je t'ai dit que je l'avais vue de mes propres yeux. Elle a attiré les zombies à l'écart et elle a risqué sa vie en faisant diversion.

Chad a l'air sur le point de pleurer ou de hurler.

— Je… je veux juste lui parler.

— Ta femme est restée au campement folle de chagrin, elle a besoin de toi.

— Je veux juste…

Le silence gêné retombe. Un des autres pères se met à sangloter discrètement sous les arbres et lâche son pistolet. Il est presque 17 heures et, dans le froid qui descend, leurs haleines se condensent devant leurs visages. De l'autre côté, Lilly se redresse et s'essuie la bouche, essayant de comprendre ce qui lui arrive. On dirait une somnambule. Fenster l'aide à se mettre debout.

— Et merde, dit Chad en baissant les yeux et en tournant les talons. Et merde.

Le lendemain, sous un ciel glacé et couvert, les campeurs ont improvisé un service funèbre pour leurs compagnons. Presque soixante-quinze survivants se rassemblent en demi-cercle autour du lieu de sépulture en bordure est du terrain. Certains portent des bougies qui résistent en frémissant dans le vent d'octobre. D'autres sont cramponnés à leur voisin, secoués par le chagrin. La douleur de certains, surtout les parents endeuillés et effondrés, est le reflet de la fatalité qui règne dans ce monde frappé par la peste. Leurs enfants ont été emportés avec la soudaineté arbitraire de la foudre et leurs yeux brillent de larmes dans la pâle lumière de l'automne.

Des tas de pierres marquent les seize sépultures derrière la clôture. Sur certaines est piquée une poignée de fleurs sauvages. Josh s'est assuré que la tombe de Sarah soit ornée d'un joli bouquet des roses blanches Cherokee qui poussent à profusion aux abords des vergers. Le grand Black s'était attaché à l'impétueuse et intelligente ado… et sa mort lui fend le cœur.

— Seigneur, nous Te demandons de prendre nos amis et compagnons entre Tes bras, dit-il le visage ruisselant de larmes, depuis la clôture, dans le vent qui agite sa vareuse militaire kaki.

Josh a été élevé en baptiste et, bien qu'il n'ait guère été religieux par la suite, il a demandé à ses compagnons ce matin s'il pouvait prononcer quelques mots. Les baptistes n'attachent pas beaucoup d'importance aux prières pour les morts. Ils estiment que les vertueux vont au paradis immédiatement après leur mort et que les mécréants sont tout aussi rapidement précipités en enfer, mais Josh se sent tout de même obligé de dire quelque chose.

Il a vu Lilly en début de journée et l'a serrée dans ses bras en lui murmurant quelques paroles de réconfort. Mais il a senti que quelque chose n'allait pas. Que quelque chose de plus que le chagrin la ravageait. Sa frêle silhouette était inerte dans ses bras énormes et ne cessait de trembler comme un oiseau blessé. Elle n'a pas beaucoup parlé. Seulement dit qu'elle avait besoin d'être seule. Elle n'est pas venue à la cérémonie.

— Nous Te demandons de les emmener dans un monde meilleur, poursuit-il d'une voix étranglée. (Il en a beaucoup coûté au colosse de veiller à l'évacuation des cadavres. Il s'efforce de se contenir, mais ses émotions font trembler sa voix de basse.) Nous Te demandons de… de…

Il ne peut pas continuer. Il se détourne, baisse la tête et laisse couler des larmes silencieuses. Il ne peut plus respirer. Ni rester là. À peine conscient de ses gestes, il s'éloigne de la troupe, de ces horribles sanglots et prières. Il n'a pas remarqué grand-chose aujourd'hui dans ce brouillard de tristesse, si ce n'est que Lilly n'est pas la seule absente à ces funérailles. Chad Bingham n'est pas venu non plus.

— Ça va?

Lilly garde un instant ses distances au bord de la clairière et se tord les mains nerveusement à quelques pas de Chad.

Pendant un moment, il reste coi devant les arbres, le dos tourné, les épaules voûtées et la tête basse, comme s'il portait le poids du monde.

Peu avant le début de la cérémonie, Chad a surpris Lilly en venant à sa tente lui demander s'ils pouvaient parler seul à seule. Il a dit qu'il voulait que tout soit clair. Qu'il ne lui en voulait pas de la mort de Sarah, et d'après son expression désemparée, Lilly l'a cru.

Et c'est pour cela qu'elle l'a suivi ici dans une petite clairière parmi les arbres denses qui bordent le nord de la propriété. Quelques mètres carrés de sol tapissé d'aiguilles, bordés de pierres couvertes de mousse, sous un toit de feuillage qui laisse filtrer un jour gris où dansent des poussières. L'air froid sent l'humus et le crottin. La clairière est assez loin du camp pour offrir une certaine intimité.

— Chad… (Lilly veut lui dire combien elle a de la peine. Pour la première fois depuis leur rencontre – d'abord consternée par la liaison adultère qu'il s'était empressé d'entretenir avec Megan sous le nez de son épouse –, Lilly voit Chad simplement comme un être humain… Imparfait, terrifié, gouverné par ses émotions, désorienté et dévasté par la mort de sa fille. En d'autres termes, il n'est ni pire ni meilleur que les autres. Lilly éprouve de la compassion pour lui.) Tu veux qu'on en parle? demande-t-elle finalement.

— Ouais, je suppose… peut-être pas… j'en sais rien.

Il lui tourne toujours le dos et sa voix est faible et saccadée, comme un robinet qui fuit. Le chagrin noue ses épaules et le fait trembler un peu dans la pénombre des sapins.

— Je suis vraiment désolée, Chad, continue-t-elle en osant enfin s'approcher. J'aimais beaucoup Sarah, c'était une fille géniale. (Il répond d'une voix si basse qu'elle n'entend pas. Elle se rapproche encore. Pose la main sur son épaule.) Je sais que personne ne sait quoi dire… dans un moment pareil. (Elle parle à sa nuque. Il a un petit serpent tatoué sur le côté du cou.) Je sais que ce n'est pas une consolation, ajoute-t-elle. Mais Sarah est morte en héroïne… Elle a sauvé la vie de ses sœurs.

— Ah bon ? dit-il d'une voix sourde. C'était une bonne fille.

— Je sais. Elle était merveilleuse.

— C'est ce que tu penses ?

Il ne s'est toujours pas retourné. Garde toujours la tête baissée. Ses épaules tremblent.

— Oui, vraiment, Chad, il n'y en avait pas beaucoup comme elle.

— Ah oui ? C'est ce que tu penses ?

— Tout à fait.

— Alors pourquoi tu as pas fait ton putain de boulot ? (Il se retourne et lui assène un revers si violent qu'elle s'en mord la langue. Il la frappe à nouveau et elle vacille, trébuche sur une racine et tombe à la renverse. Chad se dresse au-dessus d'elle, les poings serrés, le regard flamboyant.) Sale petite conne ! Tu avais seulement à protéger mes gosses ! Même un chimpanzé aurait su le faire !

Lilly essaie de se dérober, mais Chad lui donne un coup de sa botte ferrée dans la hanche et la retourne. La douleur lui scie le ventre et elle manque d'air.

— S'il te plaît…

Il se baisse, la saisit au collet pour la remettre debout d'un coup sec et l'attirer contre lui.

— Toi et ta petite pute de copine, siffle-t-il sous son nez, vous croyez que c'est un jeu ? Tu as fumé de l'herbe, hier soir, hein ? Hein ?

Il lui décoche dans la mâchoire un coup de poing qui lui fait sauter une dent et la jette sur le sol. Elle souffre le martyre avec deux côtes cassées et le sang qui lui monte dans la gorge. Sa vision se brouille, le froid l'envahit, elle voit à peine Chad qui se penche et s'abat sur elle de tout son poids, l'enfourche, l'écume aux lèvres.

— Réponds-moi ! crache-t-il. Tu fumais de l'herbe pendant que tu t'occupais de mes gosses ? (Lilly sent ses mains se refermer sur sa gorge et lui cogner la tête contre le sol.) Réponds-moi, espèce de petite puuu…

Soudain, une silhouette apparaît derrière lui, le fait basculer et libère Lilly, qui voit à peine qui est son sauveteur. Elle ne voit qu'une forme si énorme qu'elle cache le soleil.

Josh empoigne Chad par les revers de son blouson et le soulève de toutes ses forces. Est-ce la soudaine décharge d'adrénaline du grand Black ou simplement le gabarit relativement léger de Chad, mais toujours est-il qu'il est projeté dans les airs comme un homme-canon et qu'il perd au passage une de ses bottes et sa casquette avant de heurter de plein fouet un tronc. Le choc lui coupe le souffle et il s'affale sur le sol en clignant des paupières.

Josh s'accroupit auprès de Lilly et soulève doucement son visage ensanglanté. Elle essaie de parler, mais ses lèvres tuméfiées ne peuvent articuler. Josh laisse échapper un soupir peiné. Voir ce charmant visage, avec ses yeux couleur d'écume et les délicates taches de rousseur sur les joues, à présent souillé de sang, cela le met dans une rage qui l'aveugle presque. Il se lève, se retourne et rejoint d'un pas décidé l'endroit où Chad se contorsionne de douleur.

Josh ne voit sur le sol qu'une vague silhouette floue dans le pâle soleil qui filtre dans la pénombre. Chad tente vainement de reculer en rampant, mais Josh le rattrape sans peine par les pieds et le tire brutalement pour le ramener devant l'arbre. Puis il le redresse et l'adosse au tronc.

— Ça te… ça te regarde… bégaie Chad en se débattant, la bouche ensanglantée. S'il te plaît, mon pote… Tu as pas à…

Josh plaque violemment Chad contre l'écorce du chêne centenaire. Le choc fend le crâne de l'homme et lui déboîte l'épaule. Chad laisse échapper un gargouillement inarticulé. Josh continue de le cogner contre l'arbre avec autant de violence qu'un bélier qui enfonce une porte.

— Je suis pas ton pote, dit Josh d'une voix sourde, tout en continuant de secouer l'homme comme une poupée de chiffons.

Il est rare que Josh perde ainsi la maîtrise de lui-même. Ce n'est arrivé que quelques fois dans sa vie. Un jour, au football, quand un adversaire – un bon gars de Montgomery – l'avait traité de négro… Et une autre fois à Atlanta, quand un pickpocket avait voulu dérober le sac à main de sa mère. Mais là, la fureur s'est emparée de lui et, déchaîné, il continue de cogner le crâne de Chad contre le tronc.

La tête de Chad cède à chaque coup et le bruit est de plus en plus visqueux à mesure que la boîte crânienne s'enfonce. Involontairement, il vomit et des fragments de céréales et de bile jaune dégoulinent sur les énormes avant-bras de Josh qui n'y prête aucune attention. En revanche, il remarque la main de Chad qui tente de se refermer sur le Smith & Wesson glissé dans sa ceinture. Il l'arrache immédiatement et le jette plus loin dans la clairière.

Avec le peu qu'il lui reste de force, bien qu'étourdi et ruisselant de sang, Chad tente de lui donner un coup de genou dans l'entrejambe, mais Josh l'arrête aussitôt d'une seule main, puis il lui assène un coup incroyable, un revers irréel qui envoie Chad valser à cinq mètres sur le côté.

Il gît inerte sur le sol et Josh n'entend pas Lilly qui traverse la clairière d'un pas incertain, ni sa voix étranglée.

— Josh! Non! Non! Josh, arrête, tu vas le tuer!

Brusquement, Josh reprend ses sens, clignant des paupières comme un somnambule qui se réveille et s'aperçoit qu'il est tout nu au milieu de la rue. Il sent sur son dos la main de Lilly qui s'agrippe à son blouson et essaie de le tirer en arrière.

Il se retourne. Il voit Lilly – couverte de bleus et d'égratignures, la bouche ensanglantée, à peine capable de tenir debout et de parler, qui plonge son regard dans le sien. Il l'attire à elle et l'étreint, les yeux embués de larmes.

— Ça va?

— Oui, ça va… Josh, je t'en prie, il faut que tu arrêtes, sinon tu vas le tuer.

Josh veut répondre, mais il s'interrompt, se retourne et regarde l'homme qui gît sur le sol. Durant ce terrible silence – alors que Josh bouge les lèvres sans être capable de prononcer un seul mot –, il voit le corps affalé dans une mare de sang, aussi immobile et sans vie qu'un tas de linge sale.

4

— Bouge pas, ma chérie. J'ai presque fini.

Bob Stookey tourne précautionneusement la tête de Lilly pour mieux voir sa lèvre enflée et tamponne délicatement la blessure avec un peu de pommade antibiotique.

Lilly tressaille de douleur. Bob s'agenouille auprès d'elle, sa trousse de secours ouverte posée sur le bord du lit de camp où, allongée et drapée jusqu'à la poitrine d'une couverture, elle fixe le toit de la tente. La toile tachée est éclairée par les pâles rayons du soleil de fin d'après-midi. L'air glacial sent le désinfectant et l'alcool bon marché.

Bob a horriblement envie de boire. Ses mains tremblent à nouveau. Ces derniers jours lui rappellent l'époque où il était dans le corps médical de la Navy. Un unique séjour en Afghanistan il y a onze ans – il a l'impression que cela fait une éternité – à vider les plats-bassins à Camp Dwyer, cela ne risquait pas de le préparer à ce qu'il vit maintenant. Il était déjà alcoolique à l'époque, il avait tout juste réussi à finir sa formation médicale à San Antonio tellement il buvait, et voilà que la guerre lui retombe dessus. Les corps criblés d'éclats d'obus qu'il rafistolait au Moyen-Orient ne sont rien en comparaison des champs de bataille de cette guerre-là. Parfois, quand il rêve de l'Afghanistan,

73

les morts-vivants se mêlent aux rangs des talibans dans un Grand-Guignol et il voit des membres grisâtres qui surgissent et transpercent les parois des unités médicales mobiles.

Mais soigner Lilly, c'est une tout autre affaire pour Bob : c'est bien pire que d'être infirmier sur le front ou de nettoyer après une attaque de zombies. Bingham n'y est pas allé de main morte. D'après ce qu'il voit, elle a au moins trois côtes cassées, une grosse contusion à l'œil gauche – avec peut-être une hémorragie du corps vitré, voire un décollement de la rétine – ainsi qu'une série de sales ecchymoses et égratignures au visage. Bob ne se sent pas à la hauteur – question matériel et compétences –, même pour faire *semblant* de la soigner. Mais puisqu'il est le seul à pouvoir agir ici, il a bricolé avec des draps déchirés, des couvertures rigides de livres et des bandes, de quoi immobiliser les côtes de Lilly et appliqué sa maigre provision de crème antibiotique sur les blessures superficielles. C'est l'œil qui l'inquiète le plus. Il va falloir le surveiller et s'assurer qu'il guérisse convenablement.

— Et voilà, dit-il en déposant une dernière touche de crème sur sa lèvre.

— Merci, Bob, zozote Lilly avec sa bouche enflée. Tu peux envoyer la facture à ma mutuelle.

Bob laisse échapper un gloussement sans joie et l'aide à remettre son blouson par-dessus ses bandages.

— Qu'est-ce qui s'est passé là-bas, enfin ?

Lilly s'assoit sur le bord du lit en soupirant et remonte comme elle peut la fermeture éclair en tressaillant de douleur.

— Ça a un peu… dégénéré.

Bob sort sa fiasque cabossée remplie d'alcool bon marché, s'installe dans son fauteuil de camping et boit une longue gorgée pour se remettre.

— Au risque de dire une évidence… ça n'est bon pour personne.

Lilly déglutit aussi difficilement que si elle avalait du verre pilé. Des boucles auburn retombent sur son visage.

— M'en parle pas.

— Il y a une réunion sur le sujet dans la grande tente.

— Avec qui ?

— Simmons, Hennessey, d'autres vieux, Alice Burnside… tu vois le genre… les enfants de la révolution. Josh est… eh bien, jamais je l'ai vu comme ça. Complètement déboussolé. Il est assis par terre devant sa tente comme un sphinx… pas un mot… fixe le vide. A dit qu'il ferait sans discuter ce que les autres décideraient.

— Ça veut dire quoi ?

— Lilly, répond Bob après une autre gorgée de son médicament préféré. C'est inédit. Quelqu'un a assassiné un des nôtres. C'est la première fois qu'on a affaire à un meurtre.

— *Assassiné* ?

— Lilly…

— Ah bon, pour eux c'est un meurtre ?

— Je dis juste…

— Faut que j'aille leur parler.

Elle essaie de se lever, mais la douleur la cloue sur le rebord du lit.

— Holà, du calme, dit Bob en venant la retenir. Je viens de te donner une dose de cheval de codéine.

— Bon Dieu, Bob, pas question qu'on lynche Josh pour ça, je refuse de les laisser faire.

— On va procéder par étapes. Pour le moment, tu restes ici.

Elle baisse la tête et une larme vient perler dans son œil indemne.

— C'était un accident, Bob.

— On va d'abord s'occuper de te soigner, hein ?

Elle relève le nez. Sa lèvre blessée a triplé de volume, elle a l'œil gauche au beurre noir et injecté de sang. Elle relève le col de son blouson récupéré et frissonne dans le froid. Bob remarque qu'elle porte tout un tas d'accessoires bizarres : des bracelets en macramé, des perles et de petites plumes tressées dans les mèches qui retombent sur son visage abîmé. Il s'étonne qu'une fille puisse encore se préoccuper de la mode dans cet univers chamboulé. Mais cela fait partie du charme de Lilly, de sa personnalité. Avec la petite fleur de lys tatouée sur sa nuque et les méticuleuses déchirures et pièces de son jean, c'est le genre qui est capable de se faire toute une garde-robe avec dix dollars et un après-midi passé dans une friperie.

— Tout est ma faute, Bob, dit-elle d'une voix rauque et gagnée par le sommeil.

— C'est des conneries, rétorque-t-il après une nouvelle gorgée. Ces gars, c'est des adultes. Ils savaient ce qu'ils faisaient. (Une autre gorgée. Peut-être que l'alcool commence à lui délier la langue, car il éprouve une certaine amertume.) À mon avis, connaissant le genre de Chad, ça faisait longtemps que ça lui pendait au bout du nez.

— Bob, c'est pas...

Elle se tait en entendant des pas crisser devant la tente. L'ombre d'un mastodonte se découpe sur la toile. La silhouette familière s'arrête un instant devant l'ouverture rabattue. Lilly la reconnaît, mais elle ne dit rien. Une grosse main soulève le pan de toile et une tête brune et ridée jette un coup d'œil à l'intérieur.

— Ils m'ont dit... ils m'ont donné trois minutes, dit Josh d'une voix étranglée.

— Qu'est-ce que tu racontes ? demande-t-elle en se redressant et en dévisageant son ami. Trois minutes pour quoi ?

Il s'accroupit devant la tente, fixe le sol et hausse les épaules pour réprimer son émotion.

— Pour dire au revoir.

— *Au revoir ?* Comment ça ? Qu'est-ce qui s'est passé ?

— Ils ont voté, soupire Josh. Décidé que la meilleure solution était que je fasse mes valises et que je quitte le groupe.

— *Quoi ?*

— Mieux vaut ça qu'être pendu haut et court.

— Tu n'as pas... Je veux dire, c'est purement accidentel.

— Oui, c'est ça, dit-il en fixant toujours le sol. Le pauvre est accidentellement tombé sur mon poing plusieurs fois de suite.

— Mais dans de telles circonstances, enfin, ces gens savent quel genre d'homme...

— Lilly...

— Non, ça n'est pas juste. C'est... mal.

— C'est réglé, Lilly.

— Ils vont te laisser prendre des provisions ? Une voiture, peut-être ?

— J'ai ma moto. Ça ira, je m'en sortirai...

— Non, non... c'est... *ridicule* !

— Lilly, écoute-moi. (Il se penche à l'intérieur de la tente. Bob se détourne par respect. Josh tend la main pour toucher le visage blessé de Lilly. D'après ses dents serrées, ses yeux brillants et les rides qui marquent le contour de sa bouche, il est évident qu'il retient un raz-de-marée d'émotions.) C'est comme ça que ça doit être. Ça vaut mieux. Je m'en sortirai. Bob et toi, tenez bon.

— Je pars avec toi, alors, dit Lilly, les yeux embués de larmes.

— Lilly...

— J'ai rien qui me retient ici.

— Désolé, ma poupée, répond Josh. C'est un billet valable pour une personne.

— Je viens avec toi.

— Lilly, je suis vraiment désolé, mais c'est pas dans le scénario. C'est plus sûr pour toi, ici, avec le groupe.

— Ouais, c'est vachement stable, ici, rétorque-t-elle, glaciale. Ça déborde d'amour.

— Tu es mieux ici que dans la nature.

Elle le regarde, les larmes ruisselant sur ses joues lacérées.

— Tu peux pas m'en empêcher, Josh. J'ai pris ma décision. Je viens avec toi et point barre. Et si tu essaies de m'arrêter, je te traquerai, je serai sur tes talons et je te retrouverai. Je viens avec toi et tu y peux rien. OK? Alors fais-toi à cette idée.

Elle boutonne son blouson et enfile ses bottes. Désemparé, Josh la regarde rassembler ses affaires avec des gestes gauches. Bob échange un regard avec lui et quelque chose d'aussi muet que puissant passe entre les deux hommes. Pendant ce temps, s'interrompant de temps en temps à cause de la douleur, Lilly achève de fourrer ses vêtements dans un sac et sort de la tente. Josh reste sur le seuil un moment et regarde Bob, qui finit par hausser les épaules.

— *Les femmes*, dit-il finalement avec un sourire las.

Un quart d'heure plus tard, les porte-bagages de la Suzuki onyx de Josh débordent de boîtes de corned-beef et thon, fusées de détresse, couvertures, allumettes de tempête et cordes. À quoi s'ajoutent une petite canadienne, une torche, un petit réchaud de camping, une canne à pêche pliante, un petit calibre .38 et quelques assiettes en carton et épices pris dans les fournitures communes. Le ciel maussade s'est rempli de sombres nuages. Ce temps menaçant renforce le côté angoissant de la situation tandis que Josh arrime les bagages et jette par-dessus son épaule un coup d'œil à Lilly, qui attend à quelques mètres sur le bord de la route, son sac à dos plein à craquer, qu'elle ajuste sur ses épaules en tressaillant de douleur.

De l'autre côté de la propriété, trois hommes et une femme d'âge mûr, des chefs autoproclamés, les observent stoïquement. Josh a envie de leur lancer un sarcasme cinglant, mais il s'abstient.

— Tu es prête ? préfère-t-il demander à Lilly.

Avant qu'elle ait pu répondre, une voix résonne derrière eux.

— Attendez, les mecs ! (Bob Stookey arrive vers la clôture avec sur le dos un gros sac de toile qui laisse entendre des bruits de bouteilles – sans aucun doute sa réserve personnelle de « médicaments ». Alors qu'il les rejoint, le vieil infirmier arbore une curieuse expression où se mêlent impatience et gêne.) Avant que vous partiez dans le soleil couchant, j'ai une question à vous poser.

— Qu'est-ce qu'il y a, Bob ? demande Josh.

— Réponds-moi juste. Tu as une formation médicale ?

Lilly s'approche, déconcertée.

— Qu'est-ce que tu veux, Bob ?

— C'est une question toute bête. Est-ce que vous avez une formation médicale, l'un ou l'autre ?

Josh et Lilly échangent un regard.

— Pas à ma connaissance, Bob, soupire Josh.

— Alors je vais vous demander un autre truc. Qui va surveiller si son œil s'infecte ? Ou ses côtes fracturées, pendant qu'on y est ?

— Tu essaies de nous dire quoi, là, Bob ? demande Josh.

Le vieux bonhomme désigne du pouce la rangée de véhicules garés sur la route derrière lui.

— Puisque vous partez caracoler dans la nature, vous croyez pas que ce serait plus avisé d'être accompagnés d'un infirmier diplômé de la Navy ?

Ils chargent leurs affaires dans la voiture de Bob. Le vieux pickup Dodge Ram transformé en camping-car est un monstre cabossé au toit doté d'un espace de couchage pliant, avec de longues et étroites fenêtres fumées et opaques. Le sac à dos de Lilly et les porte-bagages de Josh sont chargés à l'arrière, coincés entre des tas de linge sale et des bouteilles entamées de mauvais whisky. À quoi s'ajoutent deux lits de camp branlants, une grande glacière, trois trousses de secours usées, une valise en sale état, deux jerrycans de carburant, une vieille trousse de médecin en cuir qui a l'air sortie d'une brocante et tout un assortiment d'outils de jardinage : des pelles, une binette, quelques haches et une fourche à l'air redoutable. Le toit arrondi est suffisamment haut pour accueillir un adulte allongé.

En rangeant ses sacs, Josh remarque les pièces éparses d'un fusil à pompe calibre .12, mais aucune trace de munitions. Bob a sur lui un petit calibre .38 avec lequel il ne pourrait probablement pas toucher une cible immobile à dix pas un jour sans vent – et encore, s'il était à jeun, ce qui est rarement le cas. Josh est conscient qu'il leur faudra des armes à feu et des munitions s'ils veulent avoir une chance de survivre à un combat. Il claque le hayon et sent que quelqu'un les observe depuis l'autre bout de la propriété.

— Hé, Lill !

La voix paraît familière et, en se retournant, Josh aperçoit un peu plus loin dans le virage Megan Lafferty, la nympho aux boucles brunes. Elle tient la main d'un autre ado, un blond à cheveux longs et pull sale. Comment il s'appelle, déjà ? Steve ? Shawn ? Josh ne se souvient pas. Il sait seulement qu'il a assisté aux coucheries incessantes de la fille depuis Peachtree City. Et les deux feignasses sont là à les regarder comme des vautours.

— Salut, Meg, dit doucement Lilly, un peu dubitative, en faisant le tour du camping-car pour rejoindre Josh.

Dans le silence gêné résonnent les coups que Bob assène au moteur. Megan et son copain amateur de défonce s'approchent prudemment.

— Il paraît que tu mets les voiles ? demande Megan.

— C'est cool, elle va planer, alors, glousse son compagnon.

— Que pouvons-nous pour vous, jeunes gens ? demande Josh en lui jetant un regard noir.

— Lil, continue Megan sans quitter Lilly des yeux, je voulais juste te dire… j'espère que tu es pas genre fâchée contre moi, quoi.

— Pourquoi voudrais-tu que je sois fâchée ?

— J'ai dit des trucs l'autre jour, explique Megan en baissant les yeux. J'avais pas toute ma tête… Je voulais… Je sais pas. Te faire des excuses.

Josh jette un coup d'œil à Lilly et dans le bref instant de silence avant qu'elle réponde, il perçoit toute l'essence de sa personnalité. Elle se radoucit. Elle pardonne.

— Tu as pas à t'excuser pour quoi que ce soit, Meg. On essaie juste de tenir le coup.

— Il t'a vraiment salement amochée, dit Megan en la dévisageant.

— Il faut qu'on y aille, Lilly, intervient Josh. Il va bientôt faire nuit.

— Bon, tu leur demandes ou pas ? glisse le blond à Megan.

— Nous demander quoi ? fait Lilly.

Megan s'humecte les lèvres. Lève les yeux vers Josh.

— C'est complètement nul, comment ils t'ont traité.

Josh acquiesce sèchement.

— Merci, Megan, mais faut vraiment qu'on décolle.

— Emmenez-nous.

Josh regarde Lilly, qui fixe sa copine.

— Euh, tu vois, finit-elle par dire. Le truc, c'est que…

— Plus on sera nombreux, moins on courra de risques, insiste le blond avec son petit rire nerveux de défoncé. On est trop en mode guerrier, là.

— Scott, tu veux bien la fermer deux minutes ? le fait taire Megan. On peut pas rester ici avec ces enfoirés de fascistes, continue-t-elle pour Josh. Pas après ce qui s'est passé. C'est le bordel, ici, les gens se font plus confiance.

— Tu as fait ta part pour que ça se gâte, rétorque Josh en croisant les bras.

— Josh… intervient Lilly.

— Non, c'est bon, l'arrête Megan en baissant la tête, effondrée. Je le mérite. Disons que j'ai… oublié les règles.

Dans le silence qui s'installe, seulement troublé par le sifflement du vent dans les arbres et les coups de clé à mollette de Bob, Josh lève les yeux au ciel. Il n'en revient pas de ce qu'il s'apprête à accepter.

— Allez chercher vos affaires, dit-il finalement. Et faites vite.

Megan et Scott sont à l'arrière. Bob conduit, Josh à côté de lui, et Lilly dans l'étroit réduit derrière la cabine. Le camping-car est doté d'un petit espace couchage derrière les sièges avant, pourvu de portes coulissantes et d'une banquette rembourrée qui se déploie pour devenir un lit. Lilly, assise dessus, se cramponne à une poignée pour atténuer les cahots et secousses qui réveillent ses douleurs dans les côtes.

Elle voit de part et d'autre de la route les arbres qui s'assombrissent à mesure qu'ils descendent la route menant aux vergers. Les ombres de l'après-midi s'allongent et la température fraîchit. Le bruyant chauffage du véhicule lutte vainement contre le froid. Dans la cabine, l'air empeste l'alcool aigre, la fumée et la transpiration. Par les aérations filtre l'odeur des champs de tabac et des fruits pourris, typique de l'automne géorgien. Pour Lilly, c'est le signe qu'ils quittent la civilisation. Elle commence à guetter les zombies entre les arbres : la moindre ombre, le moindre recoin sombre est une menace potentielle. Le ciel est vide, aussi froid, mort et silencieux qu'un immense glacier gris.

Ils parviennent à la 362, la route principale qui traverse le comté de Meriwether, alors que le soleil baisse sur l'horizon. À cause du nombre d'épaves et de voitures abandonnées, Bob conduit plus calmement, aux alentours de soixante à l'heure. Dans le crépuscule qui s'étend sur les collines couvertes de sapins et de champs de soja, la deux-voies vire au bleu gris.

— C'est quoi, le plan, capitaine ? demande Bob à Josh, une fois qu'ils ont parcouru trois kilomètres.

— Le plan ? demande Josh en allumant un cigare et en baissant sa vitre. Tu dois me prendre pour un des officiers que tu recousais en Irak.

— Jamais j'ai été en Irak, dit Bob en prenant discrètement une gorgée de la fiasque calée entre ses cuisses. J'étais en Afghanistan, et franchement, je regrette de plus en plus d'en être revenu.

— Moi, on m'a dit de foutre le camp et c'est ce que je fais. Je peux pas t'en dire plus.

Ils traversent un carrefour où un panneau indique FILBURN ROAD. C'est une route désolée menant à une ferme, bordée de fossés, qui passe entre deux champs de tabac. Josh la note mentalement et commence à se demander s'il est prudent de rester sur la route pendant la nuit.

— Je commence à me dire qu'on devrait pas trop s'éloigner de… fait-il.

— Josh ! coupe Lilly d'une voix perçante. Regarde, des zombies !

Josh se rend compte qu'elle tend le bras vers l'autoroute à cinq cents mètres devant eux. Bob pile brusquement. Le camping-car qui dérape projette Lilly contre le siège et une douleur fulgurante lui transperce les côtes. Ils entendent le bruit sourd de Megan et Scott qui se sont cognés contre la paroi de la cabine.

— Fils de pute ! s'exclame Bob en se crispant sur le volant, tandis que le véhicule continue d'avancer au pas. Fils de pute borgne !

Josh aperçoit au loin quarante ou cinquante zombies – dans le crépuscule, difficile de dire précisément – attroupés autour d'un bus scolaire renversé. À cette distance, on dirait que le bus a vomi des paquets de linge humide que les morts-vivants se disputent, mais il apparaît rapidement que ce sont des restes humains que les zombies dévorent. Et les victimes sont des enfants.

— On pourrait simplement foncer dans le tas, avance Bob.

— Non, non, dit Lilly. Tu blagues !

— On peut les contourner.

— Je sais pas, dit Josh en jetant son cigare par la vitre ouverte. Les fossés du bas-côté sont raides, on pourrait se renverser.

— Tu proposes quoi ?

— Qu'est-ce que tu as comme munitions pour ta carabine de foire à l'arrière ?

— Une boîte de cartouches 1,6 gramme qui date de Mathusalem. Et ton flingue ?

— Juste ce qu'il y a dans le chargeur. Je crois qu'il reste cinq coups, c'est tout.

Lilly aperçoit dans le rétroviseur le regard paniqué que lui lance Bob.

— Tu as une idée ? demande-t-il.

— OK, même si on en abat la plupart, le bruit va en attirer plein d'autres, dit-elle. À mon avis, mieux vaut les éviter carrément.

Au même instant, un coup sourd la fait sursauter. Elle se retourne en grimaçant de douleur et voit apparaître le visage pâle et angoissé de Megan à la petite lucarne. *Qu'est-ce que vous foutez ?* articule-t-elle muettement en frappant la vitre de la paume.

— Du calme, c'est bon ! Du calme ! lui crie Lilly avant de se retourner vers Josh. Tu en penses quoi, toi ?

Josh jette un coup d'œil dans le rétroviseur et voit le carrefour désolé à trois cents mètres derrière, tout juste visible dans la lumière déclinante.

— Marche arrière, dit-il.

— Quoi ? demande Bob.

— Fais marche arrière, et vite. On va prendre une route secondaire là-bas.

Bob passe la marche arrière et appuie sur l'accélérateur. Le camping-car s'ébranle en gémissant, projetant tout le monde en avant. Bob se mord la lèvre en manœuvrant, les yeux fixés sur le rétroviseur. Le véhicule zigzague, la boîte de vitesses hurle. Ils atteignent le carrefour. Bob freine et Josh est cloué à son siège, tandis que le camion dérape vers le bas-côté de la deux-voies pour aller s'encastrer dans un enchevêtrement de taillis et d'herbes folles en soulevant un nuage de poussière et de feuilles. Personne n'entend derrière le buisson les pas traînants d'une créature qui surgit du feuillage et referme ses doigts morts sur le pare-chocs arrière. Il est déjà trop tard.

* *

*

Dans le compartiment arrière, secoués et jetés au sol par les cahots du camion et gloussant comme des hystériques, Megan et Scott ne se rendent pas compte qu'ils ont maintenant un zombie en remorque. Alors que le Dodge Ram s'engage à toute allure sur la route en terre, toujours hilares, ils se hissent de nouveau sur les cageots de fruits qui leur servent de sièges.

À l'intérieur, l'air est rempli de la fumée bleutée de tout un bol d'herbe que Scott a allumé il y a dix minutes. Il gardait tendrement sa petite réserve, redoutant l'inévitable moment où il serait à court et devrait trouver comment en faire pousser dans ce sol argileux.

— Tu as pété quand tu es tombée, dit-il en ricanant à Megan, les yeux dans le vague.

— Sûrement pas, réplique-t-elle sans cesser de glousser, en essayant de garder son équilibre sur le cageot. C'est ma semelle en caoutchouc qui a fait du bruit par terre.

— Déconne pas, tu as carrément pété.

— Non.

— Bien sûr que si, tu as lâché une caisse, une caisse de fille.

Megan éclate de rire.

— Et c'est quoi, une caisse de fille ?

— C'est genre... s'esclaffe Scott, genre... un mignon petit prout. Comme le tchou-tchou d'un petit train. C'est le petit prout qui...

Ils sont pliés en deux par le fou rire alors qu'un visage livide aux yeux laiteux apparaît comme une lune au milieu de la vitre noire à l'arrière. C'est un homme d'âge mûr, dont le crâne quasiment chauve est marbré de veines bleues.

Ni Megan ni Scott ne s'en aperçoivent. Ils ne voient pas le vent qui agite les mèches éparses d'un gris sale, les lèvres visqueuses qui se retroussent sur les dents noires et les doigts en putréfaction qui s'insinuent dans l'espace libre laissé par le hayon pas entièrement refermé.

— Oh, merde ! s'écrie Scott entre deux éclats de rire quand il voit l'intrus essayer de pénétrer. Merde !

Megan se tord de rire en voyant Scott faire volte-face et détaler à quatre pattes vers les outils de jardin. Il ne rit plus, lui. Le zombie est déjà à moitié dans le camping-car. Son grondement et la puanteur de ses chairs en décomposition remplissent l'air. Megan finit par s'apercevoir de sa présence et son rire s'étrangle dans un gargouillement.

Scott tend le bras vers la fourche. Le camping-car fait une embardée. Le zombie, qui est maintenant entièrement entré, vacille comme un ivrogne et se cogne contre la paroi. Un tas de cageots s'effondre. Scott s'est emparé de la fourche.

Megan recule en glissant sur ses fesses et se réfugie dans le coin opposé. Malgré la terreur dans son regard, elle ne peut s'empêcher de rire entre deux hoquets et toussotements suraigus. Comme un moteur qui s'emballe, elle continue de glousser – on croirait une folle –, alors que Scott se redresse sur ses genoux flageolants et lance la fourche de toutes ses forces en essayant vaguement de viser le cadavre ambulant. Les pointes rouillées le frappent au visage au moment où la chose se retourne, et l'une lui embroche l'œil gauche, tandis que les autres s'enfoncent dans la mâchoire et le cou. Un sang noirâtre jaillit dans le camping-car. Scott pousse un cri de guerre et arrache la fourche. Le zombie titube en arrière vers le hayon, qui s'est maintenant entièrement ouvert, et flotte au vent. Dieu sait pourquoi, ce deuxième coup arrache à Megan un hurlement de rire convulsif. Les pointes s'enfoncent dans le crâne de la créature.

Pour Megan, c'est à crever de rire : ce drôle de zombie qui se contorsionne comme s'il était électrocuté, avec cette fourche enfoncée dans le crâne et ses bras qui s'agitent. On dirait un clown, avec son visage tout blanc et ses grandes dents noires. Il titube encore un peu en arrière, puis le vent l'aspire et le fait basculer dehors. La fourche échappe des mains de Scott, qui retombe sur le cul sur un tas de vêtements.

Megan et Scott sont repris d'un fou rire en imaginant l'absurde spectacle du zombie qui va continuer à se balader sur la route avec la fourche plantée dans le crâne. À quatre pattes, ils s'avancent vers le hayon et regardent la créature qui disparaît au loin, la fourche toujours plantée dans le crâne comme un piquet.

Scott referme le hayon et ils éclatent de nouveau d'un rire entrecoupé de quintes de toux. Les yeux larmoyants, Megan se retourne vers l'avant du véhicule. Par la lucarne, elle voit les nuques de Lilly et Josh. Ils ont l'air préoccupé – inconscients de ce qui vient de se produire juste derrière eux. Ils ont l'air de désigner quelque chose au loin, tout en haut d'une colline.

Megan n'en revient pas que personne dans la cabine n'ait entendu le fracas à l'arrière. Le bruit du moteur est si fort que ça ? Le tumulte de la lutte a-t-il été couvert par leurs éclats de rire ? Megan s'apprête à les alerter en frappant sur la vitre quand elle voit enfin ce qu'ils ont aperçu. Bob vient de quitter la route pour prendre un chemin de terre qui grimpe vers un bâtiment inoccupé – ou pas.

5

La station-service abandonnée est située en haut d'une colline qui domine les vergers alentour. Elle est bordée sur trois côtés par une clôture en planches envahie d'herbes folles où traînent des bennes à ordures. Au dessus des pompes – une pour le diesel et trois pour l'essence – une pancarte manuscrite indique FORTNOY'S – CARBU-RANTS ET ARTICLES DE PÊCHE. Le bâtiment de plain-pied comprend un bureau aux vitres couvertes de chiures de mouches, une boutique et un petit garage avec un pont élévateur.

Quand Bob s'engage sur le sol en ciment fendillé, phares éteints pour éviter de se faire repérer, il fait nuit noire et les pneus crissent sur des débris de verre. Megan et Scott jettent un coup d'œil par le hayon et voient la silhouette du bâtiment, tandis que Bob fait passer le camping-car derrière le garage, dissimulé à la vue d'éventuels curieux.

Il se gare entre une épave de berline et un tas de pneus. Un instant plus tard, il coupe le moteur et Megan entend le grincement de la porte côté passager et le pas lourd de Josh qui descend et vient à l'arrière.

— Bougez pas une seconde, dit-il à mi-voix après avoir ouvert la porte et vu Megan et Scott accroupis près du hayon comme deux chouettes. (Il ne remarque pas les éclaboussures de sang sur les parois tandis qu'il vérifie le chargeur de son .38, dont l'acier bleuté brille dans l'obscurité.) Je vais vérifier qu'il y a pas de zombies dans les parages.

— Je veux pas être mal élevée, mais c'est quoi, ça, putain ? dit Megan, totalement dégrisée à présent et très remontée. Vous avez pas vu ce qui s'est passé tout à l'heure ? Vous avez rien entendu ?

— J'ai juste entendu deux défoncés qui faisaient la fête. Ça pue le fauve, là-dedans.

Megan lui raconte ce qui leur est arrivé. Josh jette un regard surpris à Scott.

— Ça m'étonne que tu aies eu la présence d'esprit de… défoncé comme tu devais être. (Il se radoucit et sourit en soupirant.) Félicitations, gamin.

— Mon premier zombie abattu, chef, sourit Scott.

— Il y a des chances que ça soit pas le dernier, répond Josh en refermant le chargeur.

— Je peux te demander un truc, aussi ? fait Megan. Qu'est-ce qu'on fiche ici ? Je croyais qu'on avait assez d'essence.

— C'est trop risqué par ici pour voyager de nuit. Mieux vaut se planquer jusqu'au matin. Vous bougez pas tant que j'aurais pas annoncé que tout va bien.

Megan referme la porte. Dans l'obscurité, elle sent sur elle le regard de Scott et se tourne vers lui. Il a une drôle d'expression

— Mec, franchement, sourit-elle, tu sais vachement bien te servir d'outils de jardin. C'était sacrément couillu, ton truc avec la fourche.

Il sourit à son tour. Quelque chose change dans son regard, comme s'il la voyait pour la première fois, malgré l'obscurité, et il s'humecte les lèvres en repoussant une mèche blonde de ses yeux.

— C'était rien du tout.

— C'est ça, ouais.

Cela fait un bout de temps que Megan est émerveillée de la ressemblance entre Scott Moon et Kurt Cobain. Son visage irradie dans le noir comme par magie et le parfum qu'il exsude, mélange de patchouli, de fumée et de chewing-gum, lui fait tourner la tête. Elle l'empoigne et écrase ses lèvres sur les siennes. Il la saisit par les cheveux et ils sont bientôt enlacés et en train de s'embrasser.

— Baise-moi, chuchote-t-elle.

— Là ? fait-il. Tout de suite ?

— Peut-être pas, dit-elle en regardant autour d'elle, essoufflée et le cœur battant. On va attendre qu'il ait fini son tour et on trouvera un coin tranquille.

— Cool, fait-il tout en la pelotant à travers son t-shirt déchiré du Grateful Dead.

Elle enfonce sa langue dans sa bouche. Elle a envie de lui, tout de suite. Elle se dégage. Dans l'obscurité, le couple se dévisage, haletant, comme des animaux qui s'entretueraient s'ils n'étaient pas de la même espèce.

Megan et Scott trouvent un endroit pour assouvir leurs désirs peu après que Josh a annoncé que l'endroit était sûr.

Les deux défoncés ne trompent personne, malgré leurs vagues tentatives d'être discrets : Megan fait mine d'être épuisée et Scott propose de lui arranger un coin pour dormir dans la remise au fond de la boutique. La pièce encombrée – vingt mètres carrés de dalles sales et de tuyauteries apparentes – empeste le poisson mort et les appâts. Josh leur enjoint de faire attention et lève les yeux au ciel en s'éloignant, dégoûté – et peut-être un petit peu jaloux.

Les bruits de leurs ébats commencent presque immédiatement, avant même que Josh soit revenu dans le bureau, où Bob et Lilly sont en train de déballer le nécessaire pour la nuit.

— Qu'est-ce que c'est que ce bruit ? lui demande Lilly. (Josh secoue la tête. Les coups sourds et rythmés qui parviennent de l'autre pièce résonnent dans l'espace confiné de la station-service. De temps en temps, un halètement ou un gémissement s'élève en contrepoint. Lilly a l'air prête à s'effondrer.) Alors c'est ça qu'on va devoir supporter ?

Il n'y a pas d'électricité chez Fortnoy's, les réservoirs de carburant sont vides et l'air aussi glacial que dans une chambre froide. La boutique a l'air d'avoir été ratissée. Même le frigo pourri a été vidé de ses asticots et poissons. Le bureau contient un distributeur proposant encore quelques barres chocolatées et des sachets de chips périmées, des chaises en plastique moulé renversées, un petit rayon de magazines poussiéreux, des rouleaux de papier toilette, des flacons d'antigel et de désodorisant pour voiture et, sur le comptoir en bois rayé, trône une caisse enregistreuse antédiluvienne, au tiroir ouvert et vide.

— Peut-être que ça leur passera, dit Josh en prenant dans sa poche son dernier cigare qu'il a entamé et en cherchant du regard un rayon tabac. On dirait que les Fortnoy sont partis précipitamment.

— Ouais, les pillards sont passés avant nous, dit Lilly en palpant son œil blessé.

— Tu tiens le coup ? demande-t-il.

— Ça ira.

— Assieds-toi, Lilly, dit Bob qui lève le nez de sa caisse de matériel et pose une des chaises près d'une fenêtre. (La lumière de la lune d'automne strie le sol de rayures argentées. Bob se nettoie les mains avec une lingette.) On va regarder tes pansements. (Josh les regarde s'installer.) Bouge pas, dit Bob en lui tamponnant précautionneusement le contour de l'œil avec un coton imbibé d'alcool.

La chair a enflé de la taille d'un œuf. Lilly tressaille et cela inquiète Josh. Il réprime avec peine l'envie de se précipiter pour la serrer dans ses bras et caresser ses cheveux soyeux. Le spectacle de ces boucles brunes qui retombent sur son délicat visage blessé le tue littéralement.

— Aïe ! s'écrie Lilly. Vas-y doucement, Bob.

— Tu as un sacré coquard, mais si on peut le désinfecter correctement, tu pourras gambader.

— Gambader où ?

— Ça, c'est une bonne question. (Il défait délicatement les bandages de ses côtes et palpe doucement les contusions du bout des doigts. Lilly tressaille à nouveau.) Les côtes devraient se remettre toutes seules, tant que tu ne fais pas de combat de boxe ou de marathon, conclut-il en replaçant la bande élastique et en lui mettant un pansement propre sur l'œil.

— Qu'est-ce que tu en dis, Josh ? demande Lilly en levant la tête vers lui.

Josh jette un regard circulaire sur les lieux.

— On va passer la nuit ici et prendre des quarts pour monter la garde.

— Il va faire un froid de canard, là-dedans, dit Bob en coupant un morceau de sparadrap.

— J'ai vu un générateur dans le garage, soupire Josh, et on a des tas de couvertures. L'endroit est plutôt sûr et on est assez en hauteur pour voir suffisamment à l'avance une bande qui approcherait de nous.

Sa tâche terminée, Bob referme sa trousse. Les bruits étouffés dans la pièce voisine décroissent, et dans ce silence momentané, par-dessus le claquement de l'enseigne dans le vent, Josh entend le chœur lointain des zombies, ce bourdonnement caractéristique de cordes vocales mortes, comme des tuyaux d'orgues qui gargouillent et gémissent à l'unisson. Cela lui hérisse les poils de la nuque.

— Ils sont de plus en plus nombreux, non ? demande Lilly qui écoute elle aussi.

— Comment savoir, fait Josh en haussant les épaules.

Bob sort sa fiasque de la poche de sa doudoune déchirée et boit une bonne goulée.

— Je crois que ça fait des semaines que toute l'agitation au Camp Bingham les attire hors de la forêt, dit Josh en s'approchant de la fenêtre crasseuse pour scruter la nuit.

— Et nous, on est à quelle distance du camp, d'après toi ?

— Moins de deux kilomètres à vol d'oiseau. (Il contemple les cimes des sapins qui se balancent dans un océan de branches aussi denses qu'une dentelle noire. Le ciel est dégagé et rempli d'un semis d'étoiles glaciales. Au loin s'élèvent les rubans de fumée du campement.) J'ai pensé à quelque chose… continue-t-il en se tournant vers ses compagnons. C'est pas le Ritz, ici, mais si on trouve des trucs en fouillant dans les alentours, des munitions, par exemple, ça serait pas idiot de rester ici quelque temps.

L'idée reste un moment en suspens, le temps qu'ils réfléchissent.

* *
*

Le lendemain matin, après une longue et difficile nuit sur le ciment glacé du garage, en se contentant de couvertures élimées et en prenant des tours de garde, ils se réunissent pour décider de la stratégie à adopter. Tout en buvant du café instantané préparé sur le réchaud de Bob, Josh les convainc que le mieux est de demeurer planqués ici pour l'instant. Lilly pourra se rétablir et, si nécessaire, ils voleront des vivres au campement voisin.

Au point où ils en sont, personne ne discute vraiment. Bob a découvert une provision de whisky sous un comptoir de la boutique, tandis que Megan et Scott alternent entre la defonce et les « moments privilégiés » pendant des heures d'affilée dans la pièce du fond. Durant cette première journée, ils se donnent du mal pour sécuriser les lieux. Josh préfère qu'ils n'utilisent pas le générateur à l'intérieur de peur que les gaz d'échappement les asphyxient et craint de l'allumer au-dehors au risque d'attirer l'attention. Il trouve un poêle dans la réserve et un tas de bois derrière l'une des bennes à ordures.

Durant leur deuxième nuit à la station Fortnoy's, ils parviennent à atteindre une température supportable dans le garage en chauffant le poêle à fond, pendant que Megan et Scott se tiennent bruyamment chaud sous des couches de couvertures dans l'arrière-boutique. Bob se saoule suffisamment pour ne plus remarquer le froid, mais les bruits étouffés que fait le couple semblent le déranger. Au bout du compte, il est tellement bourré qu'il parvient à peine à bouger. Lilly l'aide à se coucher comme on mettrait un enfant au lit. Elle lui chante même une berceuse – *The Circle Game* de Joni Mitchell – tout en remontant la couverture moisie jusqu'à son cou ridé. Bizarrement, elle se sent responsable de Bob Stookey, alors que c'est *lui* qui est censé la soigner.

Au cours des jours suivants, ils renforcent portes et fenêtres et se lavent dans les grands éviers en acier galvanisé à l'arrière du garage. Ils s'installent bon gré mal gré dans une sorte de routine. Bob protège son camion avec des pièces récupérées sur des épaves pendant que Josh mène régulièrement des missions de reconnaissance aux abords du campement à deux kilomètres à l'ouest. Sous le nez des campeurs, Josh et Scott réussissent à dérober du bois, de l'eau potable, quelques tapis de sol, des conserves de légumes, une boîte de cartouches et une caisse de Sterno. Josh remarque que le comportement civilisé du campement se dégrade. Il entend de plus en plus de disputes, est témoin de bagarres entre certains hommes et constate qu'ils boivent de plus en plus. Le stress commence à accabler les campeurs.

La nuit, Josh ferme hermétiquement la station-service. Ils restent tous à l'intérieur, le plus discrètement possible, allument le minimum de lanternes et de bougies, sursautant à la moindre bourrasque. Lilly se surprend à se demander quel est le plus grand danger : les hordes de zombies, ses congénères humains ou l'hiver qui s'installe. Les nuits s'allongent et le froid augmente. Il laisse des auréoles de givre sur les vitres, s'insinue dans les articulations, et bien que personne n'en parle beaucoup, c'est une menace silencieuse qui pourrait venir à bout de leur petit groupe bien plus facilement qu'aucune attaque de zombies.

Pour lutter contre l'ennui et la peur qui les ronge, certains occupants de la station Fortnoy's se découvrent de petites distractions. Josh roule des cigares avec les feuilles de tabac qu'il récolte dans les champs voisins. Lilly commence un journal et Bob découvre un trésor de vieux leurres de pêche dans une malle de la boutique. Il passe des heures devant un établi à les rafistoler en vue de futures parties de pêche. Il a l'intention de prendre une belle truite, une perche ou un sandre dans les eaux peu profondes de la rivière voisine. Il garde en permanence une bouteille de Jack Daniel's sous l'établi et en boit jour et nuit.

Les autres remarquent la vitesse à laquelle il descend les bouteilles, mais qui peut lui en vouloir ? Qui peut reprocher à quiconque de noyer son angoisse dans ce cruel purgatoire ? Bob n'est pas fier d'être alcoolique. En réalité, il en a profondément honte. Mais c'est pour cela qu'il a besoin de boire – pour noyer sa honte, sa solitude, sa peur et ses nuits hantées des cauchemars sanglants de Kandahar.

Le vendredi de cette même semaine, au petit matin – Bob a noté dans son agenda que c'était le 9 novembre –, il est à son établi en train de bricoler des mouches, bourré comme d'habitude, quand il entend les bruits de frottements dans la réserve. Il n'avait pas remarqué que Megan et Scott s'y étaient glissés en début de soirée, ni senti l'odeur caractéristique d'un reste de marijuana brûlant dans une pipe, ni entendu les gloussements étouffés traversant les minces parois. Mais là, il découvre autre chose qui lui a échappé dans la journée.

Il s'interrompt dans sa tâche et jette un coup d'œil sur le coin opposé de la pièce. Derrière une grosse bonbonne de gaz, un large trou béant est clairement visible dans le mur à la lueur de sa lanterne. Il s'approche, déplace la bonbonne et s'accroupit devant l'ouverture d'une douzaine de centimètres dans la charpente. Elle semble avoir été provoquée par une fuite d'eau, ou l'effritement du plâtre durant les humides étés géorgiens. D'un regard par-dessus son épaule, il s'assure qu'il est bien seul. Les autres sont profondément endormis dans le garage.

Les gémissements et cris de plaisir attirent de nouveau son attention vers le mur endommagé. Il regarde par le trou dans la réserve, où la faible clarté d'une lanterne à piles projette des ombres qui s'agitent sur le plafond bas. Bob s'humecte les lèvres. Il se penche encore, manque de tomber tellement il est ivre et se rattrape à la bonbonne de gaz. Il voit les fesses boutonneuses de Scott tressauter rythmiquement dans la clarté jaunâtre, et Megan dessous, jambes écartées, les orteils crispés d'extase. Bob éprouve un pincement de cœur et retient son souffle.

Ce qui le fascine le plus, ce n'est pas l'abandon et la nudité des deux amants, ni les grognements et feulements bestiaux qu'ils laissent échapper. Ce qui l'hypnotise, c'est la vue de la peau mate de Megan, de ses boucles rousses répandues sur la couverture, luisantes comme du miel. Submergé par le désir, Bob ne peut en détacher son regard, au point de ne pas entendre le parquet qui grince derrière lui.

— Oh… Bob… Excuse-moi… Je ne…

La voix provient de l'entrée de la boutique, du couloir qui mène dans le bureau, et quand Bob se retourne en sursautant pour voir qui est l'intrus, il manque de tomber à la renverse et doit se rattraper à la bonbonne.

— J'essayais pas de… C'est pas ce que tu…

— C'est bon… J'étais juste venue… voir si tout allait bien.

Lilly, en tenue de nuit – un sweat-shirt, un cache-nez et un pantalon de jogging – détourne le regard, les yeux remplis d'un mélange de pitié et de dégoût. Les cernes bleutés ont diminué autour de ses yeux et elle se déplace avec plus de facilité, ses côtes se remettant peu à peu.

— Lilly, je ne…

Bob la rejoint en titubant, écartant ses grosses mains dans un geste de contrition, quand il trébuche sur une lame du parquet et s'étale en étouffant un cri. C'est incroyable, mais cela n'a pas empêché les bruyants ébats de se poursuivre dans la pièce voisine.

— Bob, ça va ? demande Lilly en se précipitant pour l'aider à se relever.

— C'est bon, ça va, dit-il en la repoussant doucement. (Il se relève en vacillant, incapable de la regarder dans les yeux, sans savoir quoi faire de ses mains. Il désigne l'autre côté de la pièce du menton.) J'ai cru entendre un bruit suspect dehors.

— Suspect ? répète Lilly en fixant le sol, puis le mur, pour éviter son regard. Ah, d'accord…

— Ouais, c'était rien.

— Ah, tant mieux, dit Lilly en reculant lentement. J'étais juste venue voir si ça allait.

— Ça va, ça va. Il se fait tard, je crois que je vais me pieuter.

— Oui, Bob, ça vaut mieux.

Elle tourne les talons et s'en va précipitamment, laissant Bob Stookey seul dans la lueur de la lanterne. Il reste un moment à contempler le sol. Puis il retourne lentement à son atelier, prend sa bouteille de Jack, la débouche et la porte à ses lèvres. Il la vide en trois gorgées, sans reprendre son souffle.

* *
*

— Je me demande ce qui va se passer quand il sera à court de gnôle.

Emmitouflée dans son blouson de ski et coiffée de son gros bonnet tricoté, Lilly suit Josh sur l'étroit sentier entre les sapins. Vêtu de son blouson de bûcheron élimé et coiffé de sa casquette, serrant son fusil contre lui, il se dirige vers le lit d'un torrent asséché encombré de rochers et de branches mortes.

— Il en trouvera d'autre… T'inquiète pas pour ce vieux Bob… Les alcoolos réussissent toujours à trouver de quoi boire. Franchement, je m'inquiète plus pour les vivres qui vont commencer à manquer.

Il règne un silence d'église dans les bois tandis qu'ils approchent des bords du torrent. La première neige de la saison qui tourbillonne dans le vent entre les branches leur colle au visage.

Cela fait deux semaines qu'ils sont à la station-service Fortnoy's et ils ont épuisé plus de la moitié de leur eau potable et presque toutes leurs conserves. Josh a estimé qu'il valait mieux utiliser leur unique boîte de cartouche pour abattre un cerf ou un lapin plutôt qu'attendre de devoir se défendre contre une attaque de zombies. En plus, les feux, le bruit et l'activité du campement y attirent la majeure partie des morts-vivants qui ont déserté les abords de la station-service ces derniers temps. Josh fait appel à ses souvenirs d'enfance de chasse avec son oncle Vernon à Briar Mountain pour retrouver son savoir-faire. Dans le temps, il avait un œil d'aigle. Mais là, avec cette carabine minable et des doigts gelés…

— Je me fais du souci pour lui, Josh, dit Lilly. C'est un type bien, mais il a des problèmes.

— Parce que ça serait le seul à en avoir ? réplique-t-il en se retournant vers la jeune fille qui enjambe un tronc abattu. (Elle a l'air remise de ce que Chad Bingham lui a fait subir. Son visage a pratiquement retrouvé son allure normale, l'œil est dégonflé et elle ne claudique plus.) Il t'a drôlement bien soignée, observe-t-il.

— Oui, je me sens nettement mieux.

Josh s'arrête au bord du torrent pour l'attendre. Elle le rejoint. Il aperçoit des traces dans la boue compacte.

— On dirait que c'est un passage de cerfs. Je pense qu'il faut suivre le torrent, on devrait croiser une ou deux bestioles.

— On peut faire une petite pause avant ?

— Bien sûr, dit-il en lui faisant signe de s'asseoir sur une bûche. (Elle s'installe et il la rejoint, sa carabine sur les genoux. Il laisse échapper un long soupir. Il éprouve un besoin irrépressible de la serrer dans ses bras. Mais qu'est-ce qui lui prend ? Le voilà fou d'amour comme un crétin d'ado au milieu de toutes ces horreurs. Il baisse les yeux.) J'apprécie que vous vous serriez les coudes, toi et le vieux Bob.

— Oui, et toi tu t'occupes de tout le monde.

— Je regrette de pas m'être aussi bien occupé de ma mère.

— Tu ne m'as jamais raconté ce qui s'était passé.

Il respire un bon coup.

— Je t'ai dit, elle a été très malade pendant quelques années… J'ai cru plusieurs fois que j'allais la perdre… Mais elle a vécu assez longtemps pour…

Il n'achève pas, tant la peine qui lui ravage le cœur le submerge avec une soudaineté qui le surprend. Elle perçoit le chagrin qui le bouleverse.

— C'est pas grave, Josh, si tu veux pas…

Il balaie cela d'un geste de sa grosse main brune.

— Ça me fait rien de te raconter. À l'époque, j'essayais encore d'aller au boulot tous les matins, d'avoir un salaire, au début de l'Épidémie, il y avait que quelques Bouffeurs. Je t'ai jamais dit ce que je faisais ?

— Si, que tu étais chef cuisinier.

— Et c'était du lourd, je peux te dire. (Il la regarde et ajoute tendrement, le regard humide :) J'ai toujours voulu te préparer un vrai dîner. Ma mère m'a appris les bases, paix à son âme, comment préparer un pain perdu à t'arracher des larmes et te remplir de joie.

Lilly sourit.

— Qu'est-ce qui est arrivé à ta mère, alors, Josh ? demande Lilly en reprenant son air grave.

Il fixe la neige qui poudre les feuilles depuis quelque temps et rassemble ses forces pour poursuivre.

— Elle avait rien à envier à Mohammed Ali… C'était une battante, elle a lutté contre la maladie pendant des années, comme une championne. Et gentille, gentille comme personne. Les chiens errants, les sans-abri, elle accueillait tout le monde, mendiants et loqueteux, peu importait. Elle les hébergeait et les appelait « mon ange », leur offrait du pain de maïs et du thé jusqu'au jour où ils la volaient ou venaient à se bagarrer dans son salon.

— On dirait que c'était une vraie sainte, Josh.

— C'était pas les meilleures conditions de vie pour moi et mes sœurs, je t'avouerai, dit-il en haussant les épaules. On déménageait souvent, j'ai connu des tas d'écoles et chaque jour, on rentrait et on trouvait la maison remplie d'inconnus, mais j'adorais ma vieille maman.

— Je comprends pourquoi.

Il déglutit péniblement. On y arrive. Le sale moment, celui qui hante encore ses cauchemars à ce jour. Il fixe la neige sur les feuilles.

— C'est arrivé un dimanche. Je savais qu'elle allait plus très bien, qu'elle avait plus toute sa tête. Un docteur nous avait dit que c'était Alzheimer. À ce stade, les zombies commençaient à arriver dans les résidences, mais il y avait encore les sirènes d'alarme, les alertes, tout ça. La rue était bloquée ce jour-là. Quand je suis parti bosser, ma mère était assise à la fenêtre et regardait ces choses qui s'infiltraient, les commandos qui les descendaient. J'ai pas réfléchi, je me suis dit qu'elle risquerait rien. (Il marque une pause. Lilly ne dit rien. Il est clair pour tous les deux qu'il a besoin de partager cela avec quelqu'un, sans quoi cela continuera à le ronger éternellement.) J'ai essayé de l'appeler dans la journée. Le téléphone était coupé, je crois. Je me suis dit, pas de nouvelles, bonnes nouvelles. Je crois que je suis rentré à 17 heures 30 ce jour-là. (Il avale la boule qu'il a dans la gorge et sent sur lui le regard de Lilly.) J'ai tourné le coin de ma rue et montré mes papiers aux gars du barrage quand j'ai remarqué toute cette agitation en bas de l'immeuble. Des gars des commandos qui allaient et venaient. Juste devant chez moi, je m'arrête. Ils me disent de foutre le camp et moi, je réponds, on se calme, j'habite là. Ils me laissent passer. Je vois la porte de l'immeuble grande ouverte, des flics qui entrent et sortent. Il y en a qui portent… (Sa voix s'étrangle. Il respire. Se reprend. S'essuie les yeux.) Qui portent… comment ça s'appelle ? Des prélèvements ? Les boîtes pour les organes, ce genre-là. Je monte les marches quatre à quatre. Je crois que j'en ai bousculé quelques-uns. Arrivé devant chez moi, au deuxième, je vois des types en combinaisons de bioprotection qui barrent l'entrée, je les écarte, j'entre et je vois…

Josh sent le chagrin qui lui monte dans la gorge et le suffoque. Il s'interrompt pour reprendre son souffle. Des larmes brûlantes coulent jusque sur son menton.

— Josh, tu n'es pas obligé de…

— Non, c'est bon, il faut que je… Ce que j'ai vu là-dedans… j'ai tout de suite compris ce qui s'était passé. Dès la seconde où j'ai vu la fenêtre ouverte et la table mise. Maman avait sorti sa vaisselle du dimanche. Tu imagines pas tout le sang qu'il y avait. C'en était inondé partout. (Sa voix se brise et il lutte pour retenir ses larmes.) Il y avait au moins six zombies par terre. Les gars du commando avaient dû les abattre. Il… Il restait pas grand-chose de maman. Des… bouts sur la table. Dans la porcelaine. J'ai vu… ses doigts… tout bouffés près de la saucière… ce qui restait de son corps affalé sur un fauteuil… La tête de travers, la gorge ouverte…

— OK, Josh, c'est pas nécessaire de… Je suis désolée, vraiment désolée.

Il la regarde comme s'il la voyait dans une nouvelle lumière, dans une clarté de neige, rayonnante, lointaine, comme dans un rêve.

À travers ses larmes, Lilly croise le regard du grand Black et son cœur se déchire. Elle a envie de le prendre dans ses bras, de consoler ce colosse, de caresser ses énormes épaules et de lui dire que tout ira bien. Jamais elle ne s'est sentie aussi proche d'un autre être humain, et cela la tue. Elle ne mérite pas son amitié, sa protection, sa fidélité, son amour. Que doit-elle dire ? Ta mère est dans un monde meilleur, à présent ? Elle refuse de souiller ce moment tragique avec des clichés idiots.

Elle s'apprête à parler quand Josh reprend, d'une voix tendue, sans la quitter des yeux.

— Elle a invité ces monstres à manger du pain de maïs et des haricots… Elle les a accueillis… comme des chiens errants… parce que c'était son tempérament. Elle aimait toutes les créatures de Dieu. (Il s'effondre, les épaules secouées de sanglots, et les larmes ruissellent sur son blouson de bûcheron de l'Armée du Salut.) Elle a dû les appeler « mes chéris »… jusqu'au moment où ils l'ont dévorée.

Il baisse la tête et laisse échapper un cri inquiétant, entre sanglot et rire dément, alors que les larmes ruissellent sur son visage ciselé. Lilly se rapproche, pose une main sur son épaule. Sans rien dire. Elle touche ses énormes mains, serrées sur la carabine. Il lève les yeux, l'air dévasté.

— Pardon, je suis tellement… chuchote-t-il.

— Ça fait rien, Josh. Je te laisserai pas tomber. Je suis avec toi, là.

Il penche la tête, essuie ses larmes et parvient à esquisser un sourire.

— Oui, je vois bien.

Elle l'embrasse – rapidement, mais sur les lèvres. C'est un peu plus qu'une bise amicale. Le baiser dure une ou deux secondes.

Josh lâche sa carabine, la prend dans ses bras et l'embrasse à son tour. Tandis que le colosse laisse ses lèvres s'attarder sur les siennes, elle se sent flotter sur la neige balayée par le vent et des émotions contradictoires l'étourdissent.

A-t-elle pitié de lui ? Est-elle en train de le manipuler une fois de plus ? Il a goût de café, de fumée et de chewing-gum fruité. La neige glacée lui frôle les paupières et la chaleur des lèvres de Josh fait fondre les flocons. Il a tant fait pour elle. Elle lui doit dix fois la vie. Elle entrouvre les lèvres et se serre contre lui. C'est alors qu'il s'écarte.

— Qu'est-ce qui ne va pas ? demande-t-elle en le scrutant.

A-t-elle fait quelque chose de mal ? Franchi une limite ?

— Rien du tout, ma poupée. (Il sourit et dépose un baiser sur sa joue. Un baiser chaleureux, doux et tendre, qui en promet d'autres.) Moment mal choisi, tu vois. (Il ramasse la carabine.) C'est pas sûr, ici… Ça me paraît pas bien.

Un bref instant, Lilly se demande s'il fait allusion à la forêt ou à la situation entre eux.

— Excuse-moi si j'ai…

— Je veux juste que ça se passe bien, dit-il en posant un doigt sur ses lèvres. Quand le moment sera venu.

Il lui fait le sourire le plus sincère et le plus pur qu'ait jamais vu Lilly. Elle le lui rend, le regard embué. Qui aurait pu penser, dans toute cette horreur, que c'était un parfait gentleman ? Elle s'apprête à répondre quand quelque chose attire leur attention.

Entendant le premier le bruit sourd des sabots, Josh fait doucement passer Lilly derrière lui. Il lève le canon rouillé de son fusil. Le bruit se rapproche. Josh arme la carabine. D'abord, il croit avoir une hallucination. Au-dessus d'eux, descendant la rive dans un déluge de terre et de feuilles, une meute floue d'animaux – impossible à identifier au départ – fonce vers eux dans les feuillages.

— Baisse-toi ! crie Josh en tirant Lilly derrière un tronc abattu au bord du torrent.

— Qu'est-ce que c'est? demande-t-elle en s'accroupissant derrière le bois mangé par les vers.

— Notre dîner! répond-il.

Il lève de nouveau l'arme et vise les cerfs qui arrivent – oreilles dressées et yeux brillants comme des boules de billard – mais quelque chose l'empêche de tirer. Son cœur gonfle dans sa poitrine et il est envahi par la chair de poule. Il vient de prendre conscience de quelque chose.

— Josh, qu'est-ce qu'il y a?

Les cerfs les dépassent dans un fracas de brindilles et de cailloux. Josh braque son arme en direction de la silhouette sombre qui se profile derrière les animaux.

— Cours, Lilly!

— Quoi? Non! dit-elle en se redressant alors que les cerfs franchissent le torrent asséché. Pas question de te laisser!

— Traverse, je te suis!

Josh braque la carabine vers les formes qui dévalent la colline à travers les taillis. Lilly voit la horde de zombies qui se précipite sur eux. Ils sont au moins une vingtaine qui se bousculent entre les arbres.

— Oh, merde.

— Cours!

Elle s'élance dans le lit de graviers et s'enfuit entre les arbres. Josh recule en visant l'avant-garde de la horde qui marche vers lui. Brusquement, dans le bref instant avant de tirer, il distingue des corps difformes, des visages calcinés et des costumes déchirés, et il comprend alors ce qui est arrivé aux anciens propriétaires du chapiteau qu'ils avaient trouvé – les malheureux membres du cirque familial Cole Brothers.

6

Josh tire.

La détonation déchire le ciel et les plombs se logent dans le front du nain le plus proche. À quelques mètres, le petit corps en putréfaction se convulse et tombe à la renverse sur les trois autres nains maquillés en clowns sanglants. Les petits zombies difformes comme des gnomes morbides s'éparpillent.

Josh jette un dernier regard à ces créatures surréalistes qui fondent sur lui.

Derrière, titubant sur la rive, surgit un assortiment hétéroclite d'artistes de cirque morts-vivants. Un colosse à moustache en guidon de vélo et aux muscles déchiquetés et sanglants avance aux côtés d'une femme monstrueusement obèse, à moitié nue, ses énormes seins pendouillant sur son entrejambe, ses yeux laiteux enfouis dans un visage gonflé comme un beignet périmé.

Tout un tas de contorsionnistes, monstres et forains suivent comme des idiots. Des hydrocéphales qui claquent des mâchoires vacillent en compagnie de trapézistes en costumes scintillants aux visages gangrénés, suivis d'amputés qui claudiquent spasmodiquement. La horde avance par saccades, féroce et affamée comme un banc de piranhas.

Josh s'enfuit en franchissant le torrent d'un seul bond. Il gravit rapidement la rive opposée et plonge dans les bois, sa carabine à l'épaule. Pas le temps de charger une autre cartouche. Il aperçoit Lilly qui court vers les arbres les plus denses, la rattrape rapidement et l'entraîne vers l'est. Ils disparaissent tous les deux dans l'ombre avant que ce qui reste du cirque Cole Brothers ait pu traverser le torrent.

En rentrant à la station-service, Josh et Lilly tombent sur une plus petite harde de cerfs. Josh a de la chance et abat du premier coup un juvénile. La détonation résonne dans le ciel, assez loin de Fortnoy's pour éviter d'attirer l'attention, mais suffisamment près pour rapporter leur proie.

Lilly a du mal à quitter des yeux la dépouille fumante que Josh arrime sur sa ceinture et traîne sur presque cinq cents mètres. Dans ce Monde de la Peste, la mort, quel que soit son contexte et sa nature, humaine ou animale, a de nouvelles implications.

Cette nuit-là, l'humeur s'allège chez les habitants de la station-service. Josh désosse le cerf au fond du garage, dans les mêmes éviers en acier galvanisé où ils se lavent. L'animal va pouvoir les nourrir pendant des semaines. Il entrepose la viande qui reste dehors, dans le froid qui ne cesse de croître, et prépare un festin de viande mijoté dans un bouillon de volaille qu'ils ont trouvé dans un tiroir du bureau, agrémenté d'ail sauvage et d'orties. Ils l'accompagnent de pêches en conserve et se goinfrent.

Les zombies les laissent tranquilles la majeure partie de la soirée. Il n'y a pas le moindre signe des forains ou de qui que ce soit. Josh remarque durant le dîner que Bob ne quitte pas Megan des yeux. Le vieux a l'air de s'être entiché de la fille et cela inquiète le colosse. Depuis des jours,

Bob se montre brusque et glacial avec Scott (encore que le gamin n'ait rien remarqué, tant il est défoncé en permanence). Cependant, Josh sent que les liens fragiles de leur petite tribu sont mis à rude épreuve.

Après le dîner, ils s'installent autour du poêle et fument les cigares maison de Josh en partageant un peu du whisky de Bob. Pour la première fois depuis qu'ils ont quitté le camp – et peut-être même depuis le début de la peste –, ils se sentent presque normaux. Ils parlent de poursuivre leur fuite. D'îles désertes, de remèdes et de vaccins qui permettraient de retrouver le bonheur et la stabilité. Ils se souviennent de choses qu'ils prenaient pour acquises avant l'éruption de l'épidémie : faire les courses à l'épicerie, lire le journal le dimanche matin, sortir en boîte, prendre un café au Starbucks, faire des courses à l'Apple Store, se servir du WiFi et recevoir du courrier par ce moyen anachronique appelé poste.

Ils ont chacun leurs petits plaisirs favoris. Scott regrette la disparition de la bonne herbe. Megan l'époque où elle pouvait traîner dans son bar préféré – Nightlies, à Union City – et savourer les gaspachos au concombre et les gambas grillées offerts par la maison. Bob se languit pour un bourbon de dix ans d'âge comme une mère d'un enfant perdu. Lilly se rappelle les plaisirs coupables du shopping dans les friperies à la recherche du foulard, du chemisier ou du pull parfaits – l'époque où trouver des vêtements de seconde main n'était pas une question de survie. Et Josh se souvient du nombre d'épiceries fines qu'il y avait dans le quartier de Little Five Points à Atlanta, où l'on trouvait de tout, depuis le kimchi de bonne qualité jusqu'à la rare huile de truffe rose.

Soit à cause des caprices du vent, soit de leurs éclats de rire et des craquements du poêle, ils ne remarquent pas les bruits inquiétants qui résonnent par-delà les arbres dans le campement.

À un moment, une fois que le dîner est terminé et qu'ils s'apprêtent à se coucher, il semble à Josh entendre un bruit bizarre entre les claquements des portes vitrées dans le vent, mais il met cela sur le compte de son imagination. Il propose de prendre le premier quart et s'installe dans le bureau, pour s'assurer que ces bruits ne sont finalement rien du tout. Mais des heures passent avant qu'il entende ou voie quoi que ce soit qui sorte de l'ordinaire.

Le bureau est doté d'une vaste baie aux vitres sales, dont une grande partie est obstruée par des étagères, des rayonnages de cartes, guides touristiques et petits sapins désodorisants. Les marchandises poussiéreuses empêchent de voir au loin.

Minuit passe et Josh finit par s'endormir sur son fauteuil. Il reste ainsi jusqu'à 4 heures 43, quand les premiers grondements de moteurs montant la colline le tirent de son sommeil en sursaut.

Lilly est réveillée par le bruit des pas sur le seuil du bureau. Elle se redresse et s'adosse au mur, les fesses glacées, sans remarquer que Bob est déjà aux aguets dans son nid de couvertures de l'autre côté du garage. Apparemment, il a entendu les bruits de moteur, quelques secondes avant Josh.

— Qu'est-ce qui se passe, merde ? marmonne-t-il. On dirait les Vingt-Quatre Heures du Mans.

— Debout, tout le monde, dit Josh en faisant irruption dans le garage et en cherchant du regard quelque chose sur le sol taché de cambouis.

— Qu'est-ce qu'il y a ? demande Lilly en se frottant les yeux, inquiète.

Josh vient s'accroupir à côté d'elle.

— Il se passe un truc bizarre là-bas, dit-il à mi-voix d'un ton pressant. Des véhicules qui foncent à toute allure. J'ai pas envie qu'on soit pris par surprise.

Elle entend le grondement des moteurs et le crissement du gravier qui se rapprochent et commence à paniquer.

— Josh, qu'est-ce que tu cherches ?

— Habille-toi, poupée, et vite. Bob, tu as vu la boîte de cartouches calibre .38 qu'on a rapportée ?

Bob se met péniblement debout en enfilant maladroitement son pantalon par-dessus ses caleçons longs. Un rayon de lune filtre par le toit vitré et éclaire son visage creusé.

— Je l'ai posée sur l'établi, dit-il. C'est quoi, le problème, capitaine ?

Josh court prendre la boîte de munitions, sort le .38 de sa ceinture et le charge tout en répondant.

— Lilly, va chercher les amoureux. Bob, va falloir que tu sortes ta carabine et que tu me retrouves devant.

— Et s'ils ne veulent rien de mal, Josh ? demande Lilly en enfilant son pull et ses bottes boueuses.

— Alors on n'a pas à s'inquiéter, réplique-t-il en se retournant vers la porte. Bougez-vous, tous les deux.

Terrifiée, le cœur battant la chamade, Lilly traverse rapidement le garage, passe la voûte et descend le couloir jusqu'au magasin en s'éclairant avec une lanterne.

— Réveillez-vous, les mecs ! crie-t-elle en arrivant devant la porte de la réserve et en tambourinant dessus.

Un frottement de pieds nus sur le plancher, puis la porte s'entrouvre. Le visage ensommeillé et ahuri de Megan apparaît dans un nuage de fumée d'herbe.

— *Qué pasa ?* Putain, c'est quoi, ce bordel ?

— Levez-vous, Megan, il y a un problème.

— Des zombies ? demande la fille, brusquement dégrisée.

— Je crois pas, sauf s'ils ont appris à conduire.

Quelques minutes plus tard, Bob et Josh sont devant la station-service, dans l'air cristallin et glacial de l'aube, tandis que Scott et Megan sont blottis derrière eux sur le seuil, enveloppés dans des couvertures.

— Oh, mon Dieu, murmure Lilly.

À un peu moins de deux kilomètres, par-delà les arbres, un gros nuage de fumée qui s'élève cache les étoiles. L'horizon derrière est d'un rose répugnant et on dirait que l'océan de sapins est en feu. Mais Lilly a compris que ce n'est pas la forêt qui brûle.

— Qu'est-ce qu'ils ont fait ?

— Ça présage rien de bon, murmure Bob en serrant sa carabine dans ses doigts glacés.

— Rentrez, dit Josh en armant son .38.

Les moteurs se rapprochent, ils sont peut-être à quelques centaines de mètres, à présent, et remontent la route en lacets qui mène à la ferme. Des pneus crissent sur le gravier. Ils ne voient toujours pas les véhicules, mais les phares tressautent et balaient tantôt le ciel, tantôt les arbres.

L'un des faisceaux illumine l'enseigne de Fortnoy's.

— Mais qu'est-ce qui leur prend ? murmure Josh.

Lilly fixe le premier véhicule qui apparaît – une berline récente – et qui dérape sur le gravier.

— Putain ?

— Ils s'arrêtent pas ! s'écrie Bob ébloui, une main en visière.

La voiture dérape sur le parking sur une cinquantaine de mètres, soulevant un nuage de poussière et de graviers dans les premières lueurs de l'aube.

— Attention !

Josh se précipite, empoigne Lilly par la manche et la tire à l'écart tandis que Bob fait volte-face et court vers le bureau, où les deux amoureux sont toujours blottis sur le seuil, les yeux écarquillés.

— Foutez le camp de là !

Megan entraîne son défoncé de petit copain et s'élance sur le ciment craquelé entre les pompes. Dans un hurlement de pneus, la berline, une Cadillac DeVille cabossée, fait un tête-à-queue vers le bâtiment. Bob se jette sur Megan. Scott laisse échapper un cri étranglé.

Une autre voiture, un 4 × 4 délabré avec une remorque cassée, arrive à toute allure sur le parking. Bob pousse doucement Megan vers la pelouse au-delà des portes de service. Scott se jette à l'abri sous une benne à ordures, tandis que Josh et Lilly se protègent derrière une épave près de l'enseigne.

La berline renverse la première pompe et continue sur sa lancée dans un hurlement de moteur. L'autre véhicule tourne sur lui-même. À quelques mètres de là, Lilly, sous le choc, voit la berline s'encastrer dans la vitrine. L'horrible fracas de métal et de verre brisé la fait sursauter. Des débris et des éclats de verre volent un peu partout, tandis que la berline s'enfonce en glissant sur le sol dans le bâtiment dont elle démolit la moitié. Lilly porte la main à la bouche. Une partie du toit s'effondre sur la berline qui finit par s'arrêter dans la boutique.

Le 4 × 4 s'encastre de biais dans la pompe à diesel dont les vapeurs résiduelles prennent feu. Des flammes jaillissent et dans les vitres fumées apparaît la lueur jaunâtre de quelque chose qui brûle *à l'intérieur*. Lilly remercie muettement le ciel que les réserves de carburant soient vides, sinon ses amis et elles auraient été carbonisés.

Le 4 × 4 s'arrête finalement sous l'auvent, les phares encore allumés illuminant le bâtiment comme les projecteurs d'un théâtre hallucinatoire. Pendant un moment, dans le silence qui s'abat sur les lieux, seul résonne le crépitement des flammes. Josh sort précautionneusement de derrière l'épave, sans lâcher son .38. Lilly le rejoint et s'apprête à lui demander ce qui s'est passé, quand elle remarque les phares du 4 × 4 braqués directement sur l'intérieur de la station-service qui éclairent l'arrière de la berline.

Par la lunette arrière brisée, elle aperçoit quelque chose qui bouge. Des épaules qui se tournent lentement, gauchement, pour révéler un visage blême. Et immédiatement, elle comprend ce qui s'est passé.

Un instant plus tard, les choses s'accélèrent.

— Sortez du bâtiment ! ordonne Josh aux autres dans un chuchotement pressant.

De l'autre côté, Bob, Megan et Scott, toujours accroupis dans les herbes derrière la benne, se relèvent lentement et s'apprêtent à répondre.

— Chut ! fait Josh en désignant le bâtiment, indiquant qu'il y a du danger à l'intérieur. *Dépêchez-vous ! Rejoignez-nous !*

Bob comprend aussitôt. Il prend Megan par la main et contourne les flammes de la pompe à essence. Scott les suit.

— Qu'est-ce qu'on va devenir ? demande Lilly à Josh. Toutes nos affaires sont là-dedans.

La devanture de la station-service et la moitié du bâtiment sont en ruines ; quelques étincelles crépitent encore et les conduites d'eau arrachées ont tout inondé. À la lueur des phares du 4 × 4, l'une des portières arrière s'ouvre brusquement et une jambe en décomposition vêtue de guenilles apparaît dans un mouvement spasmodique.

— C'est foutu, poupée, répond Josh à mi-voix. On peut rien y faire… Laisse tomber.

Bob et les autres les ont rejoints et tous les cinq, encore sous le choc, contemplent la scène. Bob n'a pas lâché sa carabine. Megan est au bord de la nausée.

— Putain, c'était quoi ? répète-t-elle.

— Des gens qui ont essayé de s'enfuir, spécule Josh. Un des passagers a dû être mordu et ils se sont transformés dans la voiture.

Dans le bâtiment en ruines, un zombie surgit de la berline comme un fœtus difforme qui voit le jour.

— Bob, tu as tes clés sur toi ?

— Dans le camion.

— Sur le tableau de bord ?

— Boîte à gants.

— Vous allez tous attendre ici, dit Josh aux autres. Surveillez ce zombie, il y en a peut-être d'autres là-dedans. Je vais aller chercher le camion.

— Attends ! le retient Lilly. Tu es en train de nous dire qu'on va laisser ici toutes nos affaires et nos provisions ?

— Pas le choix.

Il se dirige vers les pompes fumantes en laissant les quatre autres abasourdis et sans voix. À dix mètres de là, le 4 × 4 tressaute et une portière s'entrouvre. Lilly sursaute et Megan étouffe un cri alors qu'un autre mort-vivant s'extirpe du véhicule. Bob glisse d'une main tremblante une cartouche dans sa carabine. Les autres reculent vers la route pendant que Scott marmonne hystériquement :

— Merde putain merde putain merde putain merde…

La créature qui émerge du 4 × 4, brûlée et méconnaissable, titube dans leur direction, la bouche béante ruisselante d'une bave noirâtre. De petites flammes crépitent encore sur son épaule et de la fumée se dégage de son crâne comme une auréole. C'est apparemment un homme, dont la moitié de la peau du visage est calcinée, à peine capable de se tenir debout, mais que l'odeur des humains attire irrésistiblement.

Bob n'arrive pas à charger la carabine tellement ses mains tremblent.

Personne ne voit les feux arrière de l'autre côté du parking derrière la rangée d'épaves, et personne n'entend le camping-car qui démarre en rugissant et ses pneus crisser.

Le zombie s'avance vers Megan, qui fait volte-face pour s'élancer sur le gravier et s'étale. Scott pousse un cri tandis que Lilly essaie de la relever et que Bob tente toujours de se dépêtrer de sa carabine. Le zombie est à quelques pas d'eux quand le camping-car apparaît en marche arrière.

Josh percute directement le zombie qui se retrouve empalé sur la tige de la remorque. Dans un nuage d'étincelles, le cadavre calciné est coupé en deux, le torse valsant d'un côté et le reste de l'autre. Un organe noirci et encore brûlant atterrit sur Megan qu'il éclabousse d'un liquide visqueux. Elle pousse un hurlement.

Le camping-car s'arrête en crissant devant eux. Ils s'entassent à l'intérieur en hissant une Megan hystérique par le hayon arrière. Josh écrase l'accélérateur. Le camion quitte la station-service dans un grondement de moteur et s'engage sur la route. En tout et pour tout, trois minutes se sont écoulées depuis l'attaque… mais dans ce bref moment, le destin des cinq survivants vient de changer irrévocablement.

Ils décident de quitter la colline et de prendre vers le nord en traversant la forêt en direction du campement. Ils progressent prudemment, phares éteints et l'œil aux aguets.

116

À l'arrière, Scott et Megan sont collés à la lunette arrière, pendant que Bob et Lilly, assis côte à côte dans la cabine à côté de Josh, scrutent fébrilement les alentours. Personne ne pipe mot. Tous sont angoissés : ce qu'ils vont découvrir au campement est capital pour leur survie.

Entre-temps, l'aube s'est levée et la clarté bleutée qui s'élève à l'horizon au-delà des arbres commence déjà à dissiper les ombres. Un reste de fumée flotte dans l'air glacial.

— Freine, Josh ! Freine !

Josh pile brusquement au sommet d'une colline dominant le côté sud du campement. Le camion s'arrête.

— Oh, mon Dieu.

— Nom d'un chien.

— On fait demi-tour. (Lilly se ronge les ongles en regardant au loin entre les feuillages ce qui reste du campement. L'air empeste les chairs calcinées, et quelque chose de pire, une odeur immonde et purulente.) On peut rien faire de plus.

— Attends un peu.

— Josh…

— Putain, mais qu'est-ce qui s'est passé ici ? murmure Bob en contemplant entre les arbres la prairie une cinquantaine de mètres plus bas. (Les premiers rayons du soleil qui filtrent à travers la fumée donnent à la scène une allure irréelle, comme dans un film muet.) On dirait que Godzilla s'est abattu sur tout ça.

— Tu crois qu'il y en a un qui a été pris de folie ? demande Lilly, les yeux fixés sur les décombres fumants.

— Je crois pas, répond Josh.

— Ce seraient les zombies qui auraient fait tout ça ?

— Je sais pas, peut-être qu'ils ont déferlé en nombre et qu'un incendie s'est déclaré.

En bas dans la prairie, en bordure du campement, des voitures flambent encore. Une vingtaine de petites tentes encore en feu laissent échapper des nuages de fumée âcre dans le ciel. Au centre du terrain, le chapiteau est réduit à un squelette fumant de mâts et de câbles d'acier noircis. Même le sol brûle par endroit, comme si on l'avait aspergé de flammes liquides. Des cadavres fumants parsèment les alentours. Pendant un bref moment irréel, la scène fait penser Josh à la catastrophe du *Hindenburg*.

— Josh... (Le colosse se tourne vers Lilly qui regarde à présent les abords de la forêt de part et d'autre de la route. Elle baisse la voix, comme paralysée par la terreur.) Euh... Il faut qu'on fiche le camp d'ici.

— Qu'est-ce qu'il y a ?

— Putain de Dieu, fait Bob qui a vu à son tour. Faut qu'on se barre, capitaine.

— Mais qu'est-ce que... ?

C'est alors que Josh aperçoit les innombrables ombres qui surgissent entre les arbres, presque à l'unisson, comme un immense banc de poissons remontant des profondeurs. En loques, certains encore fumants. D'autres tressautent comme des robots, en proie à une faim inextinguible, les mains tendues comme des griffes. Des centaines d'yeux laiteux qui reflètent la pâle lumière de l'aube se braquent sur le véhicule solitaire devant eux. Josh a les poils de la nuque qui se hérissent.

— Foutons le camp, Josh !

Il empoigne le volant, écrase l'accélérateur et dans un rugissement de moteur, le camping-car fait demi-tour sur place, fauchant une dizaine de zombies et déracinant un petit sapin. Dans un fracas indescriptible, entre le bruit humide des membres déchiquetés et le claquement du bois brisé, des débris et du sang s'abattent sur l'avant du véhicule. L'arrière zigzague et emboutit un groupe de morts-vivants en secouant Megan et Scott dans tous les sens. Josh se retrouve sur la route et ils rebroussent chemin à toute allure.

Ils arrivent à peine à la route secondaire en bas de la colline quand ils se rendent compte qu'au moins trois zombies se sont collés au pickup comme des bernicles.

— Merde, fait Josh en apercevant dans le rétroviseur l'un d'eux qui se cramponne à la hauteur des roues arrière sur le marchepied, empêtrés dans les lanières et ses vêtements accrochés à la carrosserie. Restez calmes, tout le monde, on a des passagers clandestins !

— Quoi ?

Lilly se retourne vers la vitre côté passager et étouffe un cri en voyant un visage mort surgir comme un diable de sa boîte, grimaçant, une bave d'un noir d'encre s'envolant dans le vent. Concentré sur la route, Josh prend un virage sur les chapeaux de roue et se dirige vers le nord à toute allure en braquant brusquement pour essayer de déloger les zombies.

Deux d'entre eux restent solidement collés côté passager, soit parce qu'ils sont coincés, soit parce qu'ils ont la force de se tenir.

— Bob ! Il te reste des cartouches ?

— Elles sont à l'arrière !

— Merde !

— Chérie, dit Bob à Lilly, je crois qu'il y a un pied-de-biche par terre sous le siège passager…

Le pickup fait une embardée. L'un des zombies est éjecté sur la route et roule dans le fossé. Des cris étouffés s'élèvent à l'arrière. Un bruit de vitre brisée leur parvient. Lilly trouve l'outil en acier.

— Je l'ai !

— Passe-le-moi, chérie !

D'un coup d'œil dans le rétro, Josh voit un deuxième zombie délogé de son perchoir tomber sur la chaussée sous les roues. Le camping-car fait un soubresaut en roulant dessus et continue sa route.

— Recule-toi, Lilly ! Couvre-toi le visage ! braille Bob de sa voix rauque en se tournant vers la fenêtre de la cabine de couchage et en levant le pied-de-biche.

Lilly obéit et Bob assène un grand coup au zombie collé à la vitre. L'extrémité de l'outil parvient à peine à entamer le verre blindé. Le zombie empêtré dans les tendeurs pousse un grondement sourd qui résonne dans le vent. Avec un cri, Bob redouble de coups sur la vitre qu'il parvient enfin à percer pour enfoncer le pied-de-biche dans le visage du zombie. Lilly se détourne. La pointe se fiche dans la bouche béante et reste coincée dans le palais. Bob étouffe un cri d'horreur. Derrière la mosaïque de verre fracassé, la tête embrochée reste suspendue dans le vent, les yeux encore luisants comme ceux d'un requin, la bouche s'agitant comme si elle essayait de dévorer la tige d'acier. Incapable de supporter ce spectacle, Lilly se blottit dans son coin en tremblant. Josh donne un brusque coup de volant et le zombie finit par être emporté par le vent et par se vautrer sur la route. Le reste de la vitre cède à son tour et une pluie d'éclats de verre tombe dans la cabine. Bob tressaille et Josh continue sur sa lancée tandis que Lilly reste pelotonnée en position fœtale.

Ils finissent par atteindre la route principale et Josh prend vers le sud en accélérant et en criant aux passagers à l'arrière :

— Cramponnez-vous, là-dedans !

Sans un mot de plus, il écrase l'accélérateur, les mains soudées au volant, zigzaguant entre les épaves pendant trois kilomètres, l'œil rivé au rétroviseur pour s'assurer qu'ils sont maintenant hors de portée de la horde.

C'est seulement au bout de dix kilomètres que Josh freine et s'arrête sur le bas-côté d'une route en bordure d'une campagne déserte. Un silence irréel s'abat sur le camion, seulement troublé par le battement de leurs cœurs bourdonnant dans leurs oreilles et le sifflement du vent.

Josh jette un coup d'œil à Lilly. L'expression sur son visage encore marqué, sa position, prostrée dans un coin par terre, les genoux serrés contre sa poitrine, frissonnante comme si elle était en hypothermie – tout cela l'inquiète.

— Ça va, ma poupée ?

Lilly parvient à avaler la boule de terreur qu'elle a dans la gorge et lui jette un regard noir.

— Comme sur des roulettes.

Josh hoche la tête et beugle suffisamment fort pour se faire entendre à l'arrière du camping-car.

— Tout le monde est OK, là-dedans ?

Le visage rouge et tendu de Megan qui apparaît à la lucarne est éloquent. Elle lui fait signe que tout va bien. Josh se retourne et scrute les alentours, hors d'haleine comme s'il venait de courir.

— Ces saloperies se multiplient, c'est clair.

— Et elles sont de plus en plus hardies, si tu veux mon avis, renchérit Bob en se frottant le visage et en réprimant ses tremblements.

— Ça a dû se passer en un rien de temps, observe Josh après un silence.

— Ouais.

— Les pauvres ont même pas dû se rendre compte.

— Ouais, fait Bob en s'essuyant les lèvres. Peut-être qu'on devrait retourner et essayer de chasser ses saletés du camp.

— Pour quoi faire ?

— Je sais pas… Peut-être qu'il y a des survivants.

Un long silence s'installe dans la cabine avant que Lilly réponde finalement :

— Il y a peu de chances, Bob.

— Il pourrait y avoir du matos et des vivres qu'on pourrait utiliser.

— Trop risqué, dit Josh. De toute façon, on est où, là ?

Bob sort une carte routière du vide-poches de sa portière, la déplie d'une main tremblante et suit du bout de l'index les minuscules routes non identifiées. Il a encore du mal à retrouver son souffle.

— Pour autant que je sache, on est quelque part au sud d'Oakland, la région du tabac. La route où on est figure pas sur la carte, en tout cas, pas celle-ci.

Josh contemple l'horizon. Le soleil matinal frappe l'étroite deux-voies. La route sans indications, bordée d'herbes et jonchée d'épaves tous les vingt mètres, serpente le long d'un plateau entre deux exploitations de tabac. De part et d'autre, les champs abandonnés sont envahis d'herbes folles et de plantes grimpantes qui envahissent les clôtures. À en juger par l'état des cultures, cela fait des mois que l'épidémie fait rage.

— On fait quoi ? demande Bob en repliant la carte.

— J'ai pas vu une ferme depuis des kilomètres, on doit être assez loin des Bouffeurs pour éviter une attaque.

— Qu'est-ce que tu as en tête, Josh ? demande Lilly en remontant sur la banquette.

— À mon avis, faut qu'on continue vers le sud, dit-il en passant la première.

— Pourquoi le sud ?

— Pour commencer, on sera plus loin des zones habitées.

— Et…

— Et si on continue, peut-être qu'on pourra éviter de rester dans le froid.

Il accélère et commence à s'engager sur la route quand Bob lui saisit le bras.

— Pas si vite, capitaine.

— Qu'est-ce qu'il y a encore ? demande Josh en s'arrêtant.

— Je veux pas être porteur de mauvaises nouvelles, dit Bob en désignant le niveau d'essence. Mais je lui ai donné les dernières gouttes de mon stock hier soir.

Sur le cadran, l'aiguille est sur la réserve.

7

Ils cherchent aux alentours des réservoirs à siphonner ou des stations-service à piller et reviennent bredouilles. La plupart des épaves le long de cette portion de route sont calcinées ou abandonnées, le réservoir vide. Ils n'aperçoivent que quelques morts-vivants qui rôdent dans les champs au loin, des cadavres solitaires errants assez faciles à éviter.

Ils décident de dormir dans le camping-car cette nuit-là, en prenant des quarts et en rationnant les conserves et l'eau. Être au milieu de la cambrousse est à la fois un avantage et une malédiction. Le manque inquiétant de carburant et de vivres est compensé par la quasi-absence de zombies.

Josh exhorte tout le monde à baisser la voix et faire le moins de bruit possible durant leur exil dans ces terres désolées. À mesure que la nuit tombe et que chute la température, Josh fait tourner le moteur le plus longtemps possible, puis se résout à éteindre le chauffage. Il sait qu'il ne va pas pouvoir jouer à ce petit jeu bien longtemps. Ils recouvrent la vitre brisée du compartiment couchage avec du carton et du chatterton.

Ils dorment très mal, serrés dans le petit espace – Megan, Scott et Bob dans le compartiment camping-car, Lilly à l'arrière de la cabine et Josh devant, pouvant à peine étaler sa corpulence sur les deux sièges.

Le lendemain, Josh et Bob ont la chance de tomber sur un break renversé à un peu moins de deux kilomètres à l'ouest, l'essieu arrière brisé, mais le reste intact et le réservoir presque plein. Ils siphonnent près de soixante-dix litres d'essence dans trois jerrycans et retournent au pickup avant midi. Ils reprennent la route vers le sud-est, traversant quarante kilomètres de terres agricoles à l'abandon, avant de s'arrêter pour la nuit sous un pont ferroviaire, où le vent siffle un air lugubre dans les câbles métalliques.

Dans l'obscurité du camion qui empeste, ils discutent s'ils doivent continuer la route ou trouver un gîte pour se reposer. Ils se chamaillent pour des riens – la place pour dormir, les rations, les ronflements et les odeurs de pieds – et se tapent mutuellement sur les nerfs. Le camping-car mesure moins de neuf mètres carrés, pour la plupart enva-his par les détritus de Bob. Scott et Megan dorment ser-rés l'un contre l'autre contre le hayon, tandis que Bob se tourne et se retourne, en proie à ses délires.

Ils vivent ainsi pendant presque une semaine, roulant plus ou moins vers le sud-ouest, suivant les voies du West Central Georgia Railway et siphonnant du carburant quand ils peuvent. Thanksgiving passe sans que personne le remarque. Ils sont tous à bout et au bord de la rupture dans ce huis clos exigu.

Et la nuit, les bruits inquiétants derrière les arbres se font chaque fois plus proches.

Un matin, alors que Scott et Megan sommeillent à l'arrière, Josh et Lilly, assis sur le pare-chocs avant du camping-car, partagent un thermos de café instantané au petit matin. Dans le ciel bas, le vent plus froid porte l'odeur de l'hiver.

— On dirait qu'il va encore neiger, observe Josh à mi-voix.

— Où est parti Bob ?

— Il dit avoir vu un torrent à l'ouest, il est allé pêcher.

— Il a pris sa carabine ?

— Une hache.

— Je me fais du souci pour lui, Josh. Il tremble constamment, à présent.

— Ça va aller.

— Cette nuit, je l'ai vu descendre toute une bouteille de bain de bouche.

Josh la regarde. Ses blessures sont presque complètement guéries et ses yeux sont redevenus comme avant. Ses bleus ont disparu et, la veille, elle a enlevé les bandages de ses côtes et découvert qu'elle pouvait marcher presque normalement sans. Mais la douleur d'avoir perdu Sarah Bingham la ronge toujours : Josh voit le chagrin qui creuse son visage, la nuit. Depuis le siège avant, il la regarde quand elle dort. Il n'a jamais rien vu d'aussi beau. Il meurt d'envie de l'embrasser à nouveau, mais la situation ne leur offre pas ce luxe.

— On se portera nettement mieux quand on trouvera de la vraie bouffe, dit-il. Je commence à en avoir ras-le-bol des raviolis en boîte froids

— La réserve d'eau baisse aussi. Et j'ai autre chose en tête qui me rassure pas vraiment.

— Quoi donc ?

— Si on tombe sur une autre horde de zombies ? Ils pourraient renverser le camion, Josh. Tu le sais aussi bien que moi.

— Raison de plus pour continuer notre route, vers le sud, discrètement.

— Je sais, mais…

— On a plus de chance de trouver des vivres en roulant.

— Je comprends bien, mais…

Lilly se tait en voyant se profiler à quelque trois cents mètres une silhouette qui suit les rails dans leur direction. C'est une ombre maigre qui se découpe dans la lumière de l'aube et qui enjambe trop rapidement les traverses pour être un zombie.

— Quand on parle du loup, fait Josh en le reconnaissant finalement.

Leur vieux compagnon arrive avec un seau vide et sa canne à pêche pliante.

— Hé, vous tous ! crie-t-il, hors d'haleine, en arrivant à l'escalier près du pont.

— Baisse d'un ton, Bob, l'avertit Josh en allant le rejoindre avec Lilly.

— Attendez de voir ce que j'ai trouvé, dit-il en descendant.

— Tu en as pris un gros ?

Il saute en bas de l'escalier et reprend son souffle, les yeux brillants d'excitation.

— Non, chef, et j'ai même pas trouvé ce foutu torrent, sourit-il narquoisement. Mais j'ai déniché bien mieux.

Le Walmart est situé à l'intersection de deux grandes routes de campagne, à moins de deux kilomètres au nord des voies. L'immense enseigne au célèbre logo bleu et jaune est visible depuis le pont dans les bois. La ville la plus proche est à des kilomètres de là, mais ces énormes supermarchés sont des établissements rentables dans les communautés rurales, surtout celles qui sont proches d'une grande autoroute comme la 85 avec la sortie d'Hogansville à seulement onze kilomètres à l'ouest.

— Alors… Voilà ce que j'en pense, annonce Josh aux autres une fois qu'ils sont arrivés devant l'entrée du parking, partiellement bloquée par un camion qui s'est encastré dans un poteau. (Le chargement – du bois, en grande partie – est éparpillé tout autour et le parking est envahi d'épaves et de véhicules abandonnés. L'immense bâtiment qui se profile devant eux paraît désert, mais il ne faut pas se fier aux apparences.) On va d'abord inspecter le parking, faire quelques tours, histoire de reconnaître les lieux.

— Ça a l'air bien vide, Josh, commente Lilly en se rongeant les ongles derrière eux.

Pendant les quinze minutes du trajet, elle n'a cessé de se les ronger. À présent, elle s'attaque aux cuticules.

— Pas facile à déterminer à première vue, rétorque Bob.

— Gardez l'œil ouvert et guettez les zombies ou quoi que ce soit, dit Josh en passant la première et en enjambant les pièces de bois.

Ils font trois fois le tour des environs en scrutant la pénombre des entrées et des quais de chargement. Les voitures du parking sont toutes vides, certaines réduites à l'état de carcasses noircies. La plupart des portes vitrées sont en miettes. Un tapis d'éclats de verre scintille dans le soleil de l'après-midi devant l'entrée principale. À l'intérieur du magasin, il fait aussi sombre que dans une mine de charbon. Rien ne bouge. Dans l'entrée, quelques corps gisent sur le sol. Tout cela semble être arrivé il y a un bon bout de temps.

Au second passage, Josh s'arrête devant l'entrée, passe au point mort sans couper le moteur, et vérifie les trois balles qui restent dans son .38.

— OK, pas question de laisser le camion sans personne, dit-il. Bob, combien il te reste de cartouches ?

Bob ouvre le fusil d'une main tremblante.

— Une dans la culasse, une dans ma poche.

— OK, voilà ce que je pense…

— Je viens avec toi, coupe Lilly.

— Sans arme, pas question, tant qu'on est pas sûrs qu'on risque rien à l'intérieur.

— Je vais prendre une pelle derrière, dit-elle. (Elle jette un coup d'œil par-dessus son épaule et voit à la lucarne les yeux écarquillés de Megan qui essaie de voir par le pare-brise.) Tu vas avoir besoin de quelqu'un pour surveiller tes arrières, là-dedans.

— Discute jamais avec une femme, marmonne Bob en ouvrant sa portière et en sortant dans l'air vif de cette fin d'automne.

Ils font le tour du véhicule, ouvrent le hayon et donnent la consigne à Megan et Scott de rester dans la cabine moteur en marche jusqu'à ce qu'on les prévienne que la voie est libre. Si jamais ils voient quoi que ce soit, ils donnent l'alerte à coups de klaxon. Megan et Scott obéissent sans discuter.

Lilly empoigne une pelle et suit Josh et Bob jusqu'à l'entrée. Leurs pas crissent sur les débris de verre. Josh force l'une des portes automatiques et ils entrent dans le hall.

Ils aperçoivent un vieillard décapité qui gît sur le parquet taché près de l'entrée dans une mare de sang coagulé, noir comme de l'obsidienne, tendons et veines dégoulinant de son cou. Il porte sur son gilet bleu un badge de travers et partiellement visible qui annonce WALMART et ELMER K. L'insigne orné d'un smiley est souillé de sang. Lilly fixe un moment le pauvre Elmer K décapité avant qu'ils s'enfoncent à l'intérieur du magasin vide.

L'air presque aussi froid qu'au-dehors sent le moisi, la pourriture et le rance comme un compost géant. Des constellations d'impacts de balles couronnent le dessus de l'entrée du salon de coiffure à gauche, tandis que des éclaboussures de sang souillent celle du magasin de lunettes à droite. Les rayonnages sont vides, déjà pillés, ou renversés.

Josh lève une main pour que ses compagnons s'arrêtent un moment, le temps de tendre l'oreille. Il scrute l'immense supermarché, couvert de cadavres sans tête, de traces de carnage, de chariots renversés et de détritus. Les tapis de caisses sur la droite sont immobiles et souillés de sang. Le rayon pharmacie, cosmétique et beauté est criblé de balles.

Josh leur fait signe de continuer prudemment, arme au poing, enjambant les débris. Plus ils s'enfoncent dans le magasin, plus l'obscurité grandit. Une faible clarté pénètre dans le rayon alimentation au bout à droite, pour éclairer un mélange de déchets, débris de verre et restes humains, tout comme dans les rayons habillement, ameublement et fournitures de bureau, à gauche, où sont éparpillés des vêtements et des mannequins renversés. Les rayons du fond du magasin – jouets, électronique, articles de sport et chaussures – sont plongés dans le noir complet.

Seuls les rayons argentés de l'éclairage de secours, qui fonctionne sur batteries, éclairent les profondeurs des rayons les plus éloignés.

Ils trouvent des torches dans le rayon quincaillerie et éclairent les tréfonds du magasin, repérant tout ce qui peut leur être utile. Ils sont de plus en plus optimistes au fur et à mesure de leur inspection. Une fois qu'ils ont fait le tour des mille mètres carrés, n'ayant trouvé que quelques restes humains en état de décomposition, d'innombrables rayonnages renversés et des rats qui s'enfuient à leur approche, ils sont convaincus que l'endroit est sûr. Pillé, certes, mais sans danger.

Du moins pour le moment.

— Je pense qu'on a l'endroit pour nous tout seuls, conclut Josh une fois que le trio est revenu dans la faible clarté du hall.

Ils baissent leurs armes et leurs torches.

— Ça a l'air d'avoir été violent, ici, constate Bob.

— Je suis pas policier, répond Josh en balayant du regard les murs et le sol tachés de sang comme des peintures de Jackson Pollock. Mais je dirais que des gens sont passés par ici il y a un bout de temps et se sont servis dans tout ce qui restait.

Le regard de Lilly, toujours tendu, passe de Josh à l'hôte d'accueil décapité.

— Tu crois qu'on pourrait nettoyer un peu et s'installer ici un moment ?

— On serait des cibles idéales, l'endroit est beaucoup trop tentant, réplique-t-il.

— Mais c'est une caverne d'Ali Baba, intervient Bob. Il y a des tonnes de trucs en haut des rayonnages, peut-être des réserves bourrées de marchandises qui nous seraient sacrément utiles.

Il a l'œil qui pétille, et Josh se doute que le vieux bonhomme a soigneusement noté la présence de nombreuses bouteilles intactes dans le rayon alcools.

— J'ai vu des brouettes et des diables dans le rayon jardinage, dit Josh. (Il regarde ses compagnons en souriant.) Je crois que notre chance a tourné.

Ils remplissent trois brouettes de doudounes, bottes fourrées, sous-vêtements polaires, bonnets et gants, et prennent également deux talkies-walkies, des chaînes pour les pneus, des barres de remorque, une caisse à outils, de l'huile de moteur et de l'antigel. Scott vient les aider, pendant que Megan monte la garde dans le camion.

Dans le rayon alimentation – où la plupart des produits de boucherie et de crèmerie manquent ou sont périmés –, ils prennent des boîtes de flocons d'avoine, raisins secs, barres protéinées, nouilles japonaises, beurre de cacahuète, bœuf séché, soupes, sauce spaghetti, jus de fruits, pâtes, conserves de viande, sardines, café et thé.

Bob fait une razzia dans ce qui reste du rayon pharmacie. La plupart des barbituriques, analgésiques et anxiolytiques ont disparu, mais il en trouve assez pour ouvrir une petite clinique. Il prend du gel analgésique, des antibiotiques, de l'adrénaline en cas d'arrêt cardiaque, des amphétamines, des calmants, un hémostatique, de l'antidouleur, un antihistaminique et tout un assortiment de vitamines.

Dans les autres rayons, ils se procurent d'irrésistibles articles de luxe, pas vraiment indispensables pour leur survie, mais qui peuvent apporter une consolation en cette lugubre période de survie. Lilly choisit une brassée de livres – principalement des romans. Josh se saisit de cigares costaricains. Scott déniche un lecteur DVD à piles et choisit une douzaine de films. Ils emportent également des jeux de plateau, des jeux de cartes, un télescope et un petit enregistreur numérique.

Ils retournent au camion qu'ils remplissent à ras bord de ces trésors avant de retourner fouiller dans la caverne d'Ali Baba au fond du magasin.

— Éclaire à gauche, poupée, demande Josh à Lilly dans le rayon d'articles de sport.

Il porte deux sacs de toile qu'il a pris dans la bagagerie. Scott et Bob attendent pendant que Lilly balaie de son faisceau le champ de bataille qu'est devenu le rayon où l'on trouvait ballons et battes de baseball. Il illumine des rangées de raquettes de tennis et crosses de hockey. Des vélos, tenues de sport et gants de baseball sont éparpillés un peu partout sur le sol éclaboussé de sang.

— Holà, là-bas, Lilly. Bouge plus.

— Merde, siffle Bob derrière elle. On dirait bien qu'on arrive trop tard.

— Quelqu'un nous a devancés, grommelle Josh en contemplant la vitrine brisée du matériel de pêche et de chasse.

Elle est vide, mais elle contenait manifestement tout un assortiment de fusils de chasse, pistolets et autres armes de poing légales. Les rayons voisins sont également vides.

— Éclaire par terre une seconde, ma chérie.

Dans la lumière, ils repèrent quelques cartouches et balles éparpillées sur le sol.

Ils se rendent à l'armurerie et Josh laisse tomber ses sacs en toile avant de glisser sa grande carcasse derrière la vitrine. Il prend la torche et éclaire le sol. Il découvre quelques boîtes de munitions, un flacon d'huile pour fusil, un carnet à souches et un objet métallique qui dépasse de sous la vitrine.

— Attendez une seconde, là…

Il s'agenouille, passe la main sous le comptoir et sort le canon d'un pistolet.

— Là, c'est du sérieux, dit-il en brandissant l'arme pour que ses compagnons la voient.

— C'est un Desert Eagle ? demande Bob en s'approchant. Un .44 ?

Josh serre l'arme comme un gamin son cadeau un matin de Noël.

— J'en sais rien, mais il est super lourd. Il doit faire cinq kilos.

— Je peux ? demande Bob en prenant l'arme. Putain, c'est le prince des flingues, ce truc.

— Maintenant, il reste plus qu'à trouver les balles.

— Fabriqué en Israël, dit Bob en inspectant l'arme. Fonctionnement au gaz comprimé… Le seul semi-automatique de son espèce. (Il lève les yeux vers les étagères.) Éclaire un peu là-haut… au cas où il y aurait des petites 50 qui traînent. (Un instant plus tard, Josh découvre une pile de boîtes marquées « 50-C-R » sur l'étagère du haut. Il se hausse sur la pointe des pieds et en prend une poignée. Pendant ce temps, Bob libère le chargeur qui tombe dans sa main graisseuse.) Personne fabrique des armes comme les Israéliens, continue-t-il à mi-voix, avec tendresse, comme s'il parlait à une maîtresse. Même pas les Allemands. Ce truc peut percer le blindage d'un char d'assaut.

— Mec, intervient finalement Scott en s'approchant. Tu as l'intention de tirer avec ce truc ou de baiser avec ?

Après un instant de gêne, ils éclatent tous de rire – même Josh ne peut s'empêcher de glousser – et, bien que leur rire soit un peu nerveux, il soulage la tension qui règne dans cette réserve silencieuse remplie de rayonnages pillés et éclaboussés de sang. La journée a été bonne. Ils ont touché le jackpot ici, dans ce temple du consumérisme à bas coût. Mais surtout, ils ont acquis quelque chose de bien plus précieux que du matériel et des vivres : ils entrevoient une lueur d'espoir. L'espérance de passer l'hiver et de sortir de ce cauchemar.

C'est Lilly qui entend le bruit en premier. Elle cesse immédiatement de rire et se retourne comme si elle se réveillait en sursaut en plein rêve.

— C'était quoi ?

— Qu'est-ce qu'il y a ? demande Josh en reprenant son sérieux.

— T'as pas entendu ?

— Qu'est-ce qui va pas, chérie ? demande Bob.

— J'ai entendu quelque chose, répond-elle d'une voix tendue par la panique.

— Éteins ta torche, Scott, dit Josh en joignant le geste à la parole.

Scott obéit et le fond du magasin se retrouve plongé dans le noir.

Le cœur battant, ils restent un moment à attendre, l'oreille aux aguets. Le magasin est silencieux. Puis un autre grincement résonne dans l'obscurité.

Il vient de l'entrée. On dirait du métal qui se tord, mais c'est très faible et impossible à identifier.

— Où est la carabine, Bob ? demande Josh.

— Je l'ai laissée devant, avec les brouettes.

— Ah, bravo.

— Et si c'est Megan ?

Josh réfléchit en scrutant l'obscurité.

— Megan ? C'est toi ?

Pas de réponse. Lilly déglutit péniblement. Elle est prise d'un étourdissement.

— Tu crois que des zombies auraient pu pousser la porte ?

— Un bon coup de vent pourrait l'ouvrir, dit Josh en dégainant son .38. Bob, tu sais te servir du super flingue ?

Bob a déjà ouvert la boîte de munitions et sort des balles d'une main crasseuse et tremblante.

— Je t'ai pas attendu, capitaine.

— OK, alors écoute…

Josh lui chuchote ses instructions quand un autre bruit s'élève, étouffé, mais distinct : c'est clairement celui de charnières gelées qui grincent quelque part vers l'entrée. Quelqu'un ou une *créature* est en train de s'introduire dans le magasin.

135

Le chargeur échappe des mains tremblantes de Bob et éparpille les balles sur le sol.

— Mec, putain, grommelle Scott à mi-voix en regardant avec inquiétude Bob qui ramasse à quatre pattes les balles comme un môme qui récupère ses billes.

— Écoutez, siffle Josh. Scott, toi et Bob, prenez le flanc gauche, gagnez l'avant du magasin par le rayon alimentation. Poupée, tu me suis. On va prendre au passage une hache au rayon jardinage.

Bob, qui a fini par glisser les balles dans le chargeur et le remettre en place, se relève.

— C'est bon. Allez, gamin, on y va.

Ils se séparent et avancent dans l'obscurité vers la faible clarté de l'entrée.

Lilly suit Josh dans la pénombre du rayon auto, le long des étagères dévastées, des détritus amassés sur le sol. Ils franchissent les rayons fournitures de bureau, maison et décoration, avançant silencieusement côte à côte et communiquant par gestes. Josh, son .38 au poing, lui fait soudain signe de s'arrêter. À l'entrée du magasin, un bruit de pas traînants est maintenant clairement audible.

Josh désigne un étalage renversé dans le rayon bricolage. Lilly se faufile derrière les rayonnages d'ampoules et trouve le sol encombré de râteaux, cisailles et haches. Elle en ramasse une et revient, le cœur battant, tremblante de terreur.

Ils continuent vers l'entrée. Lilly aperçoit de temps en temps du mouvement de l'autre côté du magasin : ce sont Bob et Scott qui longent le côté ouest du rayon alimentation. Entre-temps, la chose qui s'est introduite dans le Walmart ne fait plus de bruit et semble s'être immobilisée. Lilly n'entend plus que les battements de son cœur.

Josh s'arrête et s'accroupit derrière le rayon pharmacie. Lilly le rejoint.

— Reste derrière moi, lui chuchote-t-il. Si un de ces machins passe sans que je le voie, tu lui flanques un bon coup dans le crâne avec ta hache.

— Josh, je sais comment liquider un zombie, réplique-t-elle sèchement.

— Je sais, ma chérie, mais je veux juste être sûr que… tu lui fous un bon coup dès le départ. (Elle hoche la tête.) À trois, on y va. Prête ?

— Prête.

— Un… deux…

Josh s'immobilise. Lilly entend quelque chose de pas très logique. Josh l'empoigne et la plaque contre le bas du comptoir. Paralysés et indécis, ils restent immobiles un moment, et une seule pensée agite la cervelle de Lilly.

Les zombies, ça ne parle pas.

— Il y a quelqu'un ? demande une voix qui résonne dans le magasin désert.

Josh hésite encore un moment, paniqué. La voix a l'air amicale, si on veut… En tout cas, c'est une voix d'homme, grave, avec un petit accent, peut-être. Il jette un coup d'œil à Lilly qui tient la hache comme une batte de baseball, prête à frapper, les lèvres tremblantes de terreur. Josh l'arrête d'un geste. Il s'apprête à se lever en relâchant sa pression sur la détente de son arme, quand une autre voix qui résonne change du tout au tout la situation.

— Lâchez-la, bande d'enfoirés !

Josh surgit de derrière le comptoir, son .38 brandi, prêt à tirer. Lilly le suit avec sa hache.

Six hommes, tous lourdement armés, se tiennent dans le hall.

— Du calme, du calme… holà !

Leur chef, celui qui est devant – un fusil d'assaut dans les mains, canon pointé vers eux d'un air menaçant –, a l'air d'approcher la trentaine. Grand, svelte, le teint mat, il porte un foulard de rappeur noué sur la tête. Les manches coupées de sa chemise à carreaux laissent voir des bras très musclés.

D'abord, tout s'enchaîne rapidement et Josh se retrouve debout, son arme braquée sur Mister Bandana.

Bob surgit à son tour de derrière les caisses en brandissant son Desert Eagle à deux mains, façon commando, ses yeux rougis flamboyant d'héroïsme aviné.

— Lâchez-la !

Celle dont il parle se trouve derrière Mister Bandana, retenue par un autre membre du groupe. Megan Lafferty se tord rageusement entre les bras d'un jeune Black au regard de dément, qui plaque une main sur sa bouche pour la bâillonner.

— Bob, non ! s'écrie Josh.

Le ton autoritaire semble arrêter tout net Bob dans son assaut chevaleresque. Le vieux bonhomme s'arrête au bout de la rangée de caisses à quelques mètres du type qui retient Megan. Haletant, il regarde Megan, impuissant. Josh voit à quel point il est ému.

— Tout le monde se calme ! crie-t-il à ses compagnons. (Scott apparaît derrière Bob, la carabine au poing.) Scott, tu te calmes avec ton flingue ! (Le type au bandana ne baisse pas son AK-47.) Réglons ça tranquillement, les mecs, allez. On va pas jouer à OK Corral.

Derrière le chef, les cinq autres sont tout aussi lourdement armés. La plupart dans les trente ans, blancs ou noirs, certains habillés en rappeurs, d'autres en treillis et doudounes, ils ont l'air dispos et bien nourris, et peut-être même un peu défoncés. Mais surtout, ils ont l'air plus prêts à foncer dans le tas qu'à la jouer avec diplomatie.

— On veut rien de mal, dit-il. (Mais il est certain que son intonation, ses mâchoires serrées et le fait qu'il n'ait

138

pas non plus baissé son arme contredit totalement ses paroles.) On est bien d'accord, Bob ? Tout est cool ?

Bob marmonne une réponse inaudible. Le Desert Eagle est toujours brandi et armé, et pendant un bref moment embarrassant, les deux groupes se toisent, armes braquées. Josh n'aime pas trop le déséquilibre de la situation : les intrus ont assez de puissance de feu pour descendre une petite garnison, mais d'un autre côté, Josh a trois armes à feu braquées sur le chef de la bande, dont la perte pourrait sérieusement déstabiliser le petit groupe.

— Lâche la fille, Haynes, ordonne Mister Bandana à son sous-fifre.

— Mais on…

— Je t'ai dit de la lâcher !

Le Black au regard de dément pousse Megan vers ses compagnons. Elle titube un moment, manque de tomber, puis elle parvient à rejoindre Bob d'un pas incertain.

— Quelle bande de cons, maugrée-t-elle.

— Ça va, ma chérie ? demande Bob en passant son bras autour de son épaule, sans quitter des yeux leurs adversaires ni baisser son arme.

— Ces enfoirés m'ont sauté dessus, dit-elle en se frottant les poignets et en les fusillant du regard.

Mister Bandana baisse son arme et s'adresse à Josh.

— Écoute, on peut plus prendre de risques, en ce moment. On se connaît pas. On essaie juste de se serrer les coudes.

Pas très convaincu, Josh garde son .38 braqué sur la poitrine de son interlocuteur.

— Alors pourquoi avoir kidnappé la fille dans le camion ?

— Comme je te disais, on savait pas combien vous étiez, qui elle allait prévenir… On savait rien du tout.

— C'est chez toi, ici?

— Non... qu'est-ce que tu veux dire? Mais non!

Josh lui fait un sourire glacial.

— Alors je vais te faire une suggestion... pour la suite.

— Vas-y.

— Il y a des tonnes de matos, ici... Laissez-nous partir et vous pourrez vous servir.

— Baissez vos flingues, les mecs, dit Mister Bandana à ses hommes. Allez. Rangez-les. Allez. (Presque à contre-cœur, le reste de la bande obéit et baisse ses armes.) Je m'appelle Martinez, continue Mister Bandana en se retournant vers Josh. Désolé qu'on soit partis du mauvais pied.

— Moi, c'est Hamilton. Ravi de faire ta connaissance et merci de nous laisser repartir.

— *No problema, mi amigo...* Mais je peux te suggérer un truc avant qu'on fasse affaire.

— J'écoute.

— D'abord, est-ce que vous pourriez arrêter de nous braquer?

Sans le quitter des yeux, Josh baisse son arme.

— Scott, Bob... allez-y, c'est bon.

Scott pose la carabine sur son épaule et s'appuie contre une caisse. Bob baisse à contrecœur son Desert Eagle et le glisse dans sa ceinture sans lâcher Megan.

Lilly baisse sa hache et la pose tête en bas le long du comptoir.

— Merci, j'apprécie, dit Martinez. (Il respire un bon coup et laisse échapper un grand soupir.) Voilà ce que je me demande. Tu as l'air d'avoir la tête sur les épaules. Vous avez le droit de prendre toute la marchandise qu'il y a ici... Mais je peux te demander où vous comptez l'emporter?

— En fait, on l'emporte nulle part, répond Josh. On continue notre route.

140

— Vous avez pas de point de chute ?

— Qu'est-ce que ça change ?

— Écoute, je sais que tu as aucune raison de me faire confiance, mais vu la situation, les gens comme nous… on peut se rendre mutuellement service. Tu vois ce que je veux dire ?

— Franchement, non… J'en ai pas la moindre idée.

— Je vais jouer cartes sur table, soupire Martinez. On peut se séparer tout de suite, pas de blessés, pas de rancune, se souhaiter bonne chance…

— Ça me paraît pas mal, réplique Josh.

— Mais on a une meilleure idée.

— Et ce serait ?

— Un endroit protégé, pas loin sur la route, des gens comme toi et moi, qui essaient de s'installer.

— Continue.

— Faut arrêter de fuir, c'est ce que je veux dire. On a sécurisé une partie de la ville. C'est pas grand-chose… Pour l'instant. On a élevé des murs. Un endroit où faire des cultures. Des générateurs. Du chauffage. On a de la place pour cinq de plus, sans problème.

Sans répondre, Josh regarde Lilly. Il ne parvient pas à déchiffrer son expression. Elle a l'air à la fois épuisée, effrayée et indécise. Il interroge les autres du regard. Il voit que Bob réfléchit. Scott, lui, fixe le sol. Quant à Megan, elle foudroie les intrus du regard à travers ses mèches bouclées.

— Réfléchis-y, mec, continue Martinez. On pourrait se partager ce qui reste ici et se dire adieu, ou bien s'unir. On a besoin de costauds. Si je voulais te piquer des trucs, te berner ou te descendre, je l'aurais déjà fait, pas vrai ? J'ai aucune raison de chercher la merde. Venez avec nous. Qu'est-ce que tu en dis, Hamilton ? Sur la route, vous avez rien à espérer à part des ennuis et l'hiver qui arrive. Alors, mec ?

Josh le scrute un long moment, puis :

— Donne-nous une minute, dit Josh.

Ils se réunissent près des caisses.

— Mec, tu peux pas être sérieux, lui chuchote Megan d'une voix tendue pendant que les autres font cercle. Tu comptes aller quelque part avec ces enfoirés ?

— Je sais pas, répond pensivement Josh. Plus je les regarde, plus je les trouve aussi terrifiés et paniqués que nous.

— Peut-être qu'on pourrait déjà voir l'endroit pour commencer, propose Lilly.

— Ça peut pas être pire que de camper en plein air avec des dingues, renchérit Bob.

— C'est moi, ou vous avez complètement perdu la tête ? gémit Megan.

— Megan, je sais pas trop, dit Scott. Je me dis qu'on a pas grand-chose à perdre.

— Ta gueule, toi.

— OK, écoutez, dit Josh en levant la main pour mettre fin au débat. Je vois aucun risque à les suivre et aller voir comment c'est. On va prendre nos armes, ouvrir l'œil et on décidera une fois qu'on aura visité. Ça vous va ? demande-t-il à Bob et Lilly.

Elle hoche la tête après avoir respiré un bon coup.

— Super, grommelle Megan en les suivant vers l'entrée.

* *
*

142

C'est au bout d'une heure et au prix des efforts conjoints des deux groupes qu'ils peuvent emporter le matériel lourd nécessaire pour la ville. Ils pillent les rayons jardinage et bricolage – bois, engrais, terreau, semences, marteaux et clous. Lilly trouve fragile la trêve conclue par les deux bandes. Elle surveille Martinez du coin de l'œil et remarque la hiérarchie tacite qui règne parmi les siens. C'est clairement Martinez le chef : il lui suffit d'un geste ou d'un hochement de tête pour commander.

Le crépuscule est tombé quand ils achèvent de charger à ras bord le camping-car et les deux véhicules de la ville fortifiée – un break et un pickup avec une benne. Martinez prend le volant du break, dit à Bob de suivre le pickup… et le convoi s'ébranle en direction de la ville.

Alors qu'ils quittent le parking du Walmart et prennent la bretelle d'accès à l'autoroute, Lilly, assise dans le compartiment couchage de la cabine, regarde par le pare-brise tandis que Bob tente de suivre le break. Ils dépassent des tas d'épaves et des forêts denses où descend l'obscurité. Une fine neige déferle, portée par le vent du nord.

Dans le crépuscule grisâtre, Lilly voit à peine le véhicule de tête et elle n'aperçoit que le bras tatoué de Martinez posé sur la portière dont la vitre est baissée.

Peut-être est-ce son imagination, mais elle est quasi certaine de voir la tête coiffée du bandana se tourner vers ses passagers, dire quelque chose qui suscite une vive réaction chez ses compagnons.

Ils rient comme des fous.

DEUXIÈME PARTIE

Ainsi finit le monde

*Le mal que fait un homme vit après lui ; souvent,
ses bonnes actions vont dans la terre avec ses os.*

William Shakespeare.

8

Le convoi fait deux haltes sur la route de la ville fortifiée – la première à la jonction des autoroutes 18 et 109, où
une sentinelle en armes discute un moment avec Martinez
avant de les laisser passer. Un tas de restes humains gît
dans un fossé, encore fumant après avoir été incinéré. La
seconde a lieu près de la pancarte qui annonce la ville de
Woodbury. C'est désormais une neige trempée qui tombe
dru, obliquement, sur la chaussée, un phénomène rare pour
la Géorgie au début de décembre.

— On dirait qu'ils ont une sacrée puissance de feu,
commente Josh au volant, en attendant que les deux
hommes en treillis camouflage kaki et fusils M1 aient
fini de discuter avec Martinez trois voitures devant le
camping-car. Les ombres projetées par les phares cachent
les visages et, dans la neige qui tourbillonne, les essuie-
glaces du camping-car battent la cadence sur un rythme
morne. Mal à l'aise, Lilly et Bob regardent les hommes
converser sans piper mot.

La nuit est complètement tombée et l'absence d'éclairage public ainsi que le mauvais temps donnent aux abords
de la ville un air médiéval. Des flammes s'élèvent çà et là
dans des bidons et les signes d'une récente escarmouche
marquent encore les vallons boisés et les bosquets de

sapins qui entourent la ville. Au loin, les toits brûlés, les camions criblés de balles et les lignes électriques arrachées rappellent les innombrables drames qui s'y sont noués.

Josh remarque que Lilly fixe un panneau vert piqueté de rouille visible dans les phares et planté dans la terre blanche et sablonneuse.

BIENVENUE A WOODBURY
1 102 HABITANTS

— Tu la sens comment, cette affaire ? demande-t-elle à Josh.

— Le jury continue de délibérer. Mais on dirait qu'on va avoir de nouvelles infos.

Devant, dans les flocons lumineux éclairés par les phares, Martinez termine sa discussion, relève son col et commence à marcher vers le camping-car, d'un pas décidé, mais toujours avec le même sourire sympathique.

— C'est quoi, le plan ? demande Josh en baissant sa vitre quand il arrive à leur hauteur.

— Va falloir nous confier vos armes à feu pour le moment.

— Désolé, mon pote, mais ça va pas être possible, répond Josh.

— Les règles de la ville, sourit l'autre. Tu sais bien comment c'est.

— Ça va pas être possible, répète Josh.

Martinez fait une moue pensive et sourit de nouveau.

— Je peux pas t'en vouloir, tu débarques. Je vais te dire ce qu'on peut faire. Tu peux laisser la carabine dans le camping-car pour le moment ?

— Ça doit pouvoir se faire, soupire Josh.

— Et garder les autres armes cachées ?

— On peut, oui.

— OK… Si vous voulez faire la visite, je peux monter avec vous. Il reste de la place pour moi ?

Josh fait un signe à Bob. Celui-ci hausse les épaules, déboucle sa ceinture, descend et va se glisser dans le compartiment couchage avec Lilly.

Martinez grimpe dans la cabine. Il sent la fumée et le cambouis.

— Vas-y doucement, cousin, fait-il en s'essuyant le visage et en désignant le break devant eux. Suis-le.

Josh obéit et ils passent le barrage routier.

* *
*

Ils franchissent en cahotant une série de voies ferrées et entrent dans la ville par le sud-est. Lilly et Bob restent silencieux dans leur compartiment pendant que Josh scrute les alentours. À droite, une pancarte cassée indiquant PIGGLY IGGLY se dresse au-dessus d'un parking où cadavres et débris de verre couvrent le sol. Le côté de l'épicerie est enfoncé comme si elle avait été soufflée par une explosion. Une haute clôture grillagée, entaillée et percée par endroits, longe Main Street, également appelée Woodbury Highway. De macabres restes humains et des débris métalliques tordus et calcinés sont éparpillés dans des terrains vagues. Le sol dénudé, blanc et sablonneux, brille presque dans l'obscurité et rappelle étrangement un champ de bataille dans le désert en plein milieu de la Géorgie.

— On a eu maille à partir avec une horde de Bouffeurs il y a quelques semaines, explique Martinez en allumant une cigarette et en baissant sa vitre, laissant s'envoler la fumée dans les flocons comme un fantôme. Ça a failli mal tourner, mais heureusement, certains ont eu du sang-froid. Va falloir prendre un virage serré à gauche, là.

Josh suit le break dans un virage en épingle à cheveux et s'engage dans une portion plus étroite de la route. Un peu plus loin dans l'obscurité, derrière un voile de neige fondue, apparaît le cœur de Woodbury. Quatre pâtés de maisons en briques du début du siècle et des câbles électriques encadrent un carrefour où se dressent boutiques, maisons en bois et immeubles. La plupart sont entourés de grillages et de chantiers sans activité qui paraissent récents. Josh se rappelle l'époque où on appelait cela un hameau.

Woodbury semble s'étendre sur une demi-douzaine de pâtés de maisons de part et d'autre, avec des zones publiques plus étendues récupérées sur les bois à l'ouest et au nord. Certaines des cheminées crachent d'épaisses colonnes de fumée noire, provenant de générateurs, poêles ou âtres. La plupart des réverbères sont éteints, mais certains luisent dans la nuit, apparemment alimentés par le réseau de secours.

Alors que le convoi approche du centre, Josh remarque que le break s'arrête devant un chantier.

— On bosse sur la muraille depuis des mois, explique Martinez. On a presque deux pâtés de maisons entièrement protégés et c'est prévu de l'agrandir au fur et à mesure qu'on s'étend.

— Pas mauvais, comme idée, murmure Josh en contemplant l'imposante palissade de pieux et de planches, plaques de revêtement et poutres qui s'étend le long de Jones Mill Road sur cinq mètres de haut.

Çà et là, elle porte encore les traces des dernières attaques de Bouffeurs et même dans la nuit balayée par la neige, il distingue des traces de griffes, des segments rafistolés, des taches de sang et des impacts de balles. L'endroit

150

exsude une violence sourde, comme une réminiscence du Far West.

Josh arrête le camping-car alors qu'une portière arrière du break s'ouvre sur un des jeunes qui s'approche de la fortification. Il fait pivoter un battant sur une ouverture assez large pour laisser passer deux véhicules. Le break s'y engouffre, suivi du camping-car.

— On est une cinquantaine, continue Martinez en tirant une longue bouffée de sa cigarette et en soufflant la fumée dehors. Là-bas, sur la droite, c'est une espèce de supermarché. C'est là qu'on entrepose nos vivres, l'eau minérale et les médicaments.

Au passage, Josh aperçoit une vieille pancarte décolorée – DEFOREST'S – ALIMENTATION ET SEMENCES – et la façade renforcée par des barreaux et des barricades, devant laquelle fument deux gardes en armes. Le portail se referme derrière eux tandis qu'ils avancent au pas dans la zone sécurisée. D'autres habitants les regardent passer – massés sur les trottoirs ou à l'entrée des maisons –, l'air ébahi sous leurs écharpes et leurs cagoules. Personne ne semble particulièrement amical ni heureux de les voir.

— On a un docteur qui s'occupe du centre médical et de trucs, dit Martinez en jetant son mégot par la vitre. On espère agrandir la muraille sur au moins un pâté de maisons d'ici à la fin de la semaine.

— Pas mal, comme organisation, commente Bob en contemplant les lieux. Ça t'embêterait de me dire ce que c'est que ce putain de truc ?

Il désigne le sommet d'un immense édifice quelques rues plus loin dans la zone fortifiée. Dans la nuit, on dirait une soucoupe volante qui aurait atterri au milieu d'un champ derrière le jardin municipal. Des routes en terre en font le tour et une faible lumière clignote dans la neige au-dessus.

— C'était un circuit automobile, fait Martinez avec un sourire qui semble diabolique et carnassier dans la lueur verdâtre du tableau de bord. Les péquenauds adorent les courses.

— « C'était » ? répète Josh.

— Le chef a décrété la semaine dernière qu'il y aurait plus de courses. Le bruit attirait les Bouffeurs.

— Il y a un chef, ici ?

Le sourire de Martinez se fige dans une expression indéchiffrable.

— Pas d'inquiétude, cousin. Tu vas le rencontrer sous peu.

Josh jette un coup d'œil à Lilly, qui se ronge les ongles de plus belle.

— Je sais pas si on va rester très longtemps.

— À vous de voir, fait Martinez en enfilant des mitaines en cuir. Mais pense aux bénéfices mutuels dont je t'ai parlé.

— J'y penserai.

— Nos appartements sont tous occupés, mais on a encore des endroits où vous pouvez vous installer dans le centre.

— Bon à savoir.

— Je te dis, une fois qu'on aura fini le mur, vous aurez l'embarras du choix pour votre habitation. (Josh ne répond pas. Martinez cesse de sourire et, brusquement, il semble songer à une époque meilleure, peut-être une famille, ou un souvenir douloureux.) Je parle de maisons avec des lits douillets, de l'intimité… une clôture, des arbres.

Un long silence gêné.

— Je peux te demander un truc, Martinez ?

— Vas-y.

— Comment tu as atterri ici, toi ?

— Franchement, je vais pas te mentir, je m'en souviens même pas, soupire Martinez.

— Comment ça se fait ?

Il hausse les épaules.

— J'étais seul, mon ex-femme s'est fait bouffer, mon gosse a foutu le camp et disparu. Je crois que je me foutais un peu de tout à part liquider des Bouffeurs. Je me suis lancé dans une vendetta. J'ai déglingué tout un tas de ces enfoirés. Des gens m'ont retrouvé inconscient dans un fossé. Ils m'ont ramené ici. Je te jure que je me rappelle rien d'autre. (Il incline la tête, comme pour réfléchir.) Mais je suis bien content qu'ils l'aient fait, surtout maintenant.

— Qu'est-ce que tu veux dire ?

— Ici, c'est pas parfait, mais c'est protégé et ça va l'être encore plus. Et le gars qui dirige y est pas pour rien.

— Le « chef » dont tu m'as parlé ? demande Josh.

— Exact.

— Et tu dis qu'on va pouvoir le rencontrer ?

Martinez lève la main comme pour l'arrêter. Il sort de sa poche de chemise une petite radio, l'allume et demande :

— Haynes, conduis-nous au tribunal… On nous attend, là-bas.

Josh et Lilly échangent à nouveau un regard lourd de sens alors que le véhicule de tête quitte la rue principale et se dirige vers le parc, où une statue de Robert E. Lee monte la garde près d'un kiosque envahi par des lichens. Ils arrivent devant un bâtiment administratif en pierre de taille à l'autre bout du parc, dont les marches et la colonnade luisent d'une pâleur spectrale dans la nuit balayée par la neige.

La salle municipale est située à l'arrière du bâtiment du tribunal, au bout d'un long et étroit couloir bordé de portes vitrées donnant sur des bureaux.

Josh et ses compagnons entrent dans la salle encombrée, leurs bottes ruisselant sur le parquet. Ils sont épuisés et pas d'humeur à rencontrer le comité d'accueil de Woodbury, mais Martinez leur dit de prendre leur mal en patience.

La neige cingle les hautes fenêtres. La salle, chauffée par des convecteurs et faiblement éclairée par des lanternes de camping, semble avoir connu des échanges violents. Les murs effrités portent des entailles, des chaises pliantes sont renversées et le sol est jonché de paperasses. Josh remarque des traînées sanglantes sur le mur du fond, près d'un drapeau fané de l'État de Géorgie. Des générateurs qui bourdonnent dans les sous-sols font vibrer le sol.

Ils attendent un peu plus de cinq minutes – Josh en faisant les cent pas, Lilly et les autres assis – avant qu'un bruit de pas lourds résonne dans le couloir, accompagnés d'un sifflotement.

— Bienvenue à Woodbury, tout le monde.

La voix qui s'élève sur le seuil est sourde et nasillarde, remplie d'une amabilité feinte. Tous tournent la tête. Les trois hommes qui se tiennent à l'entrée arborent un sourire que dément leur regard glacial. Celui du milieu exsude une bizarre énergie qui évoque à Lilly un paon ou un poisson combattant.

— On a toujours besoin de gens bien, par ici, dit-il en entrant. (Mince et osseux sous son pull élimé, avec des cheveux noirs épars et hirsutes, il a une moustache à la Fu Manchu et un curieux tic qui passe presque inaperçu : il cligne constamment des paupières.) Je m'appelle Philip Blake, dit-il. Et voici Bruce et Gabe.

Les deux autres, plus âgés, le suivent comme des chiens de garde. Ils se contentent d'un hochement de tête et d'un grognement en guise de salut et restent un pas en arrière du dénommé Philip.

Gabe, à gauche, est un Blanc court sur pattes avec un cou épais et les cheveux en brosse. Bruce, à droite, est un Noir austère au crâne lisse et luisant comme une pierre d'onyx. L'un et l'autre portent en travers de leur poitrine un impressionnant fusil d'assaut automatique, le doigt sur la détente. Lilly a du mal à en détacher son regard.

— Désolé pour l'artillerie lourde, dit Philip en désignant les armes. Nous avons eu une petite histoire le mois dernier et ça a été difficile pendant un certain temps. On prend des précautions, depuis. L'enjeu est trop gros. Et vous vous appelez… ?

Josh présente le groupe en finissant par Megan.

— Tu me rappelles quelqu'un que j'ai connu dans le temps, lui dit Philip en la détaillant du regard.

Lilly n'aime pas sa manière de lorgner sa copine. C'est assez discret, mais dérangeant.

— On me le dit souvent, réplique Megan.

— Ou alors tu ressembles à quelqu'un de célèbre. Vous trouvez pas, les mecs ? (Les « mecs » derrière lui n'ont pas d'opinion là-dessus. Philip claque des doigts.) La fille de *Titanic* !

— Carrie Winslet ? avance le dénommé Gabe.

— Espèce de foutu crétin, c'est pas Carrie, c'est *Kate*. *Kate* Winslet.

— On me dit plutôt Bonnie Raitt, d'habitude, minaude Megan.

— *J'adore* Bonnie Raitt, s'enthousiasme Philip. Surtout *Lets Give 'Em Something To Talk About*.

— Alors, c'est toi le « chef » dont on nous a parlé ?

— En effet, dit Philip en se tournant vers lui et en tendant la main en souriant. Josh, c'est ça ?

Josh lui serre la main en gardant une expression neutre, mais polie.

— C'est ça. On vous remercie de nous accueillir un moment. Mais on sait pas combien de temps on va rester.

— Vous venez d'arriver, les amis, sourit Philip. Détendez-vous. Visitez. Vous trouverez pas plus sûr comme endroit, croyez-moi.

— On dirait que vous avez réussi à maîtriser les Bouffeurs, opine Josh.

— On en bave, je vais pas te mentir. Ils viennent en hordes toutes les deux trois semaines. On a frôlé le pire il y a quinze jours, mais on est en train de fortifier la ville.

— C'est ce que je vois.

— On fonctionne sur le troc, continue Philip Blake en toisant les nouveaux arrivants comme un entraîneur jauge une équipe. Il paraît que vous avez touché le gros lot au Walmart, aujourd'hui?

— On s'est pas trop mal débrouillés.

— Vous pouvez échanger ce que vous voulez.

— Échanger? demande Josh.

— Des biens, des services… ce par quoi vous pouvez contribuer. Du moment que vous respectez vos concitoyens, que vous faites pas de conneries, suivez les règles et contribuez, vous pouvez rester tout le temps qui vous plaira. (Il le regarde.) Quelqu'un de ton… *gabarit*… ça peut nous servir, ici.

Josh réfléchit.

— Alors tu es une sorte de responsable élu?

Philip jette un regard à ses gardes, qui sourient narquoisement, et il éclate de rire. Puis il s'essuie les yeux et secoue la tête.

— Je suis plutôt… comment on dit? Par intérim? Président par intérim.

— Pardon?

Philip élude la question.

— Disons qu'il y a pas si longtemps, la ville était sous la domination de quelques connards avides de pouvoir qui ont pris le melon. J'ai perçu le besoin d'un chef et je me suis porté volontaire.

— Volontaire ?

— J'ai pris les commandes, l'ami, dit Philip qui ne sourit plus. Par les temps qui courent, un chef fort est une nécessité. On a des familles, ici. Des femmes et des gosses. Des vieux. Il faut quelqu'un qui surveille la porte, qui… décide. Tu piges ?

— Oui, oui, opine Josh.

Derrière Philip, Gabe, toujours rigolard, marmonne :

— Président par intérim. Ça me botte bien.

Depuis l'autre côté de la pièce, perché sur un rebord de fenêtre, Scott s'exclame :

— Mec, c'est clair, tu fais vraiment président, avec tes deux gardes du corps.

Un silence gêné s'abat sur la pièce et Scott cesse ses petits gloussements quand Philip le dévisage.

— Comment tu t'appelles, déjà, toi ?

— Scott Moon.

— Eh bien, Scott Moon, président, c'est pas à moi de dire. Je me suis jamais vu tout en haut de la hiérarchie. (Un autre sourire glacial.) Plutôt gouverneur, tout au plus.

Ils passent la nuit dans le gymnase du lycée local. Le bâtiment en briques décati, situé en dehors de la zone fortifiée, se dresse en bordure d'un grand stade où sont creusées des tombes. Les grillages portent les traces de la dernière attaque des Bouffeurs. Dans le gymnase, des lits de camp improvisés occupent le parquet du terrain de basket. L'air sent l'urine, la sueur et le désinfectant.

Pour Lilly, la nuit est interminable. Les couloirs fétides entre les salles de classe sombres grincent et gémissent dans le vent jusqu'au matin, tandis que des inconnus se tournent et se retournent dans l'obscurité du gymnase, toussent, halètent et marmonnent fébrilement. Régulièrement, un enfant pousse un cri. À un moment, elle jette un coup d'œil au lit de camp voisin, où Josh dort d'un sommeil agité. Soudain, il se réveille en sursaut d'un cauchemar. Elle lui tend la main et il la saisit.

Le lendemain matin, les cinq nouveaux venus s'assoient autour du lit de Josh. Des rayons de lumière grisâtre où dansent des poussières strient les blessés et les malades allongés. Cela rappelle à Lilly les campements de la guerre de Sécession, une morgue ou un purgatoire.

— C'est juste moi, souffle-t-elle à ses compagnons, ou bien cet endroit est bizarre ?

— C'est rien de le dire, observe Josh.

— En tout cas, c'est mieux que de dormir dans le cachot roulant de Bob, dit Megan en bâillant et s'étirant.

— Ça, c'est vrai, renchérit Scott. Je préfère un lit de camp merdique dans un gymnase qui pue.

— Faut avouer, capitaine, dit Bob… On pourrait rester ici un petit peu.

Josh lace ses rangers et enfile son blouson

— J'hésite un peu.

— Qu'est-ce qui te fait dire ça ?

— Je sais pas. Voyons d'abord comment ça se passe.

— Je suis d'accord avec lui, dit Lilly. Il y a quelque chose qui m'inquiète, ici.

— Qu'est-ce que tu lui reproches ? dit Megan en se peignant avec les doigts. C'est protégé, il y a à bouffer, des armes.

— Écoutez, dit Josh en s'essuyant pensivement les lèvres. Je peux pas vous dicter votre conduite. Mais faites gaffe. Serrez-vous les coudes.

— C'est noté, dit Bob.

— Bon, pour le moment, je pense qu'il faut fermer le camion à clé.

— Bien reçu.

— Garde ton .44 à portée de main.

— OK.

— Et oubliez pas où se trouve le camion. Au cas où, quoi.

Ils se mettent d'accord, puis ils se séparent pour visiter la ville et se rendre compte de ce que cela donne en plein jour. Ils conviennent de se retrouver l'après-midi au lycée pour prendre leur décision.

Josh et Lilly quittent le lycée, éblouis par la lumière crue du jour, en remontant leurs cols contre le vent. La neige ne tombe plus et le temps est aux bourrasques. Le ventre de Lilly gargouille.

— Tu as pas envie d'un petit déjeuner ? suggère-t-elle.

— J'ai quelques trucs de Walmart dans le camion, si tu supportes encore le bœuf séché et les raviolis en boîte.

— Même pas en peinture, frémit Lilly.

— J'ai une idée, fait-il en tâtant sa poche. Viens, je t'invite.

Ils prennent à l'ouest et descendent l'artère principale. Dans la triste clarté grisâtre, la réalité de la ville se révèle à eux. La plupart des façades de magasins sont vides ou condamnées, la chaussée est striée de traces de pneus et de taches d'essence. Certaines vitrines et enseignes sont criblées de balles. Les gens qu'ils croisent restent à l'écart. Çà et là, le sol nu laisse voir du sable blanc. On dirait que tout le village est bâti sur du sable.

Personne ne les salue quand ils traversent la zone fortifiée. La plupart de ceux qui sont dehors à cette heure trans-
portent du matériel de construction ou des sacs de vivres et
ont l'air pressés. Il plane dans l'air une atmosphère maussade comme dans une prison. Les quartiers sont séparés
par d'immenses clôtures provisoires en grillage. Le vent
porte jusqu'à eux le grondement de bulldozers. À l'est, ils
aperçoivent à l'horizon un homme avec un fusil d'assaut
qui fait une ronde sur les hauteurs du circuit.

— Bonjour, messieurs, dit Josh aux trois vieux assis
sur des bidons devant le magasin d'alimentation qui les
regardent comme des vautours.

L'un d'eux – un troll ridé et barbu, vêtu d'un manteau
mité trop grand et coiffé d'un chapeau de cow-boy – leur
fait un sourire édenté.

— Bonjour, costaud. C'est vous les nouveaux, c'est ça ?

— On est arrivés hier soir.

— Veinards.

Les trois vieux gloussent comme s'ils savouraient une
plaisanterie qu'ils sont seuls à comprendre. Josh sourit
sans relever.

— Il paraît que c'est ici, le supermarché ?

— On peut dire ça comme ça. (D'autres gloussements
gargouillants.) Garde l'œil sur ta femme.

— Je note, dit Josh en prenant la main de Lilly et en
montant les marches.

Dans la faible lumière, un étroit magasin tout en longueur s'étend devant eux. L'endroit sent la térébenthine
et le moisi. Les rayonnages ont été arrachés et des caisses
s'entassent jusqu'au plafond : épicerie sèche, papier
toilette, bouteilles d'eau, linge de lit et cartons sans inscrip-
tions. En voyant Josh, l'unique cliente présente, une vieille
femme emmitouflée dans une doudoune et des écharpes,

160

file vers la porte en détournant le regard. Une tension crépite dans l'air frais chauffé par les convecteurs.

Dans le coin du fond, entre des sacs de semences qui montent jusqu'aux solives, a été aménagée une caisse. Un homme en fauteuil roulant attend derrière, flanqué de deux gardes armés.

— Comment ça va, tout le monde? demande Josh en s'approchant du comptoir.

L'homme en fauteuil lève vers lui un regard somnolent.

— Nom de Dieu, tu es un costaud, commente-t-il.

Il a une longue barbiche tremblotante, un treillis décoloré et une queue-de-cheval. Il a le visage ravagé, depuis ses yeux rouges et larmoyants jusqu'à son nez crochu et boutonneux. Josh ne relève pas.

— Je me demandais si vous aviez des produits frais? Ou des œufs que je pourrais échanger contre quelque chose?

L'homme en fauteuil le fixe. Josh sent le regard soupçonneux des gardes, tous les deux noirs, jeunes et habillés comme les membres d'un gang.

— Tu as quoi en tête?

— Eh bien, on vient de rapporter tout un tas de trucs du Walmart avec Martinez… et je me demandais si on pouvait faire affaire.

— C'est entre toi et Martinez. Qu'est-ce que tu as d'autre pour moi?

Josh s'apprête à répondre quand il remarque que les trois hommes regardent Lilly d'une manière qui le hérisse.

— Ça me permettrait d'acheter quoi, ça? dit-il finalement en détachant sa montre et en la laissant tomber sur le comptoir.

Ce n'est pas une Rolex, mais ce n'est pas non plus une Timex. Elle lui a coûté trois cents dollars il y a dix ans quand son entreprise de traiteur lui rapportait.

Monsieur Fauteuil baisse le nez sur l'objet scintillant.

— C'est quoi, ce machin?

— Une Movado. Ça vaut cinq cents facile.

— Pas par ici.

— Arrête un peu, tu veux? On bouffe que des conserves depuis des semaines.

L'homme prend la montre et l'examine avec un air renfrogné comme si elle était crottée.

— Je te donne pour cinquante dollars de riz, haricots, bacon et œufs en concentré.

— Arrête, mec. Cinquante dollars?

— On a aussi des pêches blanches dans le fond, elles viennent d'arriver. Je t'en donne aussi. Je peux pas faire plus.

— Je sais pas trop. (Josh regarde Lilly, qui hausse les épaules. Josh se retourne vers Monsieur Fauteuil.) Je sais vraiment pas.

— Vous en aurez pour une semaine tous les deux.

— C'est une Movado, mec, soupire Josh. Un bel objet.

— Écoute, je vais pas discuter avec…

— C'est quoi, le problème, putain? retentit brusquement une voix de baryton derrière les gardes. (Tous se tournent vers une silhouette qui surgit de la réserve en essuyant ses mains sanglantes sur un torchon. Le grand type maigre et tanné porte un tablier de boucher horriblement souillé de sang et de cervelle. Il fixe ses yeux bleu glacier sur Josh.) Il y a un problème, Davy?

— Tout roule, Sam, dit l'homme au fauteuil sans quitter Lilly des yeux. Ces gens étaient pas satisfaits de mon offre et ils allaient partir.

— Attends une seconde, l'interrompt Josh avec un geste contrit. Je suis désolé si je t'ai offensé, mais j'ai pas dit que j'étais…

— On revient pas sur une offre, annonce Sam le Boucher en balançant son torchon sur le comptoir et en le foudroyant du regard. Sauf… (Il se ravise.) Laisse tomber, c'est bon.

— Sauf quoi ? demande Josh.

L'homme en tablier regarde les autres avec une moue pensive.

— Tu vois, ici, la plupart des gens paient leurs dettes en travaillant, en aidant à construire le mur, en réparant les clôtures, en entassant des sacs de sable, ce genre. Tu tiendras bien plus en proposant tes muscles. (Il jette un petit regard à Lilly.) Évidemment, il y a des tas d'autres services qu'on peut rendre, tout un tas d'autres… Surtout quand on est du sexe féminin, ajoute-t-il avec un sourire en coin.

Lilly se rend compte que les quatre types sont en train de la regarder avec un sourire lascif. D'abord prise de court, elle reste interdite. Puis elle se sent blêmir et elle est prise d'un étourdissement. Elle a envie de renverser ce comptoir, ou de quitter cet entrepôt qui empeste en leur disant d'aller se faire foutre. Mais la peur, sa vieille ennemie, la paralyse dans sa poigne de fer et la cloue sur place. Mais qu'est-ce qu'elle a donc ? Comment a-t-elle pu survivre aussi longtemps sans finir dévorée ? Avec tout ce qu'elle a déjà subi, elle ne peut même pas se défendre contre une poignée de machos ?

— OK, intervient Josh. C'est pas nécessaire.

Lilly voit le colosse qui serre les dents. Elle se demande s'il est en train de dire qu'accorder des services sexuels n'est pas nécessaire, ou si ce sont les commentaires de ces types qui sont superflus. Le silence s'abat sur le magasin. Sam le Boucher soutient le regard de Josh.

— Juge pas trop vite, le balaise. (Une lueur méprisante passe dans les yeux bleus du boucher. Il essuie sa main gluante sur le tablier.) Avec une petite dame gaulée comme ça, tu pourrais avoir tous les steaks et les œufs que tu veux pendant un mois.

Les sourires des autres virent au rire. Mais le boucher bronche à peine. Son regard impassible semble rivé sur Josh. Lilly sent son cœur s'emballer. Elle pose la main sur le bras de Josh, qui est tendu comme un câble sous son blouson.

— Viens, Josh, souffle-t-elle. C'est bon. Reprends ta montre et partons.

Josh sourit respectueusement aux types qui rient toujours.

— Du steak et des œufs. Elle est bien bonne. Écoutez. Gardez la montre. On va accepter votre offre de haricots et compagnie.

— Allez leur chercher leur bouffe, dit le boucher, le regard toujours fixé sur Josh.

Les deux gardes disparaissent un moment dans l'arrière-boutique, puis ils reviennent avec un carton rempli de sacs en papier tachés.

— Merci, dit Josh en prenant le carton. On va vous laisser continuer votre boulot. Bonne journée.

Il pousse vers la porte Lilly qui sent le regard des quatre types dans son dos jusqu'à ce qu'ils sortent.

Cet après-midi-là, une grande agitation dans l'un des terrains vagues au nord de la ville attire l'attention des habitants. À l'extérieur d'une des clôtures, derrière un bosquet, des cris perçants résonnent dans le vent. Josh et Lilly entendent les hurlements et courent le long du chantier pour voir ce qui se passe.

Le temps qu'ils arrivent à un gros tas de gravier et montent au sommet pour mieux voir, trois détonations ont éclaté dans les arbres à cent cinquante mètres environ. Josh et Lilly se baissent dans le soleil couchant et les rafales de vent. Ils aperçoivent cinq hommes au loin, près d'un trou dans le grillage. L'un d'eux – Blake, le Gouverneur autoproclamé – porte un long manteau et un pistolet automatique. L'atmosphère est tendue. Sur le sol aux pieds de Blake, empêtré dans le grillage, un ado couvert de morsures sanglantes griffe le sol en essayant de s'extirper de son piège et de s'enfuir.

Dans les ombres de la forêt, juste derrière lui, trois zombies abattus gisent par terre, le crâne explosé. Lilly comprend ce qui s'est passé. Apparemment, le gamin a décidé d'explorer les bois et a été attaqué. À présent, grièvement blessé et infecté, il essaie de retourner à l'abri et se tord de douleur et de terreur, tandis que Blake le considère avec le regard impassible et sans émotion d'un fossoyeur. Lilly sursaute quand résonne la détonation du 9 mm de Blake. La tête du gamin explose et il retombe inerte.

— J'aime pas cet endroit, Josh, mais alors pas du tout, dit Lilly en buvant un café tiède dans un gobelet en carton, assise sur le pare-chocs arrière du camping-car.

La nuit est tombée sur leur deuxième soirée à Woodbury et déjà, la ville a englouti Megan, Scott et Bob dans ses replis, comme un organisme multicellulaire qui se nourrit de la peur et des soupçons et absorbe quotidiennement de nouvelles formes de vie. Les dirigeants de la ville ont offert aux nouveaux venus une habitation – un studio au-dessus du drugstore condamné au bout de Main Street – bien au-delà de la zone fortifiée, mais assez haut au-dessus de la rue pour offrir protection. Megan et Scott y ont déjà apporté la majeure partie de leurs affaires et même troqué leurs sacs de couchage contre un peu d'herbe locale.

Bob est tombé sur une taverne en service dans la zone sécurisée et a déjà échangé toutes ses rations de Walmart pour quelques tickets de boisson et un peu de camaraderie d'ivrognes.

— Je suis pas dingue de cette ville non plus, poupée, répond Josh qui fait les cent pas derrière le véhicule. (Il essuie sur son blouson ses grosses mains encore grasses du bacon qu'il a préparé sur leur réchaud. Lilly et lui sont restés auprès du camping-car toute la journée en essayant de prendre une décision.) Mais on n'a pas trop le choix pour l'instant. Ici, c'est toujours mieux qu'à découvert sur la route.

— Tu trouves ? frissonne Lilly en relevant son col. Tu en es sûr ?

— Au moins, c'est protégé.

— Protégé de quoi ? C'est pas les murs et les grillages contre les zombies qui m'inquiètent…

— Je sais, je sais. (Josh allume un mauvais cigare et souffle la fumée.) C'est tendu, ici, mais c'est à peu près pareil partout, maintenant.

— Bon Dieu, dit Lilly en frissonnant de plus belle et en buvant une gorgée de café. Et où est Bob, d'ailleurs ?

— Il traîne avec les vieux dans le bar.

— Bon sang…

Josh vient poser une main sur son épaule.

— T'inquiète pas pour ça, Lil. On va se reposer, engranger du matos… Je vais bosser pour ça… et on sera partis d'ici à la fin de la semaine. Je ferai en sorte qu'il arrive rien, ajoute-t-il en s'asseyant près d'elle et en jetant son mégot.

— Promis ?

— Juré. (Il l'embrasse sur la joue.) Je te protégerai, petite. Toujours. Toujours…

Elle lui rend son baiser. Il l'enlace et l'embrasse sur les lèvres. Elle jette ses bras autour de son énorme cou. Ses grosses mains glissent sur ses reins et leur baiser prend un tour plus enflammé, plus désespéré. Ils s'étreignent et il

166

l'entraîne à l'arrière du camping-car, dans l'intimité de la pénombre. Ils laissent le hayon ouvert, ne prêtant plus attention qu'à eux-mêmes, et commencent à faire l'amour.

C'est mieux qu'ils ne l'avaient imaginé. Lilly s'abandonne dans l'obscurité à peine trouée par la clarté d'une lune glacée qui passe par l'ouverture, et Josh, haletant, assouvit son désir. Il ôte son blouson et son t-shirt. Sa peau paraît presque indigo à la lumière de la lune. Lilly enlève son soutien-gorge. Son ventre frissonne et elle a la chair de poule tandis qu'ils font fébrilement l'amour, elle oublie tout, même la sauvagerie qui règne au-dehors.

Une minute – ou une heure – passe dans un brouillard, le temps n'a plus de sens, à présent.

Plus tard, ils restent allongés sous une couverture dans le désordre du camping-car, encore enlacés, la tête de Lilly sur l'énorme biceps de Josh. Josh approche ses lèvres de son oreille et murmure :

— Tout ira bien.

— Oui, chuchote-t-elle.

— On va s'en sortir.

— C'est sûr.

— Ensemble.

— Ça c'est vrai. (Elle pose le bras sur la poitrine de Josh et plonge son regard dans ses yeux tristes. Elle éprouve une étrange sensation de flottement.) Ça faisait longtemps que je pensais à cet instant.

— Moi aussi.

Ils laissent le silence les envelopper et les emporter et restent un long moment ainsi, inconscients des dangers qui les guettent et de la violence du monde extérieur qui se referme sur eux. Mais surtout, ils n'ont pas conscience d'être épiés.

9

Trois jours après leur arrivée, au début du mois de décembre, l'hiver s'abat sur Woodbury. À présent, humidité et froid s'insinuent dans les membres. Le terrain sablonneux le long de Main Street se transforme en bourbier, les égouts débordants vomissent leurs immondices. Une main humaine surgit dans le bouillonnement d'une grille.

Ce jour-là, Josh décide d'échanger son meilleur couteau de cuisine – un Shun japonais – contre des draps, des serviettes et du savon, et il convainc Lilly d'apporter ses affaires dans l'appartement au-dessus de la teinturerie, où ils peuvent se laver dans un lavabo, ce qui les change un peu de l'étroit logement du camping-car. Lilly reste à l'intérieur la majeure partie de la journée et rédige fébrilement son journal intime sur des rouleaux de papier d'emballage tout en songeant à fuir. Josh la garde à l'œil. Quelque chose paraît clocher, mais il ne saurait dire quoi.

Scott et Megan sont introuvables. Lilly soupçonne que Megan, qui s'est déjà lassée de Scott, se prostitue pour la drogue.

Cet après-midi-là, Bob trouve deux personnes qui partagent ses intérêts dans les entrailles du circuit, où un labyrinthe d'entrepôts en béton et de zones de service a été transformé en dispensaire. Pendant qu'au-dessus d'eux la

168

pluie glaciale tambourine sur les poutrelles métalliques et les pylônes des pistes, un quadragénaire et une jeune femme lui font visiter les lieux.

— Alice a très vite appris les rudiments du métier d'infirmière, je dois dire, explique l'homme en blouse tachée et aux lunettes métalliques en les entraînant dans une salle d'examen encombrée.

Il s'appelle Stevens. C'est un homme intelligent, soigné et mélancolique que Bob trouve incongru dans cette ville sauvage. L'infirmière improvisée, également en blouse, paraît plus jeune que son âge, avec ses tresses blondes.

— Je suis pas au bout de mes peines, dit-elle en entrant dans la pièce faiblement éclairée qui vibre du bourdonnement du générateur central. J'en suis au niveau deuxième année.

— Vous en savez tous les deux plus que moi, avoue Bob. Je suis juste un vieil ambulancier.

— Elle a eu son baptême du feu le mois dernier, continue le médecin en s'arrêtant devant un vieil appareil de radiologie. On a eu pas mal de boulot ici, pendant un certain temps.

Bob balaie du regard la pièce en désordre et souillée de sang et demande ce qui s'est passé. Le médecin et l'infirmière échangent un regard gêné.

— Changement de pouvoir.

— Pardon ?

— Dans un endroit comme cette ville, soupire le médecin, on assiste à une espèce de sélection naturelle. Seuls les purs sociopathes survivent. C'est pas beau à voir. (Il respire un bon coup et lui sourit.) Cela dit, c'est bien d'avoir un ambulancier en plus.

— Je sais pas trop en quoi je peux aider, mais j'avoue que ce serait bien de pouvoir me reposer sur les compétences d'un vrai docteur, pour une fois. (Il désigne les appareils délabrés.) Je vois que vous avez une vieille Siemens. On en avait une aussi en Afghanistan.

— Oui, bon, c'est pas vraiment une clinique de pointe, mais on a le nécessaire, qu'on a piqué dans les hôpitaux des environs… Transfusions, perfusions, quelques moniteurs, un électrocardiographe, un électroencéphalographe… Mais côté pharmacie, c'est un peu léger.

Bob leur parle des médicaments qu'il a récupérés au Walmart.

— Vous pouvez vous servir, dit-il. J'ai deux trousses médicales pleines. Des tas de pansements. Prenez-les si vous en avez besoin.

— C'est génial, Bob. D'où vous êtes ?

— De Vicksburg, à l'origine, mais je vivais à Smyrna quand l'épidémie a commencé. Et vous ?

— Atlanta, répond Stevens. J'avais un petit cabinet à Brookhaven avant que cet enfer se déchaîne.

— Moi aussi, dit la fille. Je faisais mes études à l'université de Géorgie.

— Vous buvez, Bob ? demande Stevens.

— Hein ?

— Vous avez bu, aujourd'hui ? demande-t-il en désignant la fiasque qui dépasse de la poche de Bob.

— Oui, j'ai bu, répond Bob en baissant la tête, honteux.

— Vous buvez tous les jours ?

— Oui.

— De l'alcool ?

— Oui.

— Bob, ce n'est pas un interrogatoire, dit le médecin en lui tapant sur l'épaule. Ça me regarde pas. Et je ne vous juge pas. Mais je peux savoir quelle quantité vous buvez chaque jour ?

Bob est accablé de honte. Alice détourne le regard, par respect.

— J'en ai pas la moindre idée, finit par répondre Bob. Parfois un ou deux verres, parfois la bouteille quand j'en trouve une. Je comprendrai si vous voulez pas de moi.

— Détendez-vous, Bob. Vous vous méprenez. Je trouve ça génial.

— Hein?

— Continuez de boire. Le plus possible.

— Pardon?

— Ça vous ennuierait de m'en offrir un peu?

Bob sort lentement sa fiasque sans quitter le médecin des yeux.

— C'est bien aimable à vous, le remercie le médecin avant de boire une goulée, de s'essuyer les lèvres et d'en proposer à Alice.

— Non, merci, répond-elle. Il est encore un peu tôt pour moi.

Stevens boit une autre gorgée et rend la fiasque.

— Si vous restez ici, vous aurez besoin de boire, et pas qu'un peu. (Bob range la fiasque dans sa poche sans répondre. Stevens sourit de nouveau, et il y a quelque chose de déchirant sous ce sourire.) C'est une ordonnance, Bob. Restez ivre le plus possible.

De l'autre côté du circuit, sur le mur nord, une silhouette maigre et nerveuse surgit par une porte métallique et lève les yeux. La pluie qui a cessé depuis un moment a laissé un ciel bas rempli de nuages couleur de suie. L'homme porte un petit baluchon enveloppé dans une couverture usée couleur d'herbe sèche nouée d'un lacet en cuir. Il traverse la rue et prend le trottoir, ses cheveux noirs et luisants de pluie réunis en queue-de-cheval.

Tout en marchant, il ne cesse de regarder tout autour de lui, partout à la fois, avec une acuité surnaturelle. Ces dernières semaines, les émotions qui l'accablaient se sont apaisées, la voix dans sa tête s'est tue. Il se sent fort. Cette ville est sa raison d'être, ce qui lui permet de rester vif et alerte.

Il s'apprête à tourner au carrefour de Canyon et Main Street quand il remarque une silhouette du coin de l'œil. Le vieux – le poivrot qui est arrivé il y a quelques jours avec le nègre et les filles – sort de l'entrepôt sur le côté sud du circuit. Le vieux bonhomme s'arrête un instant pour boire une gorgée de sa fiasque et la grimace qu'il fait en avalant l'alcool qui lui brûle la gorge est étrangement familière au type maigre. Son expression honteuse et accablée rend le type maigre étrangement sentimental, presque tendre. Le vieux range sa fiasque et commence à descendre péniblement Main Street de cette démarche typique – mi-claudiquant, mi-titubant – qu'ont les sansabri après des années passées dans la rue. Le type maigre le suit. Quelques minutes plus tard, il ne résiste pas à la tentation de héler le poivrot.

— Hé, bonhomme !

Bob entend la voix rocailleuse et légèrement marquée d'un accent du Sud résonner dans le vent, mais il ne parvient pas à voir d'où elle vient. Il s'arrête sur Main Street et regarde autour de lui. La ville est presque déserte, aujourd'hui ; la pluie force les habitants à rester terrés chez eux.

— « Bob », c'est bien ça ? dit la voix qui se rapproche.

Bob voit enfin le type arriver derrière lui.

— Oh, salut… comment ça va ?

— Très bien, Bob, merci, répond l'homme avec un sourire forcé en le rejoignant. (Des mèches de cheveux noirs pendent sur le visage taillé à la serpe et il transporte un paquet qui dégouline sur le sol. Les gens de la ville ont commencé à appeler cet homme « le Gouverneur » – le titre lui est resté et il s'en accommode très bien.) Comment se passe votre installation dans notre petit hameau ?

— Vraiment bien.

— Vous avez fait la connaissance du Dr Stevens ?

— Oui. Un type bien, monsieur.

— Appelle-moi « Gouverneur ». Apparemment, tout le monde m'appelle comme ça. Après tout, j'aime bien la sonorité.

— Gouverneur ce sera, alors, dit Bob en jetant un coup d'œil au paquet. (Du sang en dégoutte. Il se détourne rapidement, alarmé, mais feint de n'avoir rien vu.) On dirait que la pluie s'est calmée.

— Accompagne-moi, Bob, dit l'homme sans cesser de sourire.

— D'accord.

Ils descendent le trottoir fendillé vers la muraille temporaire qui se dresse entre les magasins et les rues extérieures. Dans le vent retentissent les claquements de pistolets à clous. Le mur continue de s'étendre le long de la bordure sud du quartier commerçant.

— Tu me rappelles quelqu'un, dit le Gouverneur après un long silence.

— C'est pas Kate Winslet, je parie, dit Bob, qui a assez bu pour avoir la parole facile. Ni Bonnie Raitt, glousse-t-il.

— Bien vu, Bob. (Le Gouverneur jette un coup d'œil à son paquet et remarque les gouttes de sang qui laissent des taches grosses comme des pièces sur le trottoir.) J'en fiche partout.

Bob se détourne et s'empresse de changer de sujet.

173

— Vous vous inquiétez pas que tout le boucan que vous faites risque d'attirer les Bouffeurs ?

— Tout est sous contrôle, Bob, ne t'inquiète pas pour ça. On a des hommes postés aux abords des bois et on essaie de faire le moins de bruit possible.

— Ça fait plaisir à entendre… Vous êtes drôlement bien organisés, par ici.

— On fait de notre mieux, Bob.

— J'ai dit au toubib qu'il pouvait se servir dans ma provision de médicaments.

— Tu es médecin aussi ?

Bob lui parle de l'Afghanistan, des marines qu'il recousait, puis du retour.

— Tu as des enfants, Bob ?

— Non, monsieur… Pendant longtemps, il y a eu que moi et Brenda, ma femme. On avait un petit mobile home dans la banlieue de Smyrna, c'était pas une vie désagréable.

— Tu regardes mon petit paquet, n'est-ce pas, Bob ?

— Non, monsieur. Je sais pas ce que c'est et c'est pas mes affaires.

— Où est ta femme ?

Bob ralentit un peu, comme si le simple fait de parler de Brenda lui pesait.

— Je l'ai perdue dans une attaque de Bouffeurs peu après le début de l'épidémie.

— Désolé de l'apprendre. (Ils arrivent devant un portail du mur. Le Gouverneur s'arrête et frappe. Le portail s'ouvre en laissant échapper des papiers gras. Un ouvrier tient le battant et salue le Gouverneur d'un signe de tête.) J'habite en haut de la rue, dit le Gouverneur en désignant le côté est de la ville. Un petit immeuble deux étages… Viens, je t'offre un verre.

— Le manoir du Gouverneur ? plaisante Bob. (Il ne peut pas se retenir. Les nerfs et l'alcool font leur effet.) Vous avez pas des lois à rédiger ?

Le Gouverneur s'arrête et se retourne en souriant.

— Je viens de me souvenir qui tu me rappelles.

Dans ce bref instant, sous ce ciel lourd et gris, le type maigre – qui se considère désormais comme « le Gouverneur » – connaît un bouleversement total dans son cerveau. Il est là à fixer ce bon vieil alcoolique creusé de rides qui est le portrait craché d'Ed Blake, son propre père. Ed Blake avait le même nez épaté, l'arcade sourcilière proéminente, des pattes d'oie et des yeux rouges. Ed Blake était lui aussi un gros buveur, comme ce type, avec le même sens de l'humour. Ed Blake lançait des vacheries avec le même plaisir d'ivrogne et il vous rétamait en trois mots quand ce n'était pas d'un revers de sa grosse main calleuse.

D'un seul coup, une autre partie du Gouverneur, profondément enfouie en lui, ressurgit à la surface, portée par une vague de mélancolie qui l'étourdit presque. Il se rappelle le grand Ed Blake à une époque plus heureuse, ce simple péquenaud qui essayait de tenir en respect ses démons afin d'être un père aimant.

— Tu me rappelles quelqu'un que j'ai connu il y a très longtemps, dit finalement le Gouverneur en se radoucissant et en fixant Bob droit dans les yeux. Viens, on va aller prendre un verre.

Durant le reste du trajet dans la zone sécurisée, les deux hommes parlent tranquillement, franchement, comme de vieux amis. À un moment, le Gouverneur demande à Bob ce qui est arrivé à sa femme.

— L'endroit où on vivait, ce camping… dit lentement Bob en claudiquant et en se rappelant cette sombre époque. Un jour, on a été envahis par des zombies. J'étais parti essayer de trouver de quoi manger quand c'est arrivé. Quand je suis revenu, ils étaient entrés chez nous. (Il marque une pause et le Gouverneur continue de marcher sans rien dire.) Ils la déchiquetaient et je les ai repoussés comme j'ai pu… Je crois qu'ils en ont suffisamment laissé pour qu'elle se transforme. (Une autre pause éprouvante. Bob s'humecte les lèvres. Le Gouverneur voit bien que ce type aurait bien besoin d'un verre, de son remède pour noyer ses souvenirs.) J'ai pas pu me résoudre à l'achever, dit-il d'une voix étranglée, les yeux embués de larmes. Je suis pas fier de l'avoir laissée. Je suis à peu près sûr qu'elle a dû contaminer des gens ensuite. Le bas de son corps et son bras étaient bien amochés, mais elle pouvait encore se déplacer. Et ceux qu'elle aura mordus, c'est ma faute.

Un silence.

— C'est difficile de lâcher prise, parfois, avance enfin le Gouverneur en jetant un coup d'œil à son macabre baluchon.

Le paquet dégouline moins, à présent. Le sang qui s'est coagulé a la consistance d'une mélasse noirâtre. Le Gouverneur remarque que Bob fixe les gouttes, l'air pensif. Il a l'air presque dégrisé. Bob désigne le sac.

— Vous avez quelqu'un de votre famille qui s'est transformé, c'est ça ?

— Tu es pas bête, Bob, hein ?

— Jamais ça m'était venu à l'idée de donner à manger à Brenda.

— Viens, Bob, je voudrais te montrer quelque chose.

Ils atteignent l'immeuble au bout de la rue et Bob suit le Gouverneur à l'intérieur.

— Reste derrière moi, Bob. (Le Gouverneur glisse une clé dans la serrure de la porte au bout du couloir du deuxième étage. Un déclic, puis s'élève un grondement sourd.) Je préférerais que tu gardes pour toi ce que tu vas voir, Bob.

— Pas de problème... Bouche cousue.

Bob suit le Gouverneur dans un petit trois pièces chichement meublé qui empeste la viande avariée et le désinfectant et dont les vitres sont peintes en noir. Le grand miroir de l'entrée est recouvert de journal scotché. Par une porte ouverte, on voit que celui de la salle de bains manque : il ne reste plus que la trace ovale sur le mur au-dessus du lavabo. Tous les miroirs de l'appartement ont été manifestement enlevés.

— Elle est tout pour moi, dit le Gouverneur.

Bob le suit dans le salon, puis par un petit couloir jusqu'à une porte ouverte sur un débarras où une petite fille morte-vivante se dresse, enchaînée à un mur.

— Oh, mon Dieu. (Bob reste à bonne distance. La petite, avec ses couettes et sa petite robe à bretelles, habillée comme pour aller à l'église, gronde, crache et s'agite en tirant sur ses chaînes. Bob recule.) Mon Dieu !

— T'affole pas, Bob.

Le Gouverneur s'accroupit devant la petite zombie et dépose son paquet par terre. L'enfant mord dans le vide de ses dents noircies. Le Gouverneur déballe une tête humaine dont la boîte crânienne a été fracassée à la tempe par une balle.

— Oh, mon Dieu.

Bob remarque que la tête, dont la cervelle grouille d'asticots a une coupe en brosse comme les marines ou les soldats.

— Voici Penny... Elle est fille unique, explique le Gouverneur en poussant la tête ruisselante à portée du cadavre ambulant. Nous venons d'une petite ville appelée Waynesboro. La mère de Penny – ma tendre épouse, Sarah – a été tuée dans un accident de voiture avant la Peste.

La gamine mange. Bob regarde depuis le seuil, à la fois effondré et fasciné, la petite zombie se gaver bruyamment en aspirant la cervelle comme on suce la carcasse d'un homard. Le Gouverneur la regarde faire.

— Mon frère Brian et moi – avec quelques amis – sommes partis à la recherche de pâturages plus verts avec Penny. On est allés vers l'ouest, on a logé à Atlanta un moment, on s'est associés avec des gens, on en a perdu d'autres. Et on a continué vers l'ouest.

Le petit cadavre s'installe, appuyé au mur pour continuer de racler le fond du crâne de ses petits doigts souillés de sang.

— On s'est frittés avec des enfoirés dans un verger pas loin d'ici, continue le Gouverneur d'une voix sourde. (Sa voix se brise, mais il ne pleure pas.) J'ai confié Penny à mon frère pendant que je les repoussais… Et les choses se sont enchaînées…

Bob est paralysé. Incapable de parler dans cette pièce étouffante aux canalisations explosées, au carrelage souillé et rongé de moisissures. Il fixe la petite abomination, son visage cauchemardesque à présent repu, un peu de cervelle dégoulinant de ses petites lèvres, qui dodeline de la tête en roulant ses yeux morts.

— Mon frère a déconné et ma petite a été tuée, explique le Gouverneur, la tête basse, la voix chargée d'émotion. Brian était un faible et c'est tout. Mais j'ai pas pu me résigner. (Il pose sur lui ses yeux embués de larmes.) Je sais que tu peux comprendre, Bob. J'ai pas pu abandonner ma petite fille. (Bob peut comprendre, oui. Sa poitrine se serre alors qu'il repense à Brenda.) Je m'en veux qu'elle

178

ait été tuée et qu'elle ait ressuscité, dit le Gouverneur en fixant le sol. Je l'ai aidée à subsister en lui donnant à manger des restes et on a continué vers l'ouest. Quand on est arrivés à Woodbury, mon frère était devenu fou de culpabilité. (La créature qui était naguère une petite fille jette le crâne comme on se débarrasse d'une coquille d'huître vide. Elle balaie la pièce de ses yeux laiteux comme si elle sortait d'un rêve.) J'ai dû l'abattre comme un chien enragé, murmure sourdement le Gouverneur, presque pour lui-même, en se rapprochant de la créature. Je vois toujours ma petite Penny là-dedans, des fois… quand elle est calme comme maintenant.

Bob déglutit péniblement. Des émotions contradictoires s'agitent en lui – répugnance, tristesse, peur, regret, et même de la compassion pour cet individu dérangé. Il baisse la tête.

— Vous en avez vu de toutes les couleurs.

— Regarde ça, Bob, dit le Gouverneur en désignant la petite zombie. (Le petit monstre incline la tête et le fixe d'un air fâché. Elle cligne des paupières. L'ombre vague de Penny Blake brille au fond de son regard.) Ma petite est toujours là-dedans. Pas vrai, ma chérie ?

Il s'approche de la créature enchaînée, s'accroupit et lui caresse la joue. Bob se raidit.

— Faites attention, faudrait pas que vous…

— C'est ma jolie petite fille, dit le Gouverneur en caressant les cheveux crasseux.

Le visage de la petite change, elle plisse les paupières et ses lèvres noirâtres se retroussent sur ses petites dents pourries.

— Faites gaffe, dit Bob en s'avançant.

La créature tente de mordre le poignet du Gouverneur, mais celui-ci retire sa main juste à temps.

— Holà !

La petite zombie tire sur ses chaînes et griffe le vide tandis que le Gouverneur recule.

— C'était le vilain petit lapin qui avait voulu faire du mal à son papa ! chantonne-t-il comme on le fait avec un bébé. (Bob a la tête qui lui tourne. Une nausée monte dans sa gorge.) Bob, sois gentil, passe-moi le sac dans lequel j'ai apporté la tête.

— Hein ?

— Sois gentil et passe-moi la petite friandise qui reste dans le sac, là-bas.

Réprimant sa nausée, Bob se tourne, ramasse le sac et regarde à l'intérieur. Un doigt livide, apparemment un doigt d'homme, est resté au fond dans une bouillie sanglante. Des poils hérissent les phalanges et à l'extrémité déchiquetée apparaît même un petit bout d'os blanc.

Quelque chose cède au fond de Bob, comme un élastique qui claque, alors qu'il sort un mouchoir de sa poche, se baisse et prend le doigt.

— À toi l'honneur, maintenant, l'ami, propose le Gouverneur, debout devant la petite zombie, les mains sur les hanches.

Bob a l'impression que son corps a commencé à bouger tout seul, comme animé d'une volonté propre.

— Ouais, c'est ça…

Vas-y.

Bob est à quelques centimètres des limites de la chaîne. Au bout, Penny gronde et crachote.

— Ouais… pourquoi pas ?

Tenant le doigt à bout de bras, Bob le donne à la créature. La petite zombie le gobe, tombe à genoux en le tenant à deux mains et l'engloutit voracement. Les écœurants bruits de mastication envahissent de nouveau la pièce. Les

180

deux hommes la regardent, côte à côte. Le Gouverneur prend Bob par l'épaule.

* *
*

À la fin de la semaine, les ouvriers de la muraille ont atteint le troisième pâté de maisons, le long de Jones Mill Road, où se trouve le bureau de poste, condamné et couvert de graffitis. Sur le mur de briques adjacent au parking, un petit malin qui a fait des études de littérature a bombé les mots : *C'EST AINSI QUE FINIT LE MONDE, PAS SUR UN BOUM, SUR UN ZOMBIE,* rappel constant de la fin de la société et du gouvernement que nous avons connus.

Le samedi, Josh se retrouve dans l'équipe à pousser des diables chargés de bouts de bois d'un bout à l'autre du trottoir, échangeant ses muscles contre de la nourriture pour que Lilly et lui puissent continuer à manger. Il n'a plus rien à troquer et ces deux derniers jours, il s'acquitte de corvées humiliantes comme la vidange des latrines ou le dépeçage de carcasses d'animaux dans le fumoir. Mais il est heureux de faire tout cela pour Lilly.

Josh est tellement amoureux d'elle qu'il verse secrètement des larmes la nuit, dans l'obscurité sinistre de leur appartement, une fois qu'elle s'est endormie dans ses bras. Ironie du sort, il a trouvé l'amour dans les décombres de la peste. Plein d'une sorte d'espoir téméraire, et bercé par l'euphorie de la première véritable relation amoureuse de sa vie, Josh remarque à peine l'absence de ses autres compagnons.

La petite bande s'est comme dispersée aux quatre vents. De temps en temps, Josh aperçoit Megan la nuit, qui rôde le long des clôtures des bâtiments résidentiels, défoncée et légèrement vêtue. Josh ignore si elle est toujours avec Scott. D'ailleurs, celui-ci a disparu. Apparemment, personne ne sait où il est et, c'est triste à dire, personne ne s'en soucie. Les affaires semblent tourner rondement pour Megan : sur la cinquantaine d'habitants de Woodbury, il y a moins d'une douzaine de femmes, dont quatre qui approchent la ménopause.

Bien plus troublante est l'ascension de Bob au rang de mascotte de la ville. De toute évidence, le Gouverneur – et Josh voit autant ce sociopathe en chef qu'un zombie en entraîneur d'équipe de football – s'est entiché du vieux Bob et lui fournit du whisky de bonne qualité, des barbituriques et un statut social.

Cependant, le samedi après-midi, Josh oublie tout cela tandis qu'il décharge une palette de plaques de revêtement au bout du mur provisoire. D'autres ouvriers s'affairent le long de la barricade pour clouer les planches. Certains ont des marteaux, d'autres des pistolets à clous branchés sur des générateurs à essence. Le bruit est gênant, mais nul n'y peut rien.

— Empile-les là-bas avec les sacs de sable, cousin, dit Martinez, son fusil d'assaut M1 calé sur la hanche. (Vêtu comme toujours de son bonnet de rappeur et de sa chemise de camouflage sans manches, Martinez continue de jouer les Monsieur Bons Offices. Josh a du mal à le cerner. Il paraît être le plus équilibré de la bande de Woodbury, mais ici, la barre n'est pas très haute. Chargé de superviser les relèves de gardes sur les murailles, Martinez fraternise rarement avec le Gouverneur, même s'ils ont l'air d'être copains comme cochons.) Essaie juste de faire le moins de bruit possible, frangin, ajoute-t-il avec un clin d'œil. Si tu y arrives.

— Pigé, répond Josh.

Il commence à décharger les plaques d'aggloméré sur le sol. Après avoir enlevé son blouson – il transpire et le soleil d'hiver brille haut dans le ciel, aujourd'hui – il termine sa tâche en quelques minutes. Martinez vient le retrouver.

— Tu as qu'à t'avancer et refaire un chargement avant le déjeuner.

— Reçu, dit Josh.

Il s'empare du diable et repart le long du trottoir en laissant accroché à un poteau son blouson – ainsi que son .38 caché dans sa poche. Il oublie souvent qu'il l'a sur lui. Il n'a pas encore eu à l'utiliser depuis leur arrivée à Woodbury : les gardes surveillent toute la ville.

D'ailleurs, au cours de la dernière semaine, seules ont eu lieu aux abords des bois ou sur les routes secondaires quelques attaques qui ont été rapidement matées par la bande de guerriers du dimanche. Selon Martinez, les autorités de Woodbury ont découvert une réserve d'armes au poste de la garde nationale situé non loin de la ville – un véritable arsenal de matériel militaire – que le Gouverneur ne se prive pas d'utiliser.

En réalité, les attaques de zombies sont le cadet des soucis du Gouverneur. L'ambiance de Woodbury semble tourner à l'aigre sous la pression du quotidien en cette époque de peste. Les nerfs sont à fleur de peau. Les gens commencent à se chamailler.

Josh franchit les deux pâtés de maison qui séparent le chantier de l'entrepôt en moins de cinq minutes, tout en songeant à Lilly et à leur avenir ensemble. Perdu dans ses pensées, il ne remarque pas l'odeur qui flotte autour de lui alors qu'il approche du bâtiment en bois en bordure des voies ferrées.

L'endroit servait naguère de remise pour le terminus sud du Chattooga & Chickamauga Railway. Durant tout le xxe siècle, les exploitants de tabac expédiaient dans le Nord leurs chargements de feuilles brutes par cette ligne jusqu'aux manufactures de Fayetteville.

Josh longe l'étroit bâtiment et laisse le diable devant la porte. Le toit à pignon du long édifice culmine à au moins dix mètres. Les parois sont anciennes et abîmées, faute d'entretien. L'unique haute fenêtre près de la porte est brisée et barricadée. On dirait un musée en ruines, une relique de l'ancien Sud. Les ouvriers l'utilisent pour garder le bois au sec et entreposer des matériaux de construction.

— Josh !

Il s'arrête à l'entrée en entendant la voix familière derrière lui. Il se tourne et voit Lilly qui accourt, dans son habituel accoutrement haut en couleurs – bonnet, écharpes multicolores, et un manteau en coyote qu'elle a troqué à une vieille dame de la ville –, un sourire fatigué sur son mince visage.

— Poupée, te voir guérit tous les maux, dit-il en l'attirant contre lui et en la serrant à l'étouffer.

Elle se laisse faire, sans vraiment s'abandonner, plutôt d'une manière platonique, et une fois de plus Josh se demande s'il n'en fait pas trop avec elle. Ou bien, le fait qu'ils fassent l'amour a modifié la dynamique entre eux. À moins qu'il n'ait pas été à la hauteur de ses attentes. Elle a l'air de se retenir. Un tout petit peu. Mais Josh balaie cette idée. Peut-être que ce n'est que le stress.

— On peut parler ? demande-t-elle en levant vers lui un regard sombre.

— Bien sûr… Tu veux me donner un coup de main ?

— Après toi, dit-elle en désignant l'entrée.

Josh se retourne et pousse la porte. Ils ne remarquent pas immédiatement l'odeur de cadavre mélangée à celle de moisi qui flotte dans la pénombre étouffante. Pas plus que l'ouverture entre deux portions de mur au fond de l'entrepôt, ou le fait que l'arrière du bâtiment est dangereusement exposé à la forêt. La construction plongée dans l'obscurité mesure une trentaine de mètres de longueur et est remplie de pièces d'acier rouillées et noyées sous les toiles d'araignée.

— Qu'est-ce qui te tracasse, poupée ? demande Josh.

Il se dirige vers un tas de plaques de bois qui semblent avoir été récupérées sur une grange : il reste dessus un peu de peinture rouge écaillée et des traces de boue.

— Il faut qu'on fiche le camp, Josh, qu'on quitte cette ville… avant qu'il arrive un truc affreux.

— Bientôt, Lilly.

— Non, Josh, sérieusement. Écoute-moi. (Elle le tire par le bras et le retourne vers elle.) Je m'en fiche si Megan, Scott et Bob restent… Il faut qu'on se casse. En surface, tout a l'air douillet et sympa, mais au-dessous, c'est tout pourri.

— Je sais… Il faut juste que je…

Il s'interrompt en voyant du coin de l'œil une ombre glisser devant la fenêtre barricadée.

— Oh, mon Dieu, Josh, tu as…

— Mets-toi derrière moi, dit-il.

Il se rend compte de plusieurs choses en même temps. L'odeur qui imprègne l'entrepôt, les grondements gutturaux qui résonnent derrière le bâtiment et le rai de lumière qui filtre par une ouverture dans un coin.

Mais pire que tout, il s'aperçoit qu'il a laissé son pistolet dans son blouson.

10

Au même instant, une rafale d'automatique retentit à l'extérieur de l'entrepôt.

Lilly sursaute dans l'obscurité et Josh fait volte-face vers le tas de bois, quand la fenêtre barricadée près de l'entrée vole en éclats sous le poids de trois zombies gémissants qui entreprennent de grimper à l'intérieur. Ce sont deux hommes et une femme, aux visages zébrés de profondes blessures, les joues déchiquetées, les lèvres retroussées sur des dents couleur d'ivoire terne. Un chœur de grondements se répand dans le bâtiment.

Josh a à peine le temps de s'en rendre compte quand il entend des pas traînants qui viennent vers lui depuis le fond de l'entrepôt. Il se retourne et voit l'énorme zombie en salopette, probablement un ancien fermier, les intestins pendouillant au bas de son ventre en chapelet gluant, qui titube vers lui en se cognant dans les tas de caisses et de traverses de chemin de fer.

— Lilly ! Mets-toi derrière moi !

Josh se précipite vers le tas de bois et s'empare d'une grande plaque qu'il dresse devant eux comme un bouclier. Lilly est collée contre son dos, haletante de terreur. Josh s'avance vers le gros zombie avec la puissance d'un attaquant de ligue 1 bien décidé à faire une percée dans les rangs de l'équipe adverse.

Le zombie laisse échapper un gargouillement sous la force de l'impact et tombe à la renverse sur le sol en ciment. Josh s'abat sur lui avec la plaque, suivi de Lilly. Sous leur poids, le monstre est cloué au sol et agite les bras en tous sens en griffant le vide. Dehors, dans le vent, résonne une sonnerie d'alarme.

— Putain de merde !

Josh perd un instant son sang-froid et se met à écraser de coups de plaque l'énorme zombie. Lilly tombe lorsqu'il se relève et commence à tambouriner sur la plaque à coups de rangers, fracassant le crâne du mort-vivant, en grimaçant et en laissant échapper des cris étranglés de fureur. Dans un giclement de cervelle broyée, le fermier s'immobilise et des ruisseaux de liquide noirâtre se répandent sur le sol.

Tout cela n'a pris que quelques secondes. Lilly recule, horrifiée. Au même moment, une voix familière s'élève dans la rue devant l'entrepôt, calme et posée, mais retentissante :

— À terre ! Couchez-vous par terre !

Josh reconnaît vaguement la voix de Martinez et se rappelle que les trois autres zombies sont en train de fondre sur eux. Il abandonne la plaque, tourne les talons et les voit qui s'approchent de Lilly en agitant spasmodiquement leurs bras sans vie. Il n'y a par terre que des débris métalliques et de la sciure. Lilly recule en poussant des cris perçants alors que la voix répète sa consigne :

— Couchez-vous par terre, tous les deux ! Vite !

Comprenant immédiatement, Josh saisit Lilly et l'entraîne sur le sol. Les trois monstres continuent d'avancer, gueules béantes et ruisselantes de bave. Ils sont si proches que Josh sent leur haleine fétide.

La façade est brusquement transpercée par une giclée de balles qui laissent chacune filtrer un rai de lumière. La rafale coupe en deux les zombies. Le fracas est assourdissant. Une avalanche de débris de bois et de plâtre et de bouts de chair pourrie s'abat sur Josh et Lilly qui se couvrent la tête.

Du coin de l'œil, Josh voit les morts-vivants qui tressautent dans l'obscurité. Des crânes explosent. Du sang gicle en pluie et les monstres s'écroulent tour à tour. Les tirs qui continuent font voler en éclats les planches de la façade, remplissant l'entrepôt d'une sinistre clarté.

Puis c'est le silence. Dehors, le tintement étouffé des douilles qui tombent sur le sol parvient aux oreilles de Josh. Par-dessus les halètements des tireurs, il entend qu'on recharge les armes. Un moment s'écoule. Il se tourne vers Lilly, allongée à côté et cramponnée à sa chemise. Elle a l'air pétrifiée, le visage collé contre le ciment. Josh la serre contre lui et lui caresse le dos.

— Ça va ?

— Super… je pète la forme.

Elle semble s'éveiller d'un cauchemar et contemple la mare visqueuse autour d'eux où baignent les cadavres déchiquetés. Elle se redresse. Josh se lève et l'aide à se mettre debout. Il s'apprête à parler quand ce qui reste de la porte s'ouvre en grinçant. Martinez jette un coup d'œil à l'intérieur.

— Ça va, tous les deux ? demande-t-il aussitôt.

— Ça va, répond Josh.

Il entend des éclats de voix à l'extérieur, puis un grand fracas.

— On a une autre urgence, dit Martinez. Si tout va bien pour vous.

— Tout va bien.

Avec un hochement sec de la tête, Martinez tourne les talons et disparaît.

Une bagarre a éclaté à deux pâtés de maisons à l'est des voies ferrées, près de la barricade. C'est courant dans le nouveau Woodbury. Il y a deux semaines, deux gardes de la boucherie qui se chamaillaient pour un exemplaire élimé d'un magazine porno en sont venus aux mains. Le Dr Stevens a dû replacer la mâchoire déboîtée de l'un et arrêter l'hémorragie à l'œil de l'autre avant la fin de la journée.

La plupart du temps, ces bagarres se produisent plutôt en privé – soit chez un particulier soit tard dans la nuit – et sont provoquées par les questions les plus mesquines qui soient : quelqu'un qui en regarde un autre de travers, une blague mal prise, ou juste un moment d'énervement. Cela fait des semaines que le Gouverneur s'inquiète de la fréquence croissante des affaires graves.

Aujourd'hui, la dernière mêlée a lieu en plein jour, juste devant le supermarché et devant une vingtaine de personnes dont la présence décuple la violence des protagonistes. D'abord, l'assistance considère avec répugnance les deux jeunes qui se criblent de coups de poing dans le vent glacial avec plus de fureur que d'élégance, les yeux flamboyants de rage.

Mais l'attitude des spectateurs change bientôt. Les cris de révolte laissent place à des encouragements et des lazzis. Une soif de sang brille dans les yeux. Ils se défoulent par procuration et acclament chaque coup en hurlant comme des hyènes.

Martinez et ses hommes arrivent au plus fort de la rixe. Dean Gorman, un gosse de fermier d'Augusta en jean déchiré couvert de tatouages heavy métal, vient de faire un croc-en-jambe à Johnny Pruitt, un gros défoncé mollasson de Jonesboro. Pruitt – qui avait eu l'audace de critiquer l'équipe des Jaguars d'Augusta – mord la poussière en étouffant un cri.

— Hé ! On se calme !

Martinez s'avance, son M1 encore chaud du carnage dans l'entrepôt. Trois gardes lui emboîtent le pas, arme au poing. Alors qu'il traverse la rue, Martinez a du mal à voir l'identité des combattants derrière le cercle des spectateurs en liesse. Il n'aperçoit qu'un nuage de poussière et des poings qui volent.

À l'intérieur du cercle, Dean Gorman envoie sa chaussure coquée dans les côtes de Johnny Pruitt qui roule sur lui-même, plié en deux de douleur. La foule s'esclaffe. Gorman bondit sur Pruitt, qui riposte en lui donnant un coup de genou dans l'entrejambe. L'assistance hurle de joie. Gorman titube en se tenant l'entrejambe et Pruitt lui décoche une série de coups de poing en pleine face. Du sang jaillit et éclabousse le sable. Martinez écarte les spectateurs pour arriver jusqu'à eux.

— Martinez ! Attends ! (Il sent une main se refermer sur son bras comme un étau et il fait volte-face. Il se retrouve nez à nez avec le Gouverneur.) Juste une seconde, souffle le grand maigre, le regard brillant d'intérêt. (Sa moustache noire et épaisse donne à son visage un air de prédateur. Il porte, par-dessus sa chemise en chambray, son jean et ses bottes, un long imperméable sombre dont les basques volent majestueusement dans le vent. On dirait un paladin dégénéré du XIXe siècle.) Je voudrais voir quelque chose.

Martinez baisse son arme et désigne la bagarre du menton.

— J'ai juste peur que quelqu'un y laisse la peau.

Entre-temps, le gros Pruitt a pris à la gorge Gorman dans ses doigts boudinés. Gorman suffoque et blêmit. Ce n'est qu'une question de secondes avant que la bagarre

190

vire de brutale à mortelle. Pruitt refuse de lâcher. La foule l'acclame pendant que Gorman, le visage violacé et manquant d'air, bat de l'aile et se contorsionne. Il a les yeux exorbités et une bave sanglante coule sur ses lèvres.

— Arrête de t'affoler, Mamie, murmure le Gouverneur en contemplant avidement le spectacle.

C'est alors que Martinez comprend que le Gouverneur ne regarde pas la bagarre en elle-même. Ce sont les *spectateurs* qu'il observe. Il a l'air de se repaître de chaque visage, de chaque cri, de chaque insulte ou encouragement. Pendant ce temps, Gorman est au bord de l'évanouissement, toujours emprisonné dans les grosses mains de Pruitt. Il a le visage couleur de cendre. Les yeux révulsés, il ne lutte plus.

— OK, ça suffit... libère-le, dit le Gouverneur à Martinez.

— Reculez, tous !

Martinez se force un passage dans la foule, arme au poing. Devant le canon du M1, le gros Pruitt lâche finalement sa proie et Gorman se convulse sur le sol.

— Va chercher Stevens, ordonne Martinez à l'un de ses hommes.

De la foule encore fébrile s'élève un gémissement déçu. Certains grommellent et laissent échapper des huées, frustrés d'avoir été privés de leur spectacle. À l'écart, le Gouverneur contemple la scène. Quand l'assistance commence à se disperser en secouant la tête de dépit, il va rejoindre Martinez, qui est resté auprès de Gorman.

— Il s'en sortira, dit Martinez.

— Tant mieux, répond le Gouverneur en regardant le jeune homme à terre. Je crois que je sais quoi faire des gardes.

Au même moment, dans les sous-sols du circuit, dans l'obscurité d'une cellule improvisée, quatre hommes chuchotent.

— Jamais ça marchera, dit le premier, sceptique, assis dans un coin avec son caleçon trempé de pisse, en regardant ses compagnons assis par terre autour de lui.

— Ta gueule, Manning, siffle le deuxième, Barker, un mec de vingt-cinq ans maigre comme un clou, en foudroyant du regard ses codétenus à travers ses longues mèches de cheveux gras.

Barker a été naguère l'élève préféré du Major Gene Gavin à Camp Ellenwood, en Géorgie, comme agent spécial du 221e Bataillon d'Intelligence Militaire. À présent, à cause de ce psychopathe de Philip Blake, Gavin n'est plus et Barker a été réduit à l'état de chose déguenillée forcée de ramper dans une catacombe au milieu de nulle part et de se contenter de céréales froides et de pain moisi.

Les quatre gardes sont « assignés à résidence » ici depuis trois semaines, lorsque Philip Blake a abattu de sang-froid d'une balle dans le crâne leur chef, Gavin, devant des dizaines d'habitants. À présent, ils ne peuvent plus compter que sur la faim, une rage folle et le fait que Barker est enchaîné au mur en béton juste à gauche de l'entrée de la cellule, emplacement duquel il pourrait sauter sur quiconque pénètre dans la cellule… Quelqu'un comme Blake, par exemple, qui vient régulièrement prendre un prisonnier après l'autre pour lui faire connaître quelque destin funeste.

— Il est pas idiot, Barker, siffle un troisième, Stinson, depuis le coin opposé.

Celui-ci est plus âgé, plus costaud. C'est un gentil garçon avec de mauvaises dents qui gérait autrefois le bureau des réquisitions à la garde nationale.

— Je suis d'accord avec Stinson, dit Tommy Zorn depuis le fond, où il est prostré en sous-vêtements, sous-alimenté et la peau couverte de plaques. Il va tout de suite percer ton manège à jour.

— Sauf si on s'y prend bien, contre Barker.

— Et lequel va faire le mort ?

— On s'en fout. C'est moi qui lui botterai le cul quand il ouvrira la porte.

— Barker, je crois que tu as perdu la tête. Sérieusement. Tu veux finir comme Gavin ? Comme Greely, Johnson et...

— Espèce d'enculé de trouillard ! On va tous finir comme eux si on se bouge pas le cul !

Son braillement coupe immédiatement court à la conversation. Pendant un long moment, les quatre gardes restent assis en silence dans l'obscurité.

— Espèces de tarlouzes, reprend Barker, il suffit qu'il y en ait un qui fasse le mort. Je demande pas plus. Je le liquide dès qu'il entre.

— Le plus dur, c'est que ça ait l'air convaincant, dit Manning.

— Tu as qu'à te couvrir de merde.

— Très drôle.

— Coupe-toi, étale-toi du sang sur la tronche et laisse-le sécher, j'en sais rien. Frotte-toi les yeux jusqu'à ce que ça saigne. Tu veux sortir d'ici ? (Un long silence.) Vous êtes des soldats, nom de Dieu. Vous voulez pourrir ici ?

Un autre long silence, puis dans l'obscurité, la voix de Stinson s'élève.

— OK, je vais le faire.

Bob et le Gouverneur passent une porte blindée à un bout du circuit, puis ils descendent un étroit escalier métallique et prennent un couloir exigu, où résonnent leurs pas, faiblement éclairé par des lampes de secours alimentées par un générateur.

— J'ai fini par comprendre, Bob, dit le Gouverneur en tripotant un trousseau de clés accroché à sa ceinture par une longue chaîne. Ce dont cette ville a besoin, c'est de distraction.

— De distraction ?

— Les Grecs avaient le théâtre, Bob. Et les Romains le cirque.

Bob ignore totalement de quoi il parle, mais il le suit docilement en essuyant sa bouche sèche. Il aurait bien besoin d'un petit verre. Il déboutonne sa veste kaki. La sueur perle sur son front, dans l'atmosphère confinée et humide de cette caverne de béton. Ils passent une autre porte verrouillée et Bob jurerait entendre les bruits étouffés caractéristiques des morts-vivants. La vague puanteur de putréfaction mêlée à l'odeur de moisi du couloir lui soulève le cœur.

Le Gouverneur le mène au bout du couloir jusqu'à une porte métallique munie d'une petite lucarne en verre grillagé recouverte d'un volet.

— Faut que le peuple soit content, murmure-t-il en s'arrêtant devant la porte pour chercher la bonne clé. Pour rester docile, gérable... influençable. (Bob le laisse glisser la grosse clé dans la serrure. Mais au moment où il va ouvrir, le Gouverneur se retourne vers lui.) Il y a un bout de temps, j'ai eu de petits problèmes avec les gars de la garde nationale de la ville. Ils croyaient qu'ils pouvaient régner sur les gens, leur faire faire leurs quatre volontés et se construire un petit royaume. (Étourdi et nauséeux, Bob hoche la tête sans comprendre.) J'en ai mis quelques-uns de côté ici, continue le Gouverneur avec un clin d'œil, comme s'il parlait de la cachette du bocal de bonbons à un gosse. Il y en avait sept, soupire-t-il. Il en reste plus que quatre… J'ai fait comme Grant à Richmond.

— Comment ça?

Le Gouverneur renifle et fixe le sol d'un air coupable.

— Ils ont servi un objectif supérieur, Bob. Pour ma petite… pour Penny. (Bob comprend brusquement avec horreur de quoi parle le Gouverneur.) Quoi qu'il en soit… reprend-il en se tournant vers la porte. Je savais qu'ils me seraient utiles pour tout un tas de trucs… mais maintenant, je comprends quelle est leur véritable vocation. Des gladiateurs, Bob, sourit-il. Pour le bien de tous.

Soudain, tout s'accélère : le Gouverneur se retourne et soulève le volet tout en appuyant sur un interrupteur… et de l'autre côté de la lucarne blindée, une rangée de néons s'allument brusquement en clignotant, éclairant l'intérieur d'une cellule d'une trentaine de mètres carrés. Un grand gaillard seulement vêtu d'un caleçon dépenaillé se contorsionne sur le sol, couvert de sang, les lèvres retroussées dans une horrible grimace.

— Dommage, se rembrunit le Gouverneur. On dirait que l'un d'eux s'est transformé.

À l'intérieur de la cellule, les autres prisonniers poussent des hurlements étouffés par la porte blindée, tirent sur leurs chaînes et supplient qu'on les débarrasse de leur compagnon devenu zombie. Le Gouverneur sort de sous son long imperméable son Colt 45 à crosse de nacre et vérifie le chargeur.

— Reste là, Bob, marmonne-t-il. Ça va juste prendre une seconde.

Il ouvre la porte et entre dans la cellule, quand l'homme tapi derrière la porte se jette sur lui.

Barker pousse un cri étranglé en sautant sur le Gouverneur. La chaîne qui le retient à la cheville cède et se détache du mur. Pris par surprise, le Gouverneur trébuche, lâche son Colt qui glisse sur le sol loin de lui.

Bob hurle sur le seuil tandis que Barker rampe vers les chevilles du Gouverneur et enfonce ses ongles sales dans sa chair. Il essaie de lui arracher les clés, mais le trousseau est coincé sous la jambe du Gouverneur, qui rampe en beuglant pour atteindre le pistolet. Les autres hommes poussent des cris horrifiés quand Barker perd ce qu'il lui restait de raison et mord jusqu'au sang la cheville du Gouverneur qui hurle de douleur. Derrière la porte entrouverte, Bob regarde la scène, paralysé. Le Gouverneur décoche un coup de pied au prisonnier et tente d'attraper le pistolet. Les autres hommes tentent de se libérer en poussant des cris inarticulés, tandis que Barker déchiquette les jambes du Gouverneur. Celui-ci tend le bras vers le pistolet qui n'est plus qu'à quelques centimètres et finit par refermer ses longs doigts maigres sur la crosse du Colt.

D'un seul mouvement, il se retourne, pointe le semi-automatique sur le visage de Barker et vide le chargeur.

Une série de détonations sèches claque dans la cellule. Barker est projeté en arrière comme un pantin tiré par un câble. Les balles lui transpercent le visage et ressortent à l'arrière du crâne dans une brume sanglante qui éclabousse la paroi de béton près de la porte et fait reculer brusquement Bob.

Au fond de la cellule, les autres hommes se répandent en supplications incohérentes tandis que le Gouverneur se relève.

— S'il vous plaît, s'il vous plaît ! Je suis pas contaminé ! (Stinson, le costaud, se redresse en essuyant son visage taché de sang et ses lèvres noircies avec un mélange de graisse et de moisissure.) C'était un leurre !

196

Le Gouverneur fait sauter d'un coup de pouce le chargeur du Colt qui tombe à terre. Il en sort un autre de sa poche arrière et l'enfonce dans la crosse. Puis il enlève le cran de sûreté et vise calmement Stinson.

— Moi je trouve que tu as l'air d'une saloperie de Bouffeur, dit-il calmement.

— C'était une idée de Barker, dit Stinson en se cachant le visage. C'était idiot. S'il vous plaît, je voulais pas le faire, Barker était devenu dingue… S'il vous plaît !

Le vacarme de la demi-douzaine de balles que tire le Gouverneur ébranle tout le monde. Des étincelles jaillissent du mur au-dessus de la tête de Stinson, projetant des éclats de béton qui ricochent sur le plafond. Les lampes explosent dans une pluie de débris de verre et tout le monde se couche sur le sol. Le Gouverneur se calme et reprend son souffle, puis il se retourne vers Bob.

— Ce que nous avons là, Bob, c'est une occasion d'apprendre.

Stinson s'est pissé dessus. Mort de honte, mais indemne, il enfouit son visage dans ses mains et se met à sangloter.

Le Gouverneur boitille vers le costaud, laissant derrière lui une traînée de gouttelettes de sang.

— Tu vois, Bob… ce qui brûle chez ces gars – ce qui les pousse à faire des conneries comme ça – c'est ce qui va en faire des superstars dans l'arène. (Stinson lève vers le Gouverneur son visage couvert de morve.) Ils ne s'en rendent pas compte, Bob, continue le Gouverneur en braquant le canon du revolver sur lui. Mais ils viennent de passer la première épreuve de l'école des gladiateurs. Ouvre la bouche.

— Je vous en suppliiie… hoquette Stinson, terrorisé, entre deux sanglots haletants.

— Ouvre la bouche, répète le Gouverneur avec un regard impitoyable.

197

Stinson parvient à obéir. De l'autre côté de la pièce, sur le seuil, Bob détourne le regard.

— Tu vois, Bob, dit lentement le Gouverneur en enfonçant le canon de l'arme dans la bouche de Stinson tandis que les autres fixent la scène, horrifiés et médusés. Obéissance... courage... stupidité. N'est-ce pas la devise des boy-scouts ? (Brusquement, il retire l'arme, tourne les talons et revient en boitant vers la porte.) Ça va être du grand spectacle, comme disait Ed Sullivan ! (La tension s'apaise dans la cellule, pour laisser place à un silence assourdissant.) Bob, rends-moi un petit service, tu veux bien ? murmure-t-il en passant près du corps criblé de balles du Sergent Trey Barker. Fais le ménage... Mais ne balance pas les restes de ce pauvre con au crématorium. Apporte-les au dispensaire. Je m'occuperai de lui là-bas, ajoute-t-il avec un clin d'œil.

Le lendemain, avant l'aube, Megan Lafferty est allongée, nue et frigorifiée sur un lit de camp cassé dans l'obscurité du minable studio d'un garde – Denny ? Daniel ? Megan était trop défoncée la veille pour s'en souvenir – maigrichon avec un cobra tatoué entre les omoplates, qui est en train de la besogner avec tant d'ardeur que le lit grince et gémit.

Megan préfère penser à autre chose. Elle fixe le plafond et les mouches mortes qui s'accumulent dans le plafonnier pour essayer de supporter les douloureux assauts.

La pièce comprend en tout et pour tout le lit, une commode branlante, des rideaux mangés aux mites tirés sur la fenêtre ouverte par laquelle siffle par intermittence le vent de décembre – et des quantités de cageots empilés remplis de provisions. Certaines lui ont été promises en échange de ses services. Elle remarque ce qu'elle prend tout d'abord pour une guirlande de fleurs séchées accrochée à la poignée de porte. Mais à y regarder de plus près, il se trouve que les fleurs sont des oreilles humaines, probablement des trophées prélevés sur des zombies.

Megan essaie d'oublier ce que lui a dit Lilly la veille devant le feu allumé dans un bidon. *C'est mon corps, cocotte, et on vit une époque désespérée*, lui a-t-elle déclaré pour tenter de justifier son comportement. Lilly a répondu avec dégoût : *Je préférerais crever de faim plutôt que de baiser pour de la bouffe.* Et elle a officiellement mis fin à leur amitié pour toujours : *J'en ai marre, Megan, c'est terminé, je veux plus rien avoir à faire avec toi.*

Ces paroles résonnent encore dans l'immense abîme qu'est devenue l'âme de Megan. Elle l'a en elle depuis des années, ce vide gigantesque de chagrin, ce puits sans fond de mépris pour elle-même qu'elle a creusé depuis son plus jeune âge. Jamais elle n'a réussi à le combler, et maintenant, le Monde de la Peste l'a rouvert comme une plaie béante et purulente. Elle ferme les yeux en songeant qu'elle se noie dans un vaste océan de ténèbres, quand elle entend un bruit. Elle les rouvre brusquement. C'est un bruit caractéristique, juste devant la fenêtre. Faible, mais clairement audible dans l'air de décembre, il résonne sur les toits : *deux paires de pas furtifs, des habitants de la ville qui se faufilent dans l'obscurité.*

Entre-temps, Cobra Boy, las de cette vaine copulation, a roulé sur le côté dans les draps qui empestent le sperme et l'urine, et il commence déjà à ronfler. Megan se lève en prenant bien garde de ne pas le réveiller, puis elle s'approche de la fenêtre et regarde dehors.

La ville somnole dans la pénombre. Les cheminées et conduits d'aération se découpent sur le ciel gris. Elle aperçoit deux silhouettes qui gagnent discrètement le coin de la clôture ouest. L'une est nettement plus grande que l'autre. Megan reconnaît d'abord Josh, puis Lilly, lorsqu'ils s'arrêtent au coin de la barricade à cent cinquante mètres. Alors que le couple disparaît par-dessus la clôture, Megan tombe à genoux, submergée par le chagrin, et sanglote sans un bruit dans l'obscurité pendant ce qui lui semble être une éternité.

— Balance-le, poupée, chuchote Josh en levant les yeux vers Lilly, en équilibre sur la clôture, une jambe par-dessus, la deuxième de l'autre côté. Josh surveille attentivement le garde qui sommeille à une centaine de mètres à l'est, affalé sur le fauteuil d'un bulldozer, et dont la vue est bloquée par le tronc d'un énorme chêne.

— Le voilà.

Lilly enlève péniblement de ses épaules le sac à dos et le jette à Josh qui l'attrape au vol. Il pèse au moins cinq kilos et contient le .38 de Josh, un piolet à manche rétractable, un tournevis, quelques barres chocolatées et deux bouteilles en plastique remplie d'eau du robinet.

— Fais attention, maintenant.

Lilly descend et se laisse tomber sur le sol devant la clôture. Ils ne s'attardent pas aux alentours de la ville. Le soleil se lève et ils veulent être hors de portée de vue du garde avant que Martinez et ses hommes se lèvent et retournent à leurs postes. La tournure que prennent les choses à Woodbury ne dit rien qui vaille à Josh. Apparemment, ses services ont de moins en moins de valeur d'échange. Il a beau avoir trimballé, la veille, trois tonnes de plaques de bois, Sam le Boucher continue à prétendre que Josh est toujours endetté, qu'il profite du système de troc et que tout son travail n'équivaut pas aux quantités de bacon et de fruits qu'il consomme. Raison de plus pour

Josh et Lilly de se faufiler hors de la ville pour voir s'ils peuvent s'approvisionner de leur côté.

— Reste à côté de moi, ma chérie, dit Josh en entraînant Lilly vers la forêt.

Ils restent à couvert tandis que le soleil se lève et contournent le vaste cimetière sur leur gauche. Les branches de vieux saules retombent sur les sépultures de l'époque de la guerre de Sécession dans la lumière de l'aube qui nimbe l'endroit d'une atmosphère fantomatique et désolée. Beaucoup de stèles sont de guingois et certaines tombes sont béantes. Le cimetière donne la chair de poule à Josh, qui presse Lilly vers l'intersection entre Main et Canyon Drive. Ils prennent au nord et se dirigent vers un bosquet de pacaniers.

— Ouvre l'œil pour repérer des catadioptres le long de la route, dit Josh alors qu'ils gravissent une petite côte vers les bois. Ou des boîtes à lettres. Ou une route privée.

— Et si on trouve rien d'autre que des arbres et encore des arbres ?

— Il y a forcément une ferme... quelque chose, dit Josh en continuant de scruter la forêt de part et d'autre de l'étroite route.

L'aube s'est levée, mais les bois qui longent Canyon Drive sont encore plongés dans l'obscurité et remplis d'ombres mouvantes. Les bruits se mêlent et le froissement des feuilles dans le vent commence à ressembler à des pas traînants entre les arbres. Josh s'arrête, sort son arme du sac à dos et vérifie la culasse.

— Quelque chose va pas ? demande Lilly en regardant tour à tour le pistolet et les bois. Tu as entendu quelque chose ?

— Tout va bien, poupée, dit-il en glissant le .38 dans sa ceinture et en reprenant sa marche. Tant qu'on fait pas de bruit et qu'on avance, on risque rien.

Ils continuent sur cinq cents mètres en silence, l'un derrière l'autre, l'œil et l'oreille aux aguets, scrutant régulièrement les branches et les ombres qui se balancent dans les profondeurs des bois. Les Bouffeurs ont laissé Woodbury en paix depuis l'incident de l'entrepôt, mais Josh a le sentiment qu'ils ne vont pas tarder à revenir. Il s'inquiète de s'aventurer aussi loin de la ville, quand il aperçoit l'indice d'une habitation.

L'énorme boîte à lettres en zinc en forme de cabane se dresse au bout d'une route privée sans aucun panneau. Seules les lettres L. HUNT révèlent l'identité de son propriétaire, à côté du numéro 20 034 gravé dans le métal oxydé.

Cinquante mètres plus loin, ils trouvent une douzaine d'autres boîtes, dont la moitié au bas d'une seule allée, et Josh se dit qu'ils ont décroché le gros lot. Il sort le piolet du sac à dos et le confie à Lilly.

— Sois prête à t'en servir, chérie. On va prendre cette allée où il y a plein de boîtes à lettres.

— Je te suis, dit-elle en emboîtant le pas au colosse sur le chemin gravillonné.

La première bâtisse apparaît, colossale, comme un mirage dans la lumière de l'aube, derrière les arbres, plantée dans une clairière comme si elle avait surgi de l'espace. Si la maison se trouvait dans une avenue bordée d'arbres du Connecticut ou de Beverly Hills, elle ne paraîtrait pas aussi extraordinaire, mais ici, dans cette région rurale délabrée, elle a de quoi couper le souffle. Avec ses trois étages qui dominent une pelouse soignée, la demeure abandonnée est une merveille d'architecture moderne, tout en saillies, balustrades et toits pointus. On dirait un chef-d'œuvre perdu de Frank Lloyd Wright. Derrière, on devine une immense piscine envahie de feuilles mortes. Les stalactites de glace qui pendent des énormes balcons et les plaques de neige sale sur les terrasses indiquent qu'elle est inoccupée.

— Ça doit être la résidence secondaire d'un riche, suppute Josh.

Ils poursuivent la route entre les arbres et trouvent d'autres demeures abandonnées. L'une d'elles ressemble à un musée victorien, avec d'immenses tourelles qui dominent les pacaniers comme celles d'un palais mauresque. Une autre est presque entièrement en verre, avec une véranda qui s'avance au-dessus d'une colline. Chacune est dotée de sa piscine, d'un garage pour six voitures et d'une immense pelouse. Et toutes sont éteintes, volets clos, aussi mortes qu'un mausolée.

Lilly s'arrête devant la dernière et lève les yeux vers les étages.

— Tu crois qu'on peut y entrer?

— Passe-moi le piolet, sourit Josh. Et recule!

* *

*

Ils tombent sur une véritable corne d'abondance, même si les vivres sont périmées et qu'il y a des traces de précédentes effractions, probablement du Gouverneur et ses sbires. Dans certaines maisons, ils trouvent des placards et bars bien remplis, ainsi que des armoires pleines de linge propre. Les ateliers sont de véritables quincailleries et les maisons regorgent d'armes, d'alcools, de carburant et de médicaments. Ils n'en reviennent pas que le Gouverneur et ses hommes ne les aient pas ratissées. Mais le mieux est la totale absence de zombies.

Un peu plus tard, dans le hall d'une villa immaculée ambiance Cape Cod, Lilly contemple les splendides lampes Tiffany.

— Tu penses comme moi ? demande-t-elle.

— Je sais pas, ma chérie. Tu as quoi en tête ?

— On pourrait *habiter* dans une de ces maisons, Josh.

— Je sais pas trop.

— On resterait discrets…

— Peut-être qu'on devrait y aller progressivement, dit-il. Jouer les idiots un moment, le temps de voir si quelqu'un connaît leur existence.

— C'est ça le mieux, Josh. Ils sont déjà venus ici… Ils y reviendront pas.

— Laisse-moi y réfléchir, soupire-t-il. Je vais peut-être en parler à Bob.

En inspectant les garages, ils trouvent quelques véhicules de luxe sous des bâches et se mettent à échafauder des projets d'avenir, envisageant notamment la possibilité de reprendre la route. Dès qu'ils auront pu en parler à Bob, ils prendront leur décision.

Ils rentrent à la ville dans la soirée et se glissent sans se faire remarquer dans la zone fortifiée en passant par le chantier au sud de la barricade. Ils gardent leur découverte pour eux.

Malheureusement, ni Josh ni Lilly n'ont remarqué l'unique – mais capital – inconvénient de leur enclave de luxe. La plupart des jardins, d'une trentaine de mètres, sont situés à l'arrière des maisons et donnent sur un ravin suivi d'une pente rocheuse surplombant un profond canyon. Et au fond de ce précipice dévoré par la neige, le long d'une rivière asséchée, sous un amas de lianes et de branchages morts, erre une meute d'une centaine de zombies.

Il faudra à ces monstres, une fois que l'odeur des humains les aura attirés, moins de quarante-huit heures pour gravir cette pente abrupte, pouce par pouce.

11

— Je vois toujours pas pourquoi on pourrait pas habiter ici un moment, insiste Lilly l'après-midi suivant, en se laissant tomber dans un sofa en cuir beige devant l'une des vastes baies de l'immense demeure.

La baie fait le tour du rez-de-chaussée de la maison et donne sur la piscine en forme de haricot à l'arrière, couverte d'une bâche poudrée de neige. Le vent qui siffle fait vibrer les vitres.

— Je dis pas que c'est pas une possibilité, répond Josh de l'autre côté de la pièce, tout en choisissant dans un tiroir des couverts en argent qu'il fourre dans un sac de toile. (Le soir tombe sur leur deuxième journée d'exploration de l'enclave, et ils ont récolté assez pour remplir une maison. Ils ont dissimulé certaines de leurs provisions à l'extérieur de la muraille de Woodbury, dans des remises et des granges, et planqué armes, outils et boîtes de conserve dans le camping-car, avec l'intention de remettre en état de marche l'un des véhicules. Josh laisse échapper un soupir et va s'asseoir à côté de Lilly.) Je suis toujours pas convaincu que ces maisons soient sûres, dit-il.

— Arrête… c'est des vraies forteresses, les proprios les avaient verrouillées hermétiquement avant de repartir dans leurs jets privés. Je supporterai pas de rester une nuit de plus dans cette ville qui me fiche les jetons.

— Chérie, je te promets… dit-il avec un regard peiné. Un jour, cette saloperie sera finie.

— Ah oui, tu crois ?

— J'en suis sûr, poupée. Quelqu'un va comprendre ce qui s'est passé, un binoclard du Centre de Contrôle des Maladies va trouver un antidote et les gens resteront dans leurs tombes.

— J'aimerais bien en être aussi sûre, dit Lilly en se frottant les yeux.

— Ça passera aussi, ma chérie. C'est comme ma mère qui disait toujours : « La seule chose sur quoi on peut compter dans ce monde, c'est qu'on peut être sûr que rien reste pareil et que tout change. » (Il la regarde en souriant.) Et la seule chose qui changera jamais, ma chérie, c'est mes sentiments pour toi.

Ils restent un moment sans parler, écoutant les craquements de la maison, le vent qui cingle les vitres de neige fondue, quand quelque chose bouge au fond du jardin. Le sommet de plusieurs dizaines de crânes apparaît lentement au bord du ravin, une rangée de visages en putréfaction. Et Lilly et Josh, dos à la fenêtre, ne voient pas la horde de zombies qui émerge de la pénombre.

Lilly pose sa tête sur Josh, comme elle inconscient du danger qui les guette et perdu dans ses pensées. Elle est tiraillée par la culpabilité. À la manière dont il la touche et la regarde, elle sent que Josh est, chaque jour, de plus en plus amoureux d'elle. Elle est avide de cette affection, mais elle se sent également distante et détachée, coupable d'avoir laissé la peur et la facilité permettre à cette relation de s'épanouir. Elle se sent l'obligée de Josh. Ce qu'elle fait est mal et elle lui doit la vérité.

— Josh, dit-elle en levant la tête vers lui. Il faut que je te dise… Tu fais partie des hommes les plus merveilleux que j'ai connus.

Il sourit, sans percevoir la tristesse dans son intonation.

— Et tu es sacrément bien aussi, toi.

Dehors, clairement visibles à présent par la grande baie, une cinquantaine de zombies se hissent par bonds hors du ravin et commencent à ramper sur la pelouse. Certains parviennent à se mettre debout et commencent à avancer en vacillant vers la maison de verre, la gueule béante. Un vieillard en chemise de nuit d'hôpital, ses longs cheveux gris flottant au vent, mène la meute. Dans la luxueuse demeure, derrière les vitres blindées, Lilly et Josh sont toujours inconscients du danger.

— Tu as été tellement gentil avec moi, dit-elle en choisissant soigneusement ses mots. Je sais pas combien de temps j'aurais survécu toute seule… et je t'en serai toujours reconnaissante.

Là, Josh incline la tête vers elle et ne sourit plus.

— Pourquoi j'ai brusquement l'impression qu'il va y avoir un « mais » ?

Elle s'humecte pensivement les lèvres.

— Cette peste, cette épidémie, appelle ça comme tu veux… elle a une influence sur les gens… ça leur fait faire des trucs qu'ils feraient pas normalement.

— Qu'est-ce que tu me dis, poupée ? demande Josh, décomposé. Il y a quelque chose qui te tracasse ?

— Je dis juste… je sais pas… peut-être que j'ai laissé ce truc entre nous aller un peu trop loin.

Josh la regarde longuement, incapable de répondre. Il se racle la gorge.

— Je suis pas sûr de bien te suivre…

Entre-temps, les morts-vivants ont envahi le jardin. Étouffé par les épaisses vitres, leur chœur monocorde de grondements et de gémissements est noyé par le bruit de l'averse de neige fondue, la horde se rapproche de la maison. Certains – le vieillard à cheveux longs, une femme sans mâchoire qui claudique, deux brûlés – ne sont plus qu'à une vingtaine de mètres. Les uns trébuchent sur le bord de la piscine et tombent en déchirant la bâche couverte de neige, mais d'autres, hagards et avides, suivent celui qui ouvre la marche.

— Comprends-moi bien, continue Lilly à l'intérieur de la luxueuse maison de verre hermétiquement close. Je t'aimerai toujours, Josh. Toujours. Tu es fantastique. C'est juste que le monde dans lequel on vit en ce moment déforme tout. Je voudrais surtout pas te faire du mal.

— Attends, dit-il, le regard embué. Tu es en train de me dire qu'être avec moi, jamais tu l'aurais envisagé en temps normal ?

— Non… Mon Dieu, non. J'adore être avec toi. Je veux pas que tu te fasses des idées, c'est tout.

— Des idées sur quoi ?

— Les sentiments qu'on a l'un pour l'autre… Que tu t'imagines qu'ils sont sains.

— Parce qu'ils sont malsains ?

— Non, je veux juste dire… La peur fout tout en l'air. J'ai pas toute ma tête depuis que cette horreur a commencé. Je veux surtout pas que tu t'imagines que je me sers de toi pour que tu me protèges… pour survivre.

Les larmes montent aux yeux de Josh. Il déglutit péniblement et essaie de trouver quoi répondre.

D'ordinaire, il remarquerait la pestilence qui s'insinue dans les systèmes de ventilation de la maison, cette odeur de viande avariée et d'excréments. Ou bien il entendrait le bourdonnement sourd et étouffé qui s'élève dehors tout autour de la maison, à présent et qui vibre tant qu'il semble ébranler jusqu'aux fondations. Il verrait du coin de l'œil derrière les vitres de la porte d'entrée, derrière les tentures du salon la démarche saccadée qui s'approche. Mais il est tellement blessé qu'il ne remarque rien.

— Pourquoi j'irais penser un truc pareil, Lil? demande-t-il en serrant les poings.

— Parce que je suis une trouillarde. (Elle plonge son regard dans le sien.) Parce que je t'ai laissé tomber quand tu risquais ta vie. On pourra jamais rien y changer.

— Lilly, s'il te plaît, ne…

— OK… Écoute-moi. (Elle se maîtrise.) Je dis simplement que je crois qu'on devrait lever un peu le pied et se donner du…

— Oh, non! Merde, merde!

Brusquement, l'expression alarmée de Josh fait oublier à Lilly ce qu'elle voulait dire.

C'est dans un reflet sur le verre d'une photo de famille accrochée dans un cadre au-dessus d'un clavecin de l'autre côté de la pièce – l'assemblée aux sourires guindés des anciens propriétaires, y compris le cliché du caniche enrubanné – que Josh aperçoit les silhouettes des envahisseurs qui bougent sur la photo comme des images fantômes. Dans ce reflet de la baie panoramique à l'arrière du salon, derrière le canapé, le bataillon de zombies avance vers la maison.

Josh se lève d'un bond et fait volte-face au moment même où la vitre se fendille. Les zombies les plus proches – leurs visages morts écrasés sur la baie, poussés par la masse qui les suit – laissent couler des filets de bave et de bile noirâtre sur le verre. Les craquelures se propagent lentement comme une toile d'araignée qui s'étend, tandis que d'autres morts-vivants viennent se presser contre les autres. La vitre cède à l'instant où Josh empoigne Lilly et la tire du canapé.

Dans un craquement terrifiant, comme si la foudre frappait la pièce, une centaine de bras se tendent, des mâchoires claquent et des corps se déversent sur le dossier du canapé dans un raz-de-marée de débris de verre et une rafale de vent qui vient dévaster l'élégant salon familial.

Sans réfléchir, Josh entraîne Lilly vers l'entrée de la maison, tandis qu'un chœur infernal de cordes vocales déchirées s'élève derrière eux et que la belle demeure se remplit de la puanteur de la mort. Insensibles, taraudés par la faim, les Bouffeurs se relèvent rapidement et reprennent leur marche en battant des ailes et en grondant derrière leurs proies qui s'enfuient.

Josh traverse le vestibule en un éclair et ouvre la porte d'entrée. Une muraille de zombies les attend dehors.

Il tressaille et Lilly pousse un cri strident alors que des mains crochues s'agitent devant eux. Une marée de visages morts grondent et crachotent, les uns bavant un sang noir comme de l'huile de vidange, les autres exposant les tendons rosâtres de leur faciès déchiqueté. L'une des mains se referme sur le blouson de Lilly, mais Josh la libère d'un coup sec et, poussant un hurlement, il claque brutalement la porte sur une demi-douzaine de bras que la violence du choc sectionne. Un assortiment de membres tombe sur le luxueux dallage italien où ils se convulsent encore un instant.

Josh empoigne Lilly et retourne vers le centre de la maison, mais il s'arrête au pied de l'escalier circulaire en voyant que la maison est envahie par les morts-vivants. Ils sont entrés sur le côté est par la porte moustiquaire donnant dans le garage, faufilés par la chatière sur le côté ouest et par les vitres disjointes de la cuisine côté nord. À présent, ils les encerclent tous les deux au bas des marches. Josh empoigne Lilly par le col de son blouson et la hisse dans l'escalier. En chemin, il dégaine son .38 et commence à tirer. Le premier coup manque totalement sa cible et fait sauter un ornement de la voûte, tandis que la meute grondante et agitée de soubresauts tente de les suivre.

Certains zombies incapables de gravir les marches tombent en arrière, pendant que d'autres se jettent à quatre pattes et réussissent. À mi-chemin, Josh tire de nouveau et atteint un mort-vivant en plein crâne, éclaboussant de cervelle la balustrade et le lustre. Quelques zombies tombent à la renverse comme des quilles au bowling. Seulement, beaucoup commencent à escalader les autres et progressent dans l'escalier avec la frénésie avide de saumons qui remontent un torrent pour le frai. Josh tire encore plusieurs fois. Un liquide noir et visqueux jaillit, mais c'est inutile, ils sont beaucoup trop nombreux et Josh le sait, tout comme Lilly.

— Par ici ! (Josh, qui vient d'avoir une illumination, entraîne Lilly sur le palier jusqu'à la dernière porte au bout du couloir. Il se rappelle avoir inspecté la chambre de maître la veille et, après avoir trouvé de précieux médicaments dans l'armoire à pharmacie, d'avoir admiré la vue par la grande fenêtre. Il se souvient également de l'énorme chêne qui se dresse devant.) Entre !

Les zombies sont parvenus en haut des marches. L'un d'eux se cogne à la balustrade et tombe à la renverse, entraînant une demi-douzaine d'autres qui dégringolent dans l'escalier en laissant des traînées de sang noirâtre.

Pendant ce temps, à l'autre bout du couloir, Josh atteint la porte de la vaste chambre, l'ouvre et pousse Lilly à l'intérieur avant de la refermer derrière eux. Le silence et le calme de la pièce, avec ses meubles Louis XIV, son immense lit à baldaquin, sa couette Laura Ashley et son amoncellement d'oreillers douillets bordés de dentelle offre un contraste irréel avec la menace grondante et pestilentielle qui se masse devant la porte.

— File à la fenêtre, poupée ! J'arrive !

Josh fait volte-face et fonce dans la salle de bains, pendant que Lilly gagne la vaste baie aux tentures en velours au pied de laquelle elle s'accroupit, pantelante.

Dans la luxueuse salle de bains tout en dallage italien, chrome et verre qui embaume la savonnette, entre le sauna et l'énorme jacuzzi, il ouvre l'armoire de toilette sous le lavabo et trouve le gros flacon d'alcool.

En quelques secondes, il dévisse le bouchon, retourne dans la chambre et asperge tout, lit, rideaux et meubles en acajou. Les grincements de la porte contre laquelle sont collés les zombies lui donnent des ailes. La bouteille vidée, il gagne la fenêtre d'un bond. Entre les délicates tentures brodées, un immense chêne se dresse au-dessus des toits comme un colosse arthritique dont les membres tordus, nus dans la lumière hivernale, se tendent vers la girouette piquée au sommet. L'une des branches noueuses passe à quelques centimètres devant la fenêtre de la chambre. Josh ouvre le panneau du milieu.

— Allez, ma chérie, faut abandonner le navire ! (D'un coup de pied, il fait tomber la moustiquaire et tire Lilly à lui dans le vent glacial.) Grimpe sur la branche !

Lilly tend maladroitement les bras vers la branche, grosse comme un jambon, à l'écorce aussi dure et rêche que du ciment, et s'y cramponne avec l'énergie du désespoir. Elle commence à ramper tout du long dans le vent qui siffle. Le sol six mètres plus bas et le toit de la maison d'amis lui paraissent lointains, mais elle continue sa progression vers le tronc.

Derrière elle, Josh revient dans la chambre au moment où la porte cède. Des zombies déferlent dans la pièce, s'affalant les uns sur les autres, tendant les bras en titubant comme des ivrognes. L'un d'eux – un homme auquel manquent un bras et un œil – tressaute vers le grand Black qui fouille désespérément dans sa poche. L'air se remplit d'un concert de gémissements discordants. Josh trouve enfin son Zippo.

Au moment où le zombie borgne se jette sur lui, Josh l'allume et le lance sur le couvre-lit imprégné d'alcool. Des flammes jaillissent immédiatement, tandis que Josh repousse le zombie d'un coup de pied qui le fait tomber à la renverse sur la moquette imbibée d'alcool. Les flammes lèchent les piliers du baldaquin. D'autres zombies s'avancent, excités par les lueurs, la chaleur et le bruit. Sans perdre un instant, Josh tourne les talons et enjambe la fenêtre.

Il faut moins d'un quart d'heure pour que l'étage de la maison s'embrase, cinq minutes de plus pour que le bâtiment s'écroule en vomissant un torrent d'étincelles et de fumée qui emporte l'escalier, les antiquités et les tapis hors de prix. Les zombies pris au piège sont la proie des flammes. En vingt minutes, la horde du ravin est décimée, réduite à des restes calcinés dans les ruines fumantes de la magnifique demeure.

Curieusement, durant ces vingt minutes, la nature même de la maison – avec ses spectaculaires baies qui en font tout le tour – joue un rôle de cheminée en accélérant l'embrasement, mais également la combustion. La partie la plus brûlante de l'incendie monte droit dans le ciel et les cimes des arbres sont roussies, mais le feu ne s'étend pas. Les autres maisons des environs sont épargnées. Le vent n'emporte aucune braise et la fumée dissimulée par les collines boisées n'est pas visible par les habitants de Woodbury.

Avant que la maison s'embrase, Lilly trouve le courage de sauter de la branche la plus basse du chêne sur le toit de la maison d'amis, puis de descendre le long du mur jusqu'à la porte arrière du garage. Josh la suit. À présent, il ne reste plus que quelques zombies à l'extérieur de la maison et Josh s'en débarrasse sans peine avec les trois balles qui restent dans son .38.

Ils entrent dans le garage et récupèrent le sac de toile où ils ont emmagasiné une partie de leurs provisions de la veille. Le gros sac contient un jerrycan d'une vingtaine de litres d'essence, un sac de couchage, une cafetière, un kilo de café torréfié, des cache-nez, une boîte de mélange pour pancakes, des calepins, deux bouteilles de vin casher, des piles, des stylos-bille, une coûteuse confiture de groseilles, une boîte de matzo et un rouleau de corde d'alpinisme.

Josh recharge son .38 avec ses six dernières balles, puis ils sortent par la porte arrière en emportant le sac et longent le mur. Accroupis dans les herbes au coin du garage, ils attendent que le dernier zombie soit parti, attiré par la lueur et le grondement de l'incendie, avant de traverser en courant la pelouse pour gagner les bois voisins, où ils s'enfoncent sans échanger un mot.

*   *

*

La route qui serpente vers le sud est déserte dans la lumière déclinante. Josh et Lilly, restant dans l'ombre du lit d'un torrent asséché parallèle à la chaussée, retournent vers la ville. Ils parcourent presque deux kilomètres sans un mot, comme un vieux couple qui vient de se disputer. La

peur et l'adrénaline ont fini par être remplacées par l'épuisement. L'attaque qui a failli leur coûter la vie et l'incendie qui a suivi a plongé Lilly dans un état de panique. Le
moindre bruit la fait sursauter et elle a du mal à respirer
calmement. Elle est convaincue de sentir continuellement
la puanteur des zombies dans le vent et d'entendre derrière les arbres des pas qui ne sont peut-être que l'écho
des siens.

— Je veux juste être fixé, dit Josh quand ils arrivent
enfin en bas de Canyon Road. Est-ce que tu as dit que tu
m'utilisais ?

— Josh, je ne...

— Pour être protégée ? Et rien de plus ? C'est tout ce
que tu éprouves pour moi ?

— Josh...

— Ou bien est-ce que tu voulais dire que tu voulais pas
que j'aie cette impression ?

— J'ai pas dit ça.

— Mais oui, chérie, malheureusement si, c'est exactement ce que tu as dit.

— C'est ridicule. (Lilly enfonce les mains dans les
poches de son blouson. La suie et les cendres ont coloré
en gris le velours côtelé.) Laissons tomber. J'aurais rien
dû dire.

— Non ! insiste Josh. Tu peux pas t'en tirer aussi facilement.

— Qu'est-ce que tu racontes ?

— Tu vois ça comme une passade ?

— Explique-toi.

— Comme une amourette de vacances ? Comme si on
allait tous rentrer à la fin de l'été après nous être fait dépu-
celer et avoir eu une allergie ? (Il y a dans sa voix de basse
qui frôle la fureur un sarcasme que Lilly n'a encore jamais

entendu chez lui.) Tu peux pas me sortir une horreur et faire comme si de rien n'était.

Lilly pousse un soupir exaspéré, ne sachant quoi répondre, et ils continuent leur chemin en silence. La muraille de Woodbury apparaît au loin, puis la bordure ouest du chantier, où le bulldozer et la petite grue sont immobiles dans le crépuscule. L'équipe a appris à ses dépens que les zombies – comme les poissons prédateurs – sont plus agressifs à la tombée du jour.

— Qu'est-ce que tu veux que je te dise, Josh ? dit enfin Lilly.

Il fixe le sol et continue de marcher en ruminant, le sac de toile brinqueballant sur sa hanche.

— Que tu es désolée, par exemple ? Que tu as réfléchi, que tu n'as peut-être pas envie d'être trop proche de quelqu'un parce que tu as peur de souffrir, qu'on t'a déjà fait du mal, que tu retires tout ce que tu as dit, tout, et que tu m'aimes autant que moi je t'aime ? Voilà ce que tu pourrais me dire.

Elle le regarde, la gorge nouée par la terreur et irritée par la fumée. Elle meurt de soif. Elle est épuisée, désorientée et effrayée.

— Qu'est-ce qui te fait croire que j'ai souffert ?

— Une intuition.

Elle le fixe. La colère monte en elle.

— Tu me connais même pas !

— Tu déconnes, j'espère ? demande-t-il en la toisant, vexé et surpris.

— On est ensemble depuis quoi ? Deux mois. On est tous terrorisés. Personne connaît personne. On... s'accommode juste de la situation.

— Tu te fiches de moi. Après tout ce qu'on a connu ensemble, je te connais pas ?

— Josh, c'est pas ce que…

— Tu me mets au même niveau que Bob ou le défoncé? Que Megan et les autres du camp Bingham?

— Josh…

— Tous les trucs que tu m'as dit cette semaine, c'étaient des mensonges? Tu disais tout ça pour que je me sente mieux?

— Je pensais ce que j'ai dit, répond-elle à mi-voix.

Elle est torturée par la culpabilité. Un bref instant, elle repense au terrible moment où elle a perdu la petite Sarah Bingham, aux zombies qui ont fondu sur la petite fille sur le terrain devant le chapiteau. À la terreur paralysante qui l'a saisie ce jour-là. À cet abîme sans fond de chagrin et de peine. Le fait est que Josh a raison. Ce que Lilly lui a dit quand ils faisaient l'amour n'est pas tout à fait vrai. D'une certaine manière, elle l'aime, elle tient à lui, elle a des sentiments forts… mais elle projette aussi cette peur qui est tapie profondément en elle.

— Ah, c'est vraiment génial, dit Josh en secouant la tête.

Ils approchent de l'ouverture dans la muraille. L'entrée – un large espace entre deux parties inachevées de la barricade – est munie d'une porte de bois maintenue d'un côté par un câble. À une cinquantaine de mètres de là, un unique garde est assis sur le toit d'un semi-remorque, tourné dans la direction opposée, son M1 sur la hanche. Josh s'approche de la porte et défait rageusement le câble. Le raclement résonne et Lilly est prise de panique.

— Fais attention, Josh, chuchote-t-elle. On va nous entendre.

— Je m'en tape, répond-il en poussant la porte. C'est pas une prison, ils peuvent pas nous empêcher d'entrer et sortir.

Elle lui emboîte le pas par une rue secondaire menant à Main Street. À cette heure, il y a peu de monde dans les rues. La plupart des habitants de Woodbury sont blottis chez eux, ils dînent ou boivent pour oublier. Les générateurs bourdonnent derrière les murs du circuit et quelques-uns des projecteurs clignotent. Le vent siffle dans les arbres dépouillés du square et des feuilles mortes volettent sur les trottoirs.

— Fais comme tu veux, dit Josh alors qu'ils se dirigent vers leur immeuble. On sera juste un plan cul régulier, histoire de se soulager sans se prendre la tête…

— Josh, c'est pas…

— Tu pourrais obtenir la même chose avec une bouteille ou un vibromasseur… mais bon. Un corps humain bien chaud, c'est agréable de temps en temps, non ?

— Josh, arrête. On n'est pas obligés d'en arriver là. J'essaie juste de…

— Je veux plus en parler, déclare-t-il alors qu'ils approchent du supermarché.

Un groupe d'hommes rassemblés devant le magasin se réchauffent les mains sur un brasero improvisé dans un bidon. Sam le Boucher est parmi eux, son tablier sanglant recouvert d'un manteau mangé aux mites. En les voyant arriver, une grimace méprisante se peint sur son visage.

— Très bien, Josh, comme tu veux, maugrée Lilly alors qu'ils passent devant le centre.

— Hé, toi ! le hèle Sam le Boucher d'une voix qui sonne comme un couteau sur une pierre à aiguiser. Viens là deux secondes, le baraqué.

Lilly s'arrête, inquiète. Josh s'approche du groupe.

— J'ai un nom, dit-il sèchement.

— Holà, excuse-moi, dit le boucher. C'était quoi ? Hamilburg ? Hammington ?

— Hamilton.

— Bien, bien, Mr Hamilton, fait le boucher avec un sourire vide. Monseigneur. Puis-je avoir un instant de votre précieux temps, si vous n'êtes pas trop occupé ?

— Qu'est-ce que tu veux ?

— Juste par curiosité, demande le boucher avec le même sourire glacial. Il y a quoi dans le sac ?

— Pas grand-chose… Des bricoles.

— Des bricoles, hein ? Quel genre de bricoles ?

— Des trucs qu'on a trouvés en chemin. Rien d'intéressant.

— Tu es conscient que tu as pas remboursé la dette que tu as contractée en prenant des *bricoles* chez moi il y a quelques jours.

— Qu'est-ce que tu racontes ? J'ai bossé dans l'équipe tous les jours cette semaine.

— Elle est toujours pas remboursée, mon gars. Le fioul, ça pousse pas sur les arbres.

— Tu m'as dit que quarante heures de boulot le paieraient.

— Tu m'as mal compris. Ça arrive, des fois.

— Comment ça ?

— J'ai dit quarante heures *en plus* de ce que tu avais déjà en compte. Tu piges ?

Ils se regardent en chiens de faïence pendant un long et pénible moment. Autour d'eux, les conversations s'arrêtent. Tout le monde les observe. Lilly a la chair de poule en voyant les énormes épaules de Josh se raidir.

— Bon, je continuerai à bosser, alors, dit-il finalement.

— Et tu seras bien aimable de donner à la cause ce que tu trimballes, réplique Sam le Boucher en tendant la main pour le prendre.

Josh écarte le sac. L'atmosphère change brusquement du tout au tout. Les autres hommes – principalement des vieux – reculent instinctivement. Le silence à peine troublé par les crépitements du feu souligne d'autant plus la violence qui couve.

— Josh, c'est bon, dit Lilly en s'avançant pour tenter d'intercéder. On n'a pas besoin de…

— Non ! (Josh lui arrache le sac sans quitter des yeux le boucher.) Personne le prendra !

— Tu ferais bien de réfléchir sérieusement avant de te foutre de moi, le costaud, dit le boucher d'une voix sourde et menaçante.

— Le fait, c'est que je me fous pas de toi, répond Josh. Je dis ce qui est. Ce qu'il y a dans le sac est à nous et point barre. Et personne nous le prendra.

— C'est celui qui trouve qui garde ?

— Exactement.

Les vieux continuent de reculer et Lilly a l'impression d'être au milieu d'un ring glacial avec deux fauves acculés chacun dans leur coin. Elle cherche désespérément comment mettre fin à cette tension, mais les mots s'arrêtent dans sa gorge. Elle pose la main sur l'épaule de Josh, qui se dégage aussitôt. Le boucher jette un bref coup d'œil à Lilly.

— Tu ferais bien de dire à ton fiancé qu'il fait la connerie de sa vie.

— La mêle pas à ça, réplique Josh. C'est entre toi et moi.

— Je vais te dire, fait le boucher avec une moue pensive. Je suis un type réglo… Je vais te donner une dernière chance. File tes marchandises et j'efface complètement ton ardoise. On fera comme si ce petit incident était jamais arrivé. (Un vague sourire se peint sur son visage tanné.) La vie est trop courte. Tu vois ce que je veux dire ? Surtout par ici.

— Viens, Lilly, dit Josh sans le quitter du regard. On a mieux à faire que rester ici à jacasser.

Il tourne les talons et s'apprête à reprendre son chemin, mais le boucher se jette sur le sac.

— File-moi ce foutu sac !

Lilly se précipite en voyant les deux hommes en venir aux mains.

— Josh, non !

Le colosse fait volte-face et flanque un grand coup d'épaule dans la poitrine de son adversaire. Le geste est si brusque et violent qu'il rappelle à Josh l'époque où il jouait au football. L'homme au tablier sanglant tourne sur lui-même, le souffle coupé, s'emmêle les pieds et tombe sur le cul, aussi surpris que scandalisé.

— Lilly, je t'ai dit qu'on y allait ! dit Josh en se retournant et en reprenant son chemin.

Lilly ne voit pas le boucher se contorsionner brusquement sur le sol pour essayer de saisir quelque chose dans son dos. Pas plus qu'elle ne voit l'éclair bleuté de l'acier dans la main du boucher ni son regard fou. Elle n'entend le claquement caractéristique du cran de sûreté d'un semi-automatique que lorsqu'il est trop tard.

— Josh, attends !

Elle est à quelques mètres de Josh quand la détonation déchire le ciel, si assourdissante qu'elle semble ébranler les fenêtres tout le long de la rue. Instinctivement, Lilly plonge pour se protéger et l'impact sur la chaussée lui coupe littéralement le souffle.

Dès qu'elle retrouve sa voix, elle pousse un cri strident, tandis qu'un vol de pigeons s'élève au-dessus du toit du supermarché – des charognards qui se déploient dans le ciel comme une dentelle noire.

12

Lilly se rappellera toute sa vie cette journée. Elle se rappellera la fleur sanglante, comme le motif d'une tapisserie, qui jaillit à l'arrière de la tête de Josh Hamilton, une nanoseconde avant qu'elle entende la détonation du Glock 9 mm. Elle se rappellera avoir trébuché et être tombée à deux mètres derrière Josh, s'être déchaussé une molaire et mordu la langue. Elle se rappellera la pluie de fines gouttelettes rouges sur ses mains et ses avant-bras.

Mais surtout, elle se rappellera Josh Lee Hamilton s'effondrant dans la rue comme s'il s'évanouissait, ses énormes jambes devenues molles comme celles d'une poupée de chiffon. C'est peut-être cela le plus étrange, le fait que ce colosse ait instantanément perdu sa substance. On pourrait s'attendre à ce qu'un être d'un tel gabarit ne rende pas aussi facilement l'âme, qu'il tombe comme un grand séquoia ou un bâtiment et qu'il ébranle littéralement la terre. Mais en fait, ce jour-là, dans la lumière bleue du soir, Josh Lee Hamilton disparaît sans même un gémissement. Il s'effondre sans un bruit sur la chaussée.

Juste après, Lilly se sent saisie de frissons glacés ; elle a la chair de poule. Tout est à la fois flou et limpide, comme si son esprit se séparait de son corps. Incapable de contrôler ses gestes, elle se relève sans même s'en rendre compte. Elle s'avance vers le corps avec la démarche lourde d'un automate.

— Non… attends… Non, non, attends… bégaie-t-elle en s'agenouillant auprès du colosse agonisant et en prenant sa tête dans ses bras. Quelqu'un… Allez chercher un… docteur… un putain de docteur !

Le visage de Josh tressaille à l'approche de la mort, passant d'une expression à une autre. Les yeux révulsés, il cligne une dernière fois des paupières, puis il voit le visage de Lilly et le fixe avec sa dernière étincelle de vie.

— Alicia… Ferme la fenêtre.

Le souvenir d'une sœur aînée qui s'évanouit comme une braise mourante dans son cerveau court-circuité. Son visage se fige, ses yeux s'immobilisent et prennent l'éclat vitreux de billes.

— Josh, Josh…

Elle le secoue comme on essaie de démarrer un moteur. C'est fini. Les larmes brouillent tout autour d'elle. Elle sent le sang qui imbibe ses manches et ses poignets, et quelque chose qui se referme sur sa nuque.

— Laisse-le, dit derrière elle une voix rocailleuse et flamboyante de rage.

Lilly se rend compte qu'on l'écarte du corps, qu'une grosse main d'homme l'a prise au collet et la tire. Tout au fond d'elle, quelque chose se brise.

Le temps semble se consumer et ralentir, comme dans un rêve, alors que le boucher écarte brutalement Lilly du cadavre. Il la traîne jusqu'au trottoir et elle s'effondre contre la barrière, le regard fixé sur l'homme au tablier debout devant elle, haletant. Derrière lui, les vieux en loques se sont réfugiés contre la façade du magasin, écarquillant leurs yeux chassieux. Plus loin dans la rue, des gens apparaissent sur le pas des portes.

— Regarde ce que vous avez fait tous les deux ! accuse le boucher en braquant son pistolet sous son nez. J'essayais d'être raisonnable !

— Finis-en, dit-elle en fermant les yeux. Vas-y…

— Espèce de conne, je vais pas te tuer ! (Il la gifle.) Tu m'écoutes ? Tu fais bien attention ?

Au loin, des pas précipités résonnent. Lilly rouvre les yeux.

— Tu es un assassin, dit-elle, la bouche et le nez ensanglantés. Tu es pire que ces saloperies de zombies.

— Pense ce que tu veux, dit-il en la giflant de nouveau. Maintenant, je veux que tu m'écoutes.

— Qu'est-ce que tu veux ? demande Lilly en se redressant, piquée.

Des voix s'élèvent au bout de la rue, les pas se rapprochent, mais le boucher ne les entend pas.

— C'est toi qui vas rembourser la dette de ton pote, ma petite.

— Va te faire foutre.

Le boucher se penche et l'empoigne par le col.

— Tu vas faire bosser ton petit cul jusqu'à ce que…

Lilly lui assène un coup de genou assez fort pour lui écraser les testicules. Le boucher titube en poussant un cri inarticulé. Lilly se lève d'un bond en lui griffant le visage. Avec ses ongles rongés, elle ne lui fait guère de mal, mais cela le force à reculer. Il essaie de la frapper, mais lui frôle seulement l'épaule. Elle lui décoche un autre coup de pied dans l'entrejambe. Le boucher vacille, essayant de sortir son pistolet.

Entre-temps, Martinez est presque arrivé sur les lieux, accompagné de deux de ses hommes.

— Qu'est-ce qui se passe, putain? hurle-t-il.

Le boucher a réussi à tirer son Glock de sa ceinture et fait volte-face. Martinez fonce aussitôt sur lui et lui assène un coup de la crosse de son M1, lui brisant le poignet. Le Glock s'envole et le boucher gargouille un cri de douleur. Un des gardes, un jeune Black en sweat à capuche, arrive à temps pour empoigner et écarter Lilly qui se débat.

— Plus un geste, connard! tonne Martinez en pointant son fusil d'assaut sur le boucher qui vacille.

Mais presque aussitôt, l'homme empoigne le canon du fusil. Les deux hommes tirent chacun de leur côté et se retrouvent projetés contre le brasero qui se renverse dans une gerbe d'étincelles. Le boucher pousse violemment son adversaire contre la porte vitrée du magasin qui se fracasse, alors que Martinez lui balance le fusil en pleine face.

L'homme recule en hurlant de douleur, arrachant des mains de Martinez le fusil qui valse sur le trottoir. Les vieillards s'éparpillent, terrorisés, tandis que d'autres habitants accourent de toutes parts en poussant des cris. Le deuxième garde, un homme plus âgé avec des lunettes de pilote et un gilet déchiré, tient la foule à distance. Martinez balance dans la mâchoire du boucher un violent direct du droit qui le fait passer au travers de la porte vitrée. Le boucher s'étale dans l'entrée du magasin sur les dalles jonchées d'éclats de verre. Martinez le rejoint et le crible d'impitoyables coups de poing qui le clouent au sol sans qu'il ait eu le temps de riposter. Le dernier, en pleine mâchoire, l'assomme.

Un pénible silence suit, tandis que Martinez reprend son souffle en se frottant les phalanges, debout au-dessus de l'homme au tablier. Dans la rue, la rumeur de la foule a laissé la place à des acclamations. Martinez, désorienté, a du mal à se rendre compte de ce qui vient de se passer.

Il n'a jamais porté Sam le Boucher dans son cœur, mais d'un autre côté, il ne comprend pas ce qui a pu amener ce connard à tirer sur Hamilton.

— Putain, mais qu'est-ce qui t'a pris ? demande-t-il sans vraiment attendre de réponse à l'homme qui gît sur le sol.

— Il est évident qu'il veut devenir une star, dit une voix sur le seuil.

Martinez fait volte-face et voit le Gouverneur, les bras croisés, les longues basques de son imperméable flottant dans le vent, un mélange de perplexité, de mépris et de curiosité peint sur le visage. Gabe et Bruce se tiennent derrière lui comme deux sinistres totems.

L'expression du Gouverneur change. Une lueur d'inspiration brille dans ses yeux noirs et une grimace tord sa bouche. Martinez recule imperceptiblement.

— D'abord, raconte-moi exactement ce qui s'est passé, dit le Gouverneur, impassible.

— Il a pas souffert, Lilly… Oublie pas ça… pas souffert… Ça a été juste comme une lampe qu'on éteint. (Bob est assis sur le trottoir près de Lilly, affalée, la tête basse, des larmes coulant sur ses genoux. Bob a apporté sa trousse d'urgence et il tamponne son visage blessé avec du désinfectant.) Nous autres, on peut pas en espérer autant dans ce monde de merde.

— J'aurais dû l'arrêter, dit Lilly d'une voix éteinte, les yeux brûlants de larmes. J'aurais pu, Bob.

Le silence s'installe. Le vent siffle dans les toitures et les câbles électriques. Presque toute la population de Woodbury s'est rassemblée sur Main Street pour voir l'étendue du désastre.

Josh gît sous un drap près de Lilly. Le suaire improvisé dont quelqu'un l'a recouvert il y a quelques minutes s'imbibe déjà de sang. Lilly lui caresse tendrement la jambe, la presse compulsivement sous sa main comme si elle pouvait le ranimer. Des mèches de cheveux échappées de sa queue-de-cheval volent sur son visage abîmé et effondré.

— Ne dis plus rien, ma chérie, dit Bob en rangeant son flacon de désinfectant dans sa trousse. Tu ne pouvais rien faire du tout. (Il jette un regard inquiet à l'entrée du supermarché fracassée. Il distingue tout juste le Gouverneur et ses hommes qui discutent avec Martinez dans la pénombre. Le boucher gît inconscient à leurs pieds. Le Gouverneur fait de grands gestes en direction du cadavre tout en parlant à Martinez.) C'est une tragédie, dit Bob en se détournant. Une foutue tragédie.

— Il était tout sauf méchant, dit doucement Lilly en regardant le drap sanglant. Je serais pas là aujourd'hui sans lui… Il m'a sauvé la vie, Bob. Il voulait seulement…

— Mademoiselle…

Lilly lève le nez en entendant cette voix inconnue et voit derrière Bob un homme plus âgé avec des lunettes et une blouse blanche. Plus loin se tient une quatrième personne, une fille d'une vingtaine d'années aux tresses blondes, également en blouse blanche, avec un stéthoscope et un tensiomètre.

— Lilly, je te présente le Dr Stevens, dit Bob. Et Alice, son infirmière.

La fille salue poliment Lilly d'un hochement de tête tout en déroulant le tensiomètre.

— Lilly, vous voulez bien que je jette un rapide petit coup d'œil à vos contusions au visage ? demande le médecin en s'accroupissant auprès d'elle et en chaussant son stéthoscope. (Lilly fixe le sol sans répondre. Le médecin lui palpe délicatement la nuque et le sternum et lui prend le pouls.) Je suis désolé de ce qui vous est arrivé, murmure-t-il.

Lilly reste coite.

— Certaines des blessures sont anciennes, dit Bob en se levant.

— Apparemment, légères fêlures à la huit et à la neuf, ainsi qu'à la clavicule, dit le médecin en l'auscultant à travers l'étoffe. Tout est parfaitement ressoudé. Et les poumons sont intacts. (Il ôte son stéthoscope et l'enroule autour de son cou.) Si vous avez besoin de quoi que ce soit, Lilly, dites-le nous. (Elle parvient à hocher la tête.) Je voudrais que vous sachiez... (Il hésite un instant, cherchant ses mots.) Les gens de cette ville ne sont pas tous... comme cela. Je sais que ce n'est pas une grande consolation pour vous dans un moment pareil. (Il lève les yeux vers Bob, regarde le supermarché dévasté et revient à Lilly.) Ce que je veux dire, c'est que si vous avez besoin de quelqu'un à qui parler, si quelque chose vous tracasse, qu'il vous faut quelque chose, n'hésitez pas à venir à la clinique.

Ne la voyant pas réagir, il soupire et se relève en échangeant un regard inquiet avec Alice et Bob.

— Lilly, ma chérie, dit celui-ci en s'agenouillant auprès d'elle. Nous allons devoir emporter le corps, à présent. (Elle l'entend à peine. Elle n'a absolument pas conscience de ce qu'il dit. Elle continue de fixer le sol en caressant la jambe du mort, l'esprit vide. Dans son cours d'anthropologie à Georgia Tech, elle a étudié les Indiens algonquins, pour qui l'esprit des morts doit être apaisé. Après la chasse, ils inspirent littéralement le dernier souffle d'un ours agonisant afin de l'honorer et de l'accepter en eux en guise d'hommage. Mais la seule chose qu'apporte à Lilly le corps de Josh Lee Hamilton, c'est du chagrin.) Lilly? (La voix de Bob lui paraît extrêmement lointaine. Tu veux bien nous laisser emporter le corps?)

Lilly ne répond toujours pas. Bob fait un signe à Stevens, qui hoche la tête vers Alice. Celle-ci appelle d'un geste deux hommes, des copains de boisson de Bob, qui attendent à l'écart avec une civière. Ils s'approchent, déplient la civière juste à côté de Lilly et se baissent. Le premier s'apprête à soulever délicatement le corps quand Lilly lève brusquement des yeux embués de larmes.

— Laissez-le tranquille, murmure-t-elle d'une voix sourde.

— Lilly, ma chérie, intervient Bob en posant la main sur son épaule.

— J'ai dit : laissez-le tranquille ! Ne le touchez pas ! Foutez le camp d'ici !

Son cri désespéré déchire l'air. Dans la rue, tout le monde se retourne vers elle. Sur les pas de portes, des gens se penchent pour voir ce qui se passe. Bob éloigne d'un geste les deux vieux, et Stevens et Alice reculent dans un silence gêné. Le bruit a attiré hors du supermarché plusieurs personnes qui regardent la scène depuis l'entrée. Bob lève le nez et voit le Gouverneur, bras croisés, qui évalue la situation de ses yeux noirs et rusés. Bob va le rejoindre timidement.

— Elle se remettra, dit-il à mi-voix. Elle est juste un peu ébranlée pour le moment.

— Qui peut lui en vouloir ? répond pensivement le Gouverneur. Perdre son gagne-pain comme ça. (Il se mordille l'intérieur de la joue et réfléchit.) Qu'on la laisse tranquille un moment. On fera le ménage plus tard. (Il continue de réfléchir sans quitter des yeux le cadavre sur le trottoir, puis il se retourne.) Gabe… Viens là !

Le trapu en col roulé avec les cheveux en brosse s'approche.

— Tu vas me flanquer cette merde de boucher dans les cellules avec le garde. (Gabe hoche la tête et rentre dans le supermarché.) Bruce ! crie le Gouverneur à son autre sbire.

— Oui, chef, dit le Noir au crâne rasé et gilet pare-balles en arrivant avec son AK-47 au poing.

— Tu vas embarquer tout le monde et les emmener dans le square.

— Tout le monde ? demande le garde, interloqué.

— Tu as bien entendu. Tous. On va faire une petite réunion, ajoute le Gouverneur avec un clin d'œil.

« On vit une époque violente. On est tous sous pression. Tous les jours. »

Le Gouverneur braille dans un mégaphone que Martinez a trouvé dans l'ancienne caserne de pompiers. Sa voix rauque et rocailleuse retentit au-dessus des arbres et des torches. Le soleil est couché et toute la population de la ville est massée dans l'obscurité près du kiosque au centre du parc. Le Gouverneur, perché sur les marches, s'adresse à ses sujets avec l'autorité d'un tribun et d'un conférencier.

« Je comprends ce stress, continue-t-il en arpentant les marches, savourant son moment, sa voix résonnant contre les façades condamnées de l'autre côté de la rue. On a tous connu des deuils, ces derniers mois, on a perdu quelqu'un de proche. »

Il fait une pause théâtrale et constate que plusieurs baissent la tête, les yeux brillants dans la lueur des torches. Il sent le poids de ce chagrin et sourit intérieurement en attendant patiemment que tous absorbent ses paroles.

« Ce qui s'est passé au magasin aujourd'hui n'était pas inéluctable. On vit dans une jungle… Je sais. Mais c'était pas obligatoire. C'était le symptôme d'un mal plus grave. Et on va le soigner. »

230

Un bref instant, il jette un regard vers l'est et voit les silhouettes penchées sur le corps du colosse. Bob, agenouillé auprès de la fille appelée Lilly, lui caresse le dos tout en contemplant, comme en transe, le géant abattu sous son linceul ensanglanté. Le Gouverneur se retourne vers l'assistance.

« À partir de ce soir, on va se vacciner. Dorénavant, ça va changer, ici. Je vous le promets… ça sera différent. Il va y avoir quelques nouvelles règles. »

Il continue d'aller et venir en regardant chacun tour à tour.

« Ce qui nous différencie de ces monstres qui rôdent dehors, c'est la civilisation ! L'ordre ! Les lois ! Les anciens Grecs avaient tout pigé. Ils savaient ce que c'est que la dureté de la loi. La catharsis, c'est comme ça qu'ils l'appelaient. »

Certains redressent la tête, l'air inquiet.

« Vous avez vu le circuit, là-bas ? Regardez bien ! »

Il se tourne et fait un signe à Martinez, qui se tient dans l'ombre, sous le kiosque. Martinez appuie sur le bouton de son talkie-walkie et murmure quelque chose à son interlocuteur. C'est cet instant que le Gouverneur tenait à régler très précisément.

« À partir de ce soir, ce sera notre nouveau théâtre grec ! »

Avec la grandiloquence pompeuse d'un feu d'artifices, les grands projecteurs au-dessus de la piste s'allument brusquement l'un après l'autre avec un déclic sourd, projetant leurs faisceaux argentés sur l'arène. La mise en scène arrache à l'assistance un cri de stupeur et certains vont même jusqu'à applaudir spontanément.

« L'entrée est gratuite ! »

Le Gouverneur sent l'atmosphère devenir électrique.

« Les auditions vont commencer, vous tous. Vous voulez vous battre ? Il suffit d'enfreindre les règles. Rien de plus. Enfreindre la loi. »

Il les contemple tout en marchant de long en large, les défiant de répliquer. Certains échangent des regards, d'autres acquiescent, et d'autres encore sont prêts à l'acclamer.

« Celui qui ne respectera pas la loi devra se battre ! C'est tout simple. Si vous ne savez pas ce que sont les lois, il suffit de demander. Lisez la foutue Constitution. Consultez la Bible. Fais à ton prochain… Règle d'or. Tout ça. Mais écoutez-moi bien. Si jamais vous exagérez un petit peu trop avec votre prochain… vous devrez combattre. »

Quelques voix clament leur assentiment et le Gouverneur, galvanisé, les encourage.

« À partir de maintenant, si vous foutez la merde, si vous respectez pas la loi… faudra vous battre ! »

D'autres voix se joignent au tumulte qui monte jusqu'au ciel.

« Vous volez ? Faudra vous battre ! »

La foule braille vertueusement son assentiment.

« Vous baisez la femme d'un autre ? Faudra vous battre ! »

Des voix s'élèvent encore, les loups hurlent avec les loups.

« Vous tuez quelqu'un ? Faudra vous battre. Vous déconnez avec quelqu'un, en particulier, vous tuez quelqu'un ? Faudra vous battre. Dans l'arène. Devant Dieu. Et jusqu'à la mort. »

La clameur explose en applaudissements et en vivats. Le Gouverneur attend qu'ils décroissent, puis :

« On commence ce soir, dit-il en baissant la voix. On commence avec ce cinglé, celui qui tient le supermarché – Sam le Boucher. Celui qui se prend pour le juge, le jury et le bourreau. »

Soudain, le Gouverneur désigne l'arène et s'écrie avec la voix d'un prédicateur à la messe du dimanche :

« Qui a envie de se venger ? Qui a envie d'un peu de loi et d'ordre ? »

La foule se met à rugir.

Lilly lève les yeux et voit une quarantaine de personnes qui s'élancent depuis le square. Ils avancent comme un seul homme, comme une amibe humaine géante en agitant le poing et en poussant des cris rageurs et inarticulés, vers le champ de course baigné d'une vive clarté deux cents mètres à l'ouest. Le spectacle la révulse.

— Tu peux emporter le corps, à présent, murmure-t-elle à Bob en se détournant.

— On va bien s'en occuper, ma chérie, la rassure Bob.

— Dis à Stevens que je veux organiser l'enterrement, dit-elle avec un regard lointain.

— C'est noté.

— Ce sera demain.

— Ça me paraît bien, ma chérie.

Lilly regarde au loin la foule qui se déverse dans l'arène. L'espace d'un instant, elle se remémore avec angoisse des scènes de vieux films d'horreur, de foules de villageois armés de torches et de fourches se ruant sur le château de Frankenstein pour faire couler le sang du monstre. Elle frémit. Elle se rend compte qu'ils sont tous devenus des monstres, à présent, tous, Bob et elle y compris. Que Woodbury est devenue une monstruosité.

13

Bob Stookey finit par succomber à la curiosité. Après avoir raccompagné Lilly à son appartement au-dessus de la teinturerie et lui avoir donné un somnifère, il va retrouver Stevens. Ils font déposer le cadavre de Josh dans la morgue improvisée sous le circuit. Après quoi, Bob retourne à son camping-car et prend une bouteille de whisky de contrebande à l'arrière avant de regagner le circuit.

Quand il arrive à l'entrée sud, les clameurs de la foule enflent et résonnent dans le bâtiment comme des vagues qui se fracassent sur un rivage, amplifiées par la structure métallique. Bob se faufile dans le sombre et fétide tunnel vers la lumière. Il s'arrête un instant, le temps de prendre une bonne lampée d'alcool pour se ragaillardir et se donner du courage. Le whisky lui brûle la gorge et lui fait monter les larmes aux yeux. Puis il sort enfin dans la lumière. Tout d'abord, il ne voit que des formes floues et indistinctes dans le champ derrière les grillages qui s'élèvent devant les spectateurs. Les habitants de la ville, assis au-dessus de lui sur les plus hauts gradins, applaudissent et poussent des vivats. La lumière crue des projecteurs le fait cligner des yeux. L'air sent le caoutchouc brûlé et l'essence, et il doit se dévisser le cou pour bien voir ce qui se passe dans l'arène. Il s'approche encore, se penche et regarde à travers le grillage.

Deux costauds sont en train de se colleter au milieu du terrain boueux. Le gros Sam le Boucher, seulement vêtu de son caleçon souillé de sang, balance un coup de massue à Stinson, le garde. Stinson, en pantalon militaire couvert de taches, titube et tressaute en essayant d'esquiver, une machette dans la main. L'extrémité de la massue du boucher, hérissée de clous rouillés, entaille la joue dodue de Stinson. Celui-ci recule en crachant un mélange de salive et de sang.

L'assistance lâche une salve de glapissements et de huées alors que Stinson trébuche et tombe à la renverse dans un nuage de poussière qui s'élève dans le faisceau des projecteurs. Le boucher se précipite avec sa massue et les clous s'enfoncent dans la jugulaire et la poitrine du garde avant qu'il ait le temps de rouler sur le côté. La foule pousse un hurlement.

Bob se détourne, pris de vertiges. Il boit une autre gorgée de whisky et laisse la brûlure de l'alcool anesthésier sa terreur. Il en boit une deuxième, puis une troisième avant d'avoir le courage de regarder à nouveau. Le boucher est en train de cribler Stinson de coups qui éclaboussent de sang la pelouse boueuse.

Sur la large piste qui encercle le terre-plein central sont postés à chaque porte des gardes armés qui suivent avec attention le combat, leurs fusils au poing. Bob continue de boire et, détournant le regard du massacre, lève les yeux vers le haut du bâtiment. Le grand écran est noir, probablement hors d'usage. Les loges vitrées des VIP sont presque toutes vides et éteintes… sauf une.

Le Gouverneur et Martinez, debout derrière la vitre de la loge centrale, contemplent le spectacle avec une expression énigmatique. Bob a bu la moitié de sa bouteille et préfère éviter de croiser les regards des spectateurs. Du coin de l'œil, il voit tous ces visages rivés sur la lutte sanglante, l'air ravi. Certains sont debout et agitent les bras, comme illuminés.

Sur le terrain, le boucher décoche un dernier coup brutal de sa massue cloutée dans les reins de Stinson. Le sang jaillit en gros bouillons ; Stinson s'effondre et agonise, secoué de convulsions. Haletant, la bave aux lèvres, le boucher lève son arme et se tourne vers la foule qui l'acclame.

Révolté, pris de nausée et saisi d'horreur, Bob continue de boire.

— Je crois que nous avons un gagnant !

La voix amplifiée par les haut-parleurs résonne et grésille. Bob relève le nez et voit dans la loge le Gouverneur qui parle dans un micro. Même à cette distance, il discerne l'étrange lueur de plaisir dans ses yeux.

— Attendez ! Attendez ! Mesdames et messieurs, je crois que nous avons un retour inattendu !

Sur le terrain, la masse affalée sur le sol est revenue à la vie. Stinson tend une main gluante de sang vers la machette, l'empoigne et se relève vers le boucher, qui lui tourne le dos. Il lui en assène un coup de toutes ses forces. Le boucher se retourne et tente de se protéger le visage. La lame s'enfonce dans son cou si profondément qu'elle y reste coincée.

Le boucher vacille et tombe à la renverse, la lame encore fichée dans la gorge. Stinson se précipite sur lui, ivre de fureur ; sa démarche lourde le fait étrangement ressembler à un zombie. La foule rugit. Stinson arrache la machette et en frappe de nouveau le boucher, lui tranchant la nuque. L'assistance acclame le vainqueur alors que des flots de sang jaillissent.

236

Bob se détourne. Il tombe à genoux, une main encore accrochée au grillage. Pris d'une nausée, il vomit sur le ciment, laissant échapper sa bouteille qui ne se brise pas. Il continue de vomir spasmodiquement et ses yeux remplis de larmes ne voient plus la foule, puis il retombe en arrière sur le premier rang inoccupé, ramasse sa bouteille et la vide d'un trait.

— Et cela, mesdames et messieurs, c'était ce que nous appelons justice ! tonne la voix dans les haut-parleurs.

En cet instant, à l'extérieur de l'arène, les rues de Woodbury pourraient être confondues avec n'importe quel autre village fantôme du fin fond de la Géorgie vidée et abandonnée aux premiers jours de la peste. Au premier abord, tout le monde semble avoir disparu : toute la population est rassemblée dans le circuit, les yeux rivés sur le combat. Même le trottoir devant le supermarché a été nettoyé et toute trace du meurtre effacée par Stevens et ses hommes après que le corps de Josh a été transporté à la morgue.

À présent, dans l'obscurité, alors que les échos étouffés de la foule résonnent de loin en loin dans le vent, Lilly erre sur le trottoir, incapable de dormir, de réfléchir ou de s'arrêter de pleurer. Le somnifère que lui a donné Bob n'a fait qu'atténuer le chagrin. Elle frissonne dans le froid et s'arrête dans l'entrée sombre devant un magasin condamné.

— Ça me regarde pas, dit une voix dans l'obscurité, mais une jeune fille comme toi devrait pas se promener toute seule dans les rues.

Lilly se retourne et voit luire les lunettes à monture métallique. Elle soupire, s'essuie les yeux et baisse la tête.

— Qu'est-ce que ça change ?

Le Dr Stevens sort dans la lueur tremblotante des torches, les mains dans les poches de sa blouse boutonnée jusqu'au col, une écharpe autour du cou.

— Tu tiens le coup, Lilly ?

— Si je tiens le coup ? dit-elle en levant vers lui ses yeux embués de larmes. Je pète la forme. Vous avez une autre question idiote ?

— Peut-être que tu devrais te reposer. (Il s'approche et examine ses contusions.) Tu es toujours en état de choc, Lilly. Tu as besoin de dormir.

— Je dormirai quand je serai morte, dit-elle avec un pauvre sourire. Le plus drôle, c'est que je le connaissais à peine.

— Il avait l'air d'un type bien.

— Vous croyez que c'est encore possible ?

— Quoi donc ?

— D'être quelqu'un de bien.

— Probablement pas, soupire le médecin.

— Il faut que je parte d'ici, dit-elle en baissant la tête, un sanglot dans la voix. Je supporte plus.

— Bienvenue au club.

Un silence gêné s'installe.

— Comment vous faites ? demande Lilly en s'essuyant les yeux.

— Comment je fais quoi ?

— Pour rester ici… supporter ces conneries. Vous avez l'air à peu près sain d'esprit, je trouve.

— Faut pas se fier aux apparences. Quoi qu'il en soit, je reste pour la même raison que tous les autres.

— Et qui est… ?

— La peur.

Elle considère sans répondre les dalles du trottoir. Que pourrait-elle dire ? De l'autre côté de la rue, la lumière des torches décroît et les ombres s'allongent dans les recoins entre les bâtiments. Elle se sent étourdie, incapable de ne plus jamais dormir.

— Ils vont sortir bientôt, dit le médecin en désignant du menton le circuit. Une fois qu'ils auront eu leur content du petit spectacle d'horreur que leur a concocté Blake.

— C'est un asile de fous, ici, et c'est lui le plus dingue de tous.

— Écoute-moi, dit le médecin. Et si on allait faire un tour, Lilly ? Pour éviter la foule.

Elle laisse échapper un soupir douloureux, puis elle hausse les épaules.

— De toute façon… murmure-t-elle.

Cette nuit-là, le Dr Stevens et Lilly marchent pendant plus d'une heure dans l'air vif et froid le long de la barricade la plus éloignée, sur le côté est de la ville, puis de la portion de voie ferrée abandonnée à l'intérieur de la ville. Pendant ce temps, la foule quitte le champ de course et chacun retourne chez soi, parlant à voix basse, sa soif de sang étanchée. C'est le médecin qui fait la conversation cette nuit-là, soucieux de ne pas se faire entendre des gardes armés et munis de jumelles et talkies-walkies, qui sont placés à des postes stratégiques le long de la barricade.

Les gardes sont en contact permanent avec Martinez. Il leur a donné pour consigne de surveiller attentivement les endroits les plus vulnérables, notamment les forêts et les collines au sud et à l'ouest.

Tout en marchant, Stevens déconseille à Lilly de conspirer contre le Gouverneur. Il lui enjoint de tenir sa langue et se lance dans des métaphores qui lui font tourner la tête. Il lui parle de l'empereur Auguste, de dictateurs bédouins et de communautés tribales des déserts qui les ont renversés dans de violentes insurrections.

Il revient enfin aux malheureuses réalités de la peste. Pour lui, les dirigeants assoiffés de sang sont très probablement un mal nécessaire désormais, une sorte d'effet secondaire de la survie.

— Je veux pas vivre comme ça, dit finalement Lilly.

Ils longent une allée plantée d'arbres alors qu'une petite neige fondue cingle leur visage et couvre la forêt d'une fine couche glacée. Noël n'est que dans deux jours. Encore que personne n'y prête attention.

— Tu n'as pas le choix, Lilly, murmure le médecin en fixant le sol tout en marchant, le nez enfoui dans son écharpe.

— On a toujours le choix.

— Tu crois ça ? J'en suis pas si sûr, Lilly. (Ils marchent en silence un moment. Le médecin secoue la tête et répète :) Pas si sûr.

— Josh Hamilton a jamais été mauvais, dit-elle en ravalant ses larmes. Mon père a donné sa vie pour moi. C'est juste une excuse. Les gens *naissent* mauvais. Les saloperies qu'on subit en ce moment… elles font que révéler la vraie nature des gens.

— Alors, que Dieu nous vienne en aide ! murmure le médecin, presque davantage pour lui-même que pour Lilly.

Le lendemain, sous un ciel de plomb, un petit groupe ensevelit Josh Lee Hamilton dans un cercueil de fortune. Lilly, Bob, Stevens, Alice et Megan sont accompagnés de Calvin Deets, l'un des ouvriers, qui s'était lié d'amitié avec Josh au cours des dernières semaines.

Deets est un homme plus âgé et émacié, un fumeur acharné au visage tanné comme du vieux cuir. Il se tient respectueusement en arrière, sa casquette à la main, pendant que Lilly prononce quelques mots.

— Josh a été élevé dans une famille pieuse, dit-elle d'une voix étranglée, tête baissée comme si elle s'adressait au sol gelé en bordure d'un terrain de jeux. Il croyait que nous irions tous dans un monde meilleur. (D'autres tombes récentes ont été creusées dans le petit parc, certaines avec des croix bricolées ou des tas de galets. La terre est entassée sur la tombe de Josh sur une hauteur de plus d'un mètre. Ils ont dû mettre sa dépouille dans la carcasse d'un piano que Deets a trouvée dans un hangar. Il n'y avait que cela d'assez grand pour lui et il a fallu à Bob et Deets des heures pour creuser une fosse assez grande dans la terre durcie par le gel.) Espérons que Josh avait raison, car tous, nous…

La voix de Lilly se brise. Elle ferme les yeux et des larmes perlent à ses paupières. Bob s'approche et passe un bras autour de son épaule. Lilly laisse échapper un sanglot qui la secoue. Elle est incapable de continuer.

— Au nom du Père… du Fils… et du Saint-Esprit. Amen, achève Bob.

Les autres répètent dans un murmure. Personne ne bouge. Une rafale de vent balaie la neige sur leurs visages. Bob entraîne Lilly.

— Allez, ma chérie, il faut rentrer.

Elle suit sans résister, d'un pas traînant, le petit groupe qui repart, la tête basse. Un instant, on dirait que – vêtue d'un blouson de cuir usé qu'un client lui a donné dans un moment de générosité – Megan va courir après elle et lui dire quelque chose, peut-être. Mais la jeune fille aux yeux verts se contente de laisser échapper un soupir douloureux et reste à distance.

Stevens fait un signe de tête à Alice et tous les deux se dirigent vers le circuit en remontant le col de leurs blouses. Ils sont presque arrivés quand Alice, maintenant qu'ils sont loin des oreilles indiscrètes, lui demande :

— Vous avez senti ?

— Oui, dans le vent, opine-t-il. Ça vient du nord.

— J'étais sûre que ces crétins allaient les attirer avec tout ce bruit, soupire-t-elle. On avertit quelqu'un ?

— Martinez est déjà au courant, dit le médecin en désignant le garde dans la tour derrière eux. On fourbit déjà les armes. Que Dieu nous vienne en aide !

— On va avoir du boulot ces prochains jours, hein ?

— Ce garde a utilisé la moitié de nos réserves de sang, il va nous falloir de nouveaux donneurs.

— J'en donnerai, dit Alice.

— C'est gentil, ma petite, mais on a assez de A+ pour tenir jusqu'à Pâques. Et puis si je vous en prends encore, il faudra que je vous branche directement dessus.

— Vous voulez qu'on cherche un autre O+ ?

— C'est comme chercher une très petite aiguille dans une très grande meule de foin.

— J'ai pas examiné Lilly ni l'autre ado.

— Scott ? Le défoncé ?

— Oui.

— Personne ne l'a vu depuis des jours.

— On ne sait jamais.

Le médecin secoue la tête, les mains enfoncées dans les poches, en pressant le pas vers l'entrée de béton.

— Ouais… On ne sait jamais.

Cette nuit-là, dans son appartement au-dessus de la teinturerie condamnée, Lilly est comme anesthésiée. Heureusement que Bob a décidé de rester un peu avec elle. Il lui prépare à dîner et ils partagent assez de scotch single malt et d'anxiolytiques pour que Lilly finisse par se calmer.

Dehors, les bruits se font de plus en plus faibles et lointains, même s'ils inquiètent Bob alors qu'il aide Lilly à se coucher. Il se passe quelque chose dans les rues. Peut-être que des problèmes se préparent. Mais Lilly n'arrive pas à distinguer clairement ces éclats de voix et ces pas précipités.

Elle a l'impression de flotter et à peine a-t-elle posé la tête sur l'oreiller qu'elle commence à sombrer dans l'inconscience. Le sol nu et les fenêtres couvertes de draps de l'appartement deviennent flous. Mais juste avant de glisser dans l'abîme d'un sommeil sans rêves, elle voit le visage marqué de Bob au-dessus d'elle.

— Pourquoi tu veux pas partir avec moi, Bob ?

— J'y ai pas vraiment réfléchi, répond-il après un silence.

— Il y a plus rien pour nous, ici.

— Le Gouverneur dit que ça va s'améliorer bientôt.

— C'est quoi, le deal, entre toi et lui ?

— Qu'est-ce que tu racontes ?

— Il a une emprise sur toi, Bob.

— C'est pas vrai.

— Je pige pas. (Elle s'endort. Elle a du mal à voir le visage de l'homme assis à son chevet.) Il est dangereux, Bob.

— Il essaie juste de…

Lilly entend qu'on frappe à la porte. Elle essaie de garder les yeux ouverts. Bob va ouvrir et Lilly lutte contre le sommeil pour identifier le visiteur.

— Bob… Qui c'est… ?

Des pas. Deux silhouettes apparaissent au-dessus de son lit comme des spectres. Lilly s'efforce de percer le voile qui tombe sur ses yeux. Bob est accompagné d'un homme grand et maigre aux yeux noirs et à la moustache de Fu Manchu. Ses cheveux sont d'un noir de jais. Il lui sourit alors qu'elle perd connaissance.

— Dors bien, ma chérie, dit le Gouverneur. Tu as eu une rude journée.

Le comportement des zombies continue de déconcerter et fasciner ceux qui réfléchissent le plus à Woodbury. Pour certains, les morts-vivants se conduisent comme des abeilles dans un essaim, mus par quelque chose de bien plus complexe qu'une simple faim. D'autres théories envisagent des phéromones invisibles qui transmettent des signaux entre eux et provoquent des comportements dépendant de la composition chimique de leur proie. D'autres pensent qu'ils réagissent aux ultrasons comme les chiens bien plus qu'ils ne sont attirés par les odeurs, le bruit ou le mouvement. Aucune hypothèse ne tient, mais la plupart des habitants de Woodbury ont une certitude : il faut redouter l'apparition d'une horde, et ne jamais la sous-estimer, quelle que soit sa taille. Les hordes ont tendance à grossir spontanément et suivre de troublantes ramifications. Même petite – comme celle qui se forme à cet instant même au nord de la ville, attirée par le bruit du combat de gladiateurs de la veille – peut renverser un camion, briser des poteaux de clôture comme des brindilles, ou déferler par-dessus le plus haut mur.

Depuis vingt-quatre heures, Martinez rassemble ses hommes pour repousser l'attaque imminente. Des gardes postés dans des tourelles aux angles nord-ouest et nord-est de la muraille suivent l'avancée du troupeau, qui a commencé à devenir une horde à moins de deux kilomètres de là. D'une douzaine, les zombies sont passés à près d'une cinquantaine qui zigzaguent et titubent entre les arbres le long de Jones Mill Road à une vitesse d'environ deux cents mètres à l'heure tandis que leur nombre augmente. Apparemment, les hordes se déplacent encore plus lentement qu'un mort-vivant tout seul. Il a fallu à cette troupe quinze heures pour franchir quatre cents mètres.

À présent, certains commencent à apparaître à l'orée de la forêt et à s'enfoncer dans les prairies qui bordent les bois et la ville. Dans le crépuscule brumeux, on dirait des jouets cassés, des poupées mécaniques qui se cognent les unes dans les autres en ouvrant et fermant spasmodiquement la bouche. Même à cette distance, la lune qui se lève se reflète sur leurs yeux laiteux comme des pièces de monnaie luisantes.

Martinez dispose de trois mitrailleuses Browning calibre .50, prises dans l'armurerie de la garde nationale et positionnées à des points clés de la fortification. L'une sur le capot d'un bulldozer au coin ouest. Une autre sur le toit d'une cueilleuse au coin est. La troisième sur celui d'un semi-remorque en bordure du chantier. Les trois hommes sont équipés d'un casque écouteur.

De longs rubans de cartouches incendiaires anti-blindage pendent de la crosse de chaque arme et d'autres munitions attendent dans des caisses juste à côté.

D'autres gardes prennent position le long de la muraille sur des échelles ou dans les pelles de bulldozers, armés de semi-automatiques et de fusils longue portée chargés de balles de 7,62 mm capables de percer un mur ou un blindage. Eux n'ont pas d'écouteurs, mais ils savent qu'ils doivent guetter un signal de Martinez, qui est posté en haut d'une grue au milieu du parking de la poste avec son talkie-walkie. Deux énormes projecteurs récupérés dans le théâtre de la ville sont reliés au générateur qui bourdonne sur le quai de déchargement de la poste.

— Martinez, tu es là? grésille une voix dans la radio de Martinez.

— Reçu, chef, allez-y.

— Bob et moi on monte, on va avoir besoin de récupérer un peu de viande fraîche.

— De la viande fraîche ? répète Martinez, interloqué.

— Combien de temps on a avant que les réjouissances commencent ?

Martinez contemple l'horizon qui s'obscurcit. Les zombies les plus proches sont à quelque trois cents cinquante mètres de là.

— On a encore une heure avant qu'ils soient à portée de fusil. Peut-être un petit peu moins.

— Parfait, dit la voix. On est là dans cinq minutes.

Bob suit le Gouverneur dans Main Street en direction d'un convoi de semi-remorques garé en demi-cercle devant une jardinerie pillée. Dans l'air du soir, le Gouverneur marche d'un pas vif presque bondissant, qui fait claquer les talons de ses bottes sur les pavés.

— Dans des moments comme ça, lui dit-il, tu dois avoir l'impression d'être revenu dans le bourbier en Afghanistan.

— Oui, monsieur, j'avoue que j'y pense, des fois. Je me rappelle qu'un jour, on m'a appelé sur le front pour aller chercher des marines qui avaient fini leur temps. C'était de nuit, il faisait un froid de chien, comme ce soir. Les sirènes d'alerte hurlaient, tout le monde espérait un combat. J'ai roulé jusqu'à la tranchée dans le sable, et qu'est-ce que j'ai trouvé ? Une bande de putes du village d'à côté qui leur taillaient des pipes.

— Sans déconner.

— Sans déconner. En plein milieu d'un raid aérien, s'indigne Bob. Alors je leur ai dit de se grouiller de monter, sinon je les plantais là. Une des putes monte dans le camion avec eux et moi, je me dis, oh, et puis tant pis. L'important c'est de se casser d'ici.

246

— Compréhensible.

— Alors je suis parti avec la fille qui continuait de s'activer derrière. Mais vous devinerez jamais ce qui s'est passé.

— Épargne-moi le suspense, Bob, sourit le Gouverneur.

— Tout d'un coup, j'entends un grand bruit derrière et je me rends compte que cette salope est une insurgée, qu'elle a apporté une bombe et qu'elle l'a déclenchée. J'ai été protégé par le blindage, mais c'était une boucherie. Ça a fauché les jambes d'un des gars.

— Absolument incroyable, s'émerveille le Gouverneur en arrivant devant les camions.

La nuit est tombée et la lumière d'une torche éclaire le flanc d'un des semi-remorques.

— Juste une seconde, Bob. (Le Gouverneur tambourine du poing sur la paroi.) Travis ! Tu es là-dedans ? Hé ! Il y a quelqu'un ?

Dans un nuage de fumée de cigare, la porte arrière s'ouvre en grinçant. Un gros Black passe la tête.

— Hé, chef... qu'est-ce que je peux faire pour vous ?

— Emmène un des camions vides à la barricade nord. On te retrouvera là-bas pour te donner d'autres consignes. Pigé ?

— Pigé, chef.

Le Noir saute à terre et disparaît de l'autre côté du camion. Le Gouverneur prend une profonde inspiration, puis il emmène Bob sur une petite route en direction de la barricade.

— C'est dingue ce qu'un type peut faire pour du cul, dit-il pensivement.

— C'est sûr.

— Ces filles avec qui tu es arrivé, Bob... Lilly et... elle s'appelle comment, déjà ?

— Megan ?

— C'est ça. Cette petite, c'est une vraie bombe, pas vrai ?

— Ouais, c'est une jolie fille.

— Un peu nympho... mais bon... Qui je suis pour juger ? (Un sourire lascif.) On fait ce qu'on peut pour survivre. J'ai pas raison, Bob ?

— Carrément. (Puis, après un silence :) Juste entre vous et moi... Je suis un peu accro.

Le Gouverneur regarde le vieux bonhomme avec un étrange mélange de surprise et de pitié.

— La petite Megan ? Eh bien, tant mieux, Bob. Il y a pas à avoir honte.

— J'adorerais passer la nuit avec elle juste une fois. Rien qu'une. Mais bon... C'est qu'un rêve.

— Peut-être pas, Bob, fait Philip. Peut-être pas.

Avant que Bob ait pu répondre, une série de claquements retentit devant eux. Les faisceaux aveuglants des projecteurs déchirent l'obscurité depuis la muraille et balaient les champs voisins et la forêt, éclairant la horde de zombies qui approche.

Le Gouverneur et Bob traversent le parking de la poste jusqu'à la grue sur laquelle Martinez s'apprête à donner l'ordre d'ouvrir le feu.

— Attends, Martinez ! crie le Gouverneur d'une voix qui attire l'attention de tous.

— Vous êtes sûr, chef ? demande Martinez en leur jetant un regard inquiet.

Le grondement d'un camion s'élève derrière le Gouverneur, accompagné des bips caractéristiques d'une manœuvre de recul. Bob jette un coup d'œil par-dessus son épaule et voit le semi-remorque reculer et se positionner près de la porte nord. Des fumées s'échappent du tuyau

248

vertical au-dessus de la cabine où Travis manœuvre, cigare au bec, penché à la portière.

— Passe-moi ton talkie ! dit le Gouverneur à Martinez, qui descend déjà l'échelle métallique de la grue.

Bob assiste à tout cela à distance respectueuse. Quelque chose dans ces mystérieux préparatifs le met mal à l'aise.

Au-delà de l'enceinte, la masse des zombies n'est plus qu'à deux cents mètres. Martinez saute à terre et tend le talkie au Gouverneur, qui l'allume et aboie dans le micro :

— Stevens ! Tu m'entends ? Ta radio est allumée ?

— Oui, je vous entends, grésille la voix du docteur. Et je n'apprécie pas…

— Ferme-la une seconde. Je veux que tu m'amènes ce gros lard de garde, Stinson, à la muraille nord.

— Stinson est encore en convalescence. Il a perdu beaucoup de sang dans votre petite…

— Putain, mais discute pas avec moi, Stevens. Fais ce que je te dis, et tout de suite ! (Le Gouverneur éteint le talkie et le lance à Martinez.) Ouvrez le portail ! crie-t-il à deux ouvriers qui attendent anxieusement les ordres, armés de pioches. (Les deux hommes échangent un regard.) Vous avez bien entendu ! tonne le Gouverneur. Ouvrez cette fou-tue porte !

Les ouvriers obéissent. Le portail s'ouvre, laissant entrer une rafale de vent glacé et putride.

— À mon avis, on tente le diable avec ce petit manège, murmure Martinez en glissant un chargeur dans son fusil d'assaut.

— Travis ! continue le Gouverneur sans relever. Recule ! (Le camion frémit et manœuvre en brinquebalant jusqu'à l'ouverture.) Maintenant, abaisse la rampe !

Sous les yeux de Bob, totalement affolé, Travis saute de la cabine en grommelant, fait le tour du camion, ouvre la porte arrière et abaisse la rampe. Dans le faisceau des projecteurs, les zombies sont maintenant à une centaine de mètres. Bob se retourne en entendant des pas traînants derrière lui. Dans l'obscurité de la ville, trouée par les feux des bidons, le Dr Stevens apparaît, soutenant le garde blessé qui se traîne en claudiquant comme un somnambule.

— Regarde bien ça, dit le Gouverneur à Bob en lui faisant un clin d'œil. Le Moyen-Orient, c'est que dalle, à côté.

14

Les hurlements à l'intérieur du semi-remorque, ampli-fiés par le sol et les parois de métal, s'élèvent comme une ode de souffrance. Près de la grue, Bob est forcé de se détourner alors que les morts-vivants s'avancent vers l'ouverture, attirés par le bruit et l'odeur de la peur. Il aurait plus que jamais besoin d'un verre, en ce moment. Et pas que d'un seul. Il faudrait qu'il boive à en finir aveugle.

Une marée de visages grimaçants plus ou moins décom-posés se pressent vers l'arrière du camion. Le premier zom-bie trébuche au bas de la rampe et s'affale face contre terre avec un bruit humide. D'autres suivent et montent tandis qu'à l'intérieur, au bord de la démence, Stinson pousse des hurlements. Le gros garde, attaché au fond de la remorque, se pisse dessus alors que les premiers zombies entrent pour le festin.

Dehors, Martinez et ses hommes surveillent le long de la barricade les retardataires qui errent dans la lueur des projecteurs, levant leurs faces grises et leurs yeux vitreux, comme si les hurlements provenaient des cieux. Seule une dizaine d'entre eux manquent cette occasion d'assouvir leur faim. Les hommes armés de fusils les mettent en joue, attendant l'ordre de tirer.

La remorque se remplit d'un échantillon hétéroclite – la collection de cobayes de plus en plus nombreuse du Gouverneur – d'une quarantaine de zombies qui se jettent sur Stinson. La curée et les hurlements se muent alors en sanglots étranglés d'agonie, tandis que le dernier zombie monte et s'engouffre dans l'abattoir mobile. La horde se déchaîne sur Stinson qui est réduit à l'état de génisse meuglante découpée à coups de dents et de griffes.

Dans le froid de la nuit, Bob sent son cœur se serrer. Il voudrait tellement boire qu'il en a mal au crâne. Il entend à peine la voix du Gouverneur.

— Allez, Travis ! Referme le piège, maintenant ! Vas-y !

Le chauffeur revient prudemment à l'arrière du camion qui tremble et tire rapidement sur la corde qui remonte la rampe d'accès en grinçant. Il tire prestement le verrou et recule aussitôt comme si le semi-remorque était une bombe prête à exploser.

— Ramène-le au circuit, Travis ! Je te retrouve là-bas dans une minute ! (Le Gouverneur se retourne et va rejoindre Martinez, qui attend près de la grue.) Allez, les gars, vous pouvez vous éclater, maintenant.

— OK, les mecs, ordonne Martinez dans sa radio. Dégommez les autres.

Bob sursaute en entendant le brusque crépitement de l'artillerie lourde. Des balles traçantes strient de rose la nuit et les faisceaux des projecteurs, faisant exploser leurs cibles en gerbes d'éclaboussures noires et visqueuses. Bob se détourne, préférant ne pas voir le spectacle. Le Gouverneur n'a pas de telles pudeurs. Il monte à mi-hauteur l'échelle de la grue pour pouvoir contempler les festivités. En moins de temps qu'il n'en faut pour le dire, les balles éviscèrent les derniers zombies. Des crânes et des ventres explosent, la cervelle jaillit dans l'air nocturne, faisant retomber une pluie de dents, de cheveux, de débris d'os et de cartilage. Quelques zombies restent encore debout, tressautant sous l'impact des balles dans une danse macabre. La salve cesse aussi brusquement qu'elle a commencé et le silence s'abat sur les oreilles de Bob.

Un bref moment, le Gouverneur savoure les derniers échos qui meurent dans les arbres. Les quelques rares zombies encore debout s'écroulent et forment des tas de chairs déchiquetées et sanglantes méconnaissables. Le Gouverneur descend de son perchoir. Alors que le semi-remorque s'éloigne avec son chargement de cadavres ambulants, Bob réprime une envie de vomir. Les cris ont cessé, Stinson n'étant plus qu'un tas de chair et d'os, laissant la place aux abominables bruits de mastication des zombies.

— On dirait qu'un petit verre te ferait du bien, dit le Gouverneur. (Bob ne parvient pas à répondre.) Allons en prendre un, continue-t-il en lui tapant sur l'épaule. C'est ma tournée.

Avant le lendemain matin, la portion nord a été nettoyée de toute trace du massacre. Les habitants vaquent à leurs affaires comme si de rien n'était et le reste de la semaine s'écoule sans encombre.

Durant les cinq jours suivants, quelques zombies s'aventurent à portée des fusils, mais l'ambiance est plutôt calme. Noël passe sans que personne le remarque vraiment : la plupart des habitants de Woodbury ont renoncé à observer le calendrier.

On tente vaguement de marquer l'événement. Martinez et ses hommes décorent un arbre dans le hall du tribunal et accrochent des guirlandes dans le kiosque du square, mais c'est à peu près tout. Le Gouverneur passe des chants de Noël dans la sono du circuit, mais c'est plus agaçant qu'autre chose. Le temps demeure relativement doux – il ne neige pratiquement pas et la température reste au-dessus de 4°C.

Le soir de Noël, Lilly se rend au dispensaire pour que le Dr Stevens examine certaines de ses blessures, et après cela, le médecin l'invite à rester pour une petite fête improvisée. Alice se joint à eux. Ils ouvrent des conserves de jambon et de patates douces et même une caisse de vin que Stevens cache dans sa réserve, pour lever leurs verres en hommage au bon vieux temps, à une époque meilleure et à Josh Lee Hamilton.

Lilly sent que le médecin guette chez elle des signes de stress post-traumatique, de dépression ou de troubles mentaux. Mais, ironie du sort, Lilly ne s'est jamais sentie aussi lucide et solide de toute sa vie. Elle sait ce qu'elle a à faire. Elle ne peut pas mener cette vie plus longtemps. Elle attend qu'une occasion de s'enfuir se présente. Mais peut-être qu'en réalité, c'est Lilly qui observe les autres. Peut-être qu'inconsciemment, elle cherche des alliés, des complices.

En milieu de soirée, Martinez, que Stevens a invité, fait son apparition et Lilly apprend qu'elle n'est pas la seule ici à vouloir filer. Au bout de quelques verres, le jeune homme devient bavard et révèle qu'il redoute que le Gouverneur les précipite à la catastrophe. Ils débattent de ce qui serait le moindre des deux maux – tolérer la folie du Gouverneur ou s'aventurer dans le monde sans filet – et n'arrivent pas à trancher. Ils continuent de boire. Finalement, la soirée dérive dans une beuverie assortie de chants de Noël et de souvenirs des fêtes d'autrefois, ce qui déprime encore plus tout le monde. Plus ils boivent, plus ils se sentent mal. Mais Lilly apprend tout de même quelque chose d'important sur ces trois âmes perdues. Elle remarque qu'elle n'a jamais entendu personne chanter aussi faux que le Dr Stevens, qu'Alice est folle amoureuse de Martinez et que Martinez se languit de son ancienne épouse dans l'Arkansas. Mais surtout, Lilly sent que le malheur les réunit tous les quatre et que ce lien pourra leur être utile.

Le lendemain, à la première heure – après une nuit passée à comater sur une civière dans le dispensaire – Lilly se traîne dehors, éblouie par le dur soleil hivernal qui martèle les rues désertes. En ce matin de Noël, le pâle ciel bleu rappelle à Lilly qu'elle est prisonnière d'un purgatoire. Tentant d'oublier une migraine tenace, elle remonte le col de son blouson et prend la direction de l'est.

Peu d'habitants sont levés à cette heure, et tout le monde est resté blotti chez soi. Lilly éprouve l'envie de faire un tour au terrain de jeu sur le côté est de la ville. Le terrain nu et désolé s'étend derrière un bosquet de pommiers. Lilly trouve la tombe de Josh et s'agenouille près du tas de pierres en baissant la tête.

— Joyeux Noël, Josh, murmure-t-elle d'une voix ensommeillée et pâteuse. (Seul le vent dans les branches lui répond. Elle respire un bon coup.) Il y a des choses que j'ai faites… la manière dont je t'ai traité… J'en suis pas fière. (Le chagrin monte en elle et elle ravale ses larmes.) Je voulais juste que tu saches… tu es pas mort en vain, Josh… Tu m'as appris quelque chose d'important… Tu as changé ma vie. (Elle baisse les yeux vers le sable d'un blanc sale et s'interdit de pleurer.) Tu m'as appris à ne plus avoir peur. On n'a pas ce luxe, de nos jours, murmure-t-elle pour elle-même. Alors à partir de maintenant… je suis prête. (Elle reste agenouillée là un long moment, sans se rendre compte qu'elle se griffe machinalement la jambe à travers son jean et qu'elle saigne.) *Je suis prête…*

Le Nouvel An approche. Une nuit, accablé par la mélancolie de la saison, l'homme appelé le Gouverneur s'enferme dans la pièce du fond de son appartement avec une bouteille d'un coûteux champagne français et un seau en zinc débordant d'organes humains divers.

La petite zombie enchaînée au mur crachote et gronde en le voyant. Son visage naguère d'angelot creusé par la mort est d'un jaune putride et elle retrousse les lèvres sur ses petites dents noires. La pièce avec son ampoule nue et ses murs décrépits est imprégnée de sa puanteur.

— Calme-toi, ma chérie, dit l'homme aux multiples noms en s'asseyant devant elle, la bouteille d'un côté et le seau de l'autre, et en enfilant un gant en latex. Papa t'a apporté des friandises pour te remplir le ventre.

Il pêche un morceau de rein gluant et brun violacé et le lui jette. La petite Penny Blake se jette sur l'organe tombé avec un bruit écœurant sur le sol devant elle. La chaîne cliquette tandis qu'elle s'en empare dans ses petites mains et le gobe avec voracité et que la bile coule sur son menton comme du chocolat fondu.

— Bonne année, ma chérie, dit le Gouverneur en tentant de déboucher la bouteille.

Le bouchon résiste. Il s'acharne, puis il saute et un flot de liquide doré et bouillonnant jaillit et inonde les dalles. Le Gouverneur n'est pas vraiment certain que ce soit le réveillon du Nouvel An. Il sait seulement que c'est bientôt… Alors pourquoi pas ce soir ?

Il contemple la flaque de champagne qui pétille sur le sol et se surprend à penser aux réveillons de son enfance.

À l'époque, il attendait avec impatience le Nouvel An. À Waynesboro, ses copains et lui se faisaient livrer un cochon le 30 et commençaient à le faire cuire à l'étouffée dans le jardin chez ses parents, bordant le trou avec des briques, à la manière du luau à Hawaii, et leur festin durait deux jours. Le groupe de bluegrass local, les Clinch Mountain Boys, jouait toute la nuit, Philip se procurait de la très bonne herbe et ils faisaient la fête jusqu'au premier de l'An, date à laquelle Philip se trouvait une fille et passait un moment génial avec…

Le Gouverneur cligne des paupières. Il n'arrive pas à se rappeler si c'était *Philip* ou *Brian* Blake qui faisait cela au Nouvel An. Il ne sait plus ou commence l'un et où finit l'autre. Il fixe sur le sol le reflet déformé de son visage dans la flaque de champagne, la moustache d'un noir de jais, les yeux enfoncés dans leurs orbites où luisent les braises de la folie. Il se regarde et c'est Philip qu'il voit le regarder. Mais quelque chose cloche. Philip voit également une image fantomatique qui se superpose à son visage, un simulacre effrayé, couleur de cendres, qui s'appelle « Brian ».

Les gargouillements avides de Penny décroissent et Philip boit sa première gorgée de champagne. Le liquide lui brûle la gorge, tant il est froid et âpre. Le goût lui rappelle une époque meilleure. Les fêtes en famille, les êtres chers qui se réunissent après une longue séparation. Cela le déchire. Il sait qui il est : il est *le Gouverneur*, il est Philip Blake, *l'homme qui agit*.

Mais.

Mais…

Brian se met à pleurer. Il lâche la bouteille et le champagne se répand à nouveau sur les dalles jusqu'à Penny, qui n'a pas conscience de la lutte qui se déchaîne dans le cœur de celui qui s'occupe d'elle. Brian ferme les yeux, des larmes perlent au coin de ses paupières et roulent sur ses joues.

Il pleure ces réveillons enfuis, ces moments de bonheur entre amis et frères. Il pleure pour Penny, pour sa tragique condition, dont il s'estime coupable. Il ne peut s'empêcher de revoir l'image figée dans son esprit : *la masse sanglante de Philip Blake affalée en bordure des bois à Woodbury.*

Pendant que Penny mange en se pourléchant les lèvres, et que Brian sanglote doucement, un bruit retentit brusquement de l'autre côté de la pièce. Quelqu'un frappe à la porte du Gouverneur.

Il lui faut un moment pour prendre conscience des petits coups frappés avec hésitation et qu'il comprenne que quelqu'un est venu lui rendre visite. Sa crise d'identité cesse immédiatement et le rideau retombe brutalement dans l'esprit du Gouverneur. C'est, d'ailleurs, *Philip*, qui se lève, ôte les gants, essuie son menton d'un revers de manche, ravale ses émotions et enfile ses bottes pour sortir de la pièce et verrouiller la porte.

C'est Philip qui traverse le salon de sa démarche caractéristique. Les battements de son cœur se calment, ses poumons se remplissent d'oxygène et sa conscience est désormais de nouveau pleinement occupée par le Gouverneur. Le regard clair et vif, il va ouvrir.

— Qu'est-ce qui est important à ce point pour que ça ne puisse pas attendre… ?

Il n'achève pas, ne reconnaissant pas tout à fait la femme qui se tient sur le seuil. Il s'attendait à trouver l'un de ses hommes, Gabe, Bruce ou Martinez, venu l'ennuyer avec une affaire plus ou moins importante à régler.

— Je tombe mal ? roucoule Megan Lafferty avec une moue lascive, appuyée sur le chambranle, son chemisier sous son blouson en jean largement déboutonné sur une généreuse poitrine.

Le Gouverneur pose sur elle son regard impassible.

— Chérie, je sais pas à quel jeu tu joues, là, mais je suis occupé.

— Je me disais que vous aimeriez bien un peu de compagnie, dit-elle d'un air faussement innocent. (C'est une caricature de pétasse, avec ses boucles auburn qui retombent sur son visage de défoncée. Elle est tellement maquillée qu'on dirait un clown.) Mais je comprends carrément si vous avez autre chose à faire.

Le Gouverneur laisse échapper un soupir, un petit sourire au coin des lèvres.

— Quelque chose me dit que tu es pas venue m'emprunter un peu de sucre.

Megan jette un coup d'œil par-dessus son épaule. Son malaise est visible dans les regards furtifs qu'elle jette de part et d'autre du sombre couloir, sa main crispée sur son bras qui caresse nerveusement le caractère chinois tatoué sur son coude. Personne ne vient jamais ici. Personne n'a le droit de déranger le Gouverneur à son appartement, même Gabe et Bruce.

— Je me disais juste… bafouille-t-elle.

— Pas de quoi avoir peur, chérie, dit enfin le Gouverneur.

— Je voulais pas…

— Tu ferais mieux d'entrer avant d'attraper la mort, dit-il en la prenant par le bras.

Il l'attire à l'intérieur et referme la porte. Le bruit du verrou la fait sursauter. Elle se met à haleter et le Gouverneur ne peut s'empêcher de remarquer ses seins étonnamment généreux qui se soulèvent sous l'étoffe et sa silhouette tout en courbes. Cette petite est mûre pour faire des gosses. Il se creuse la cervelle, essayant de se rappeler la dernière fois qu'il a mis un préservatif. Est-ce qu'il en a encore dans son armoire à pharmacie ?

— Tu veux boire quelque chose?

— Oh, oui. (Megan balaie du regard le salon chichement meublé – les restes de moquette, les fauteuils dépareillés et le sofa récupérés. Un instant, elle se rembrunit et lève le nez, remarquant probablement l'odeur qu'exhale la pièce du fond.) Vous auriez pas de la vodka?

— Je crois que ça devrait pouvoir se trouver, sourit finement le Gouverneur. (Il va ouvrir le placard à côté de la fenêtre barricadée, sort une bouteille et en verse deux doigts dans des gobelets en carton.) Il me reste du jus d'orange quelque part, murmure-t-il en sortant un carton entamé.

Il revient vers elle avec leurs verres. Elle vide le sien d'un trait. On dirait qu'elle s'est perdue dans le désert et qu'elle n'a rien bu depuis de jours. Elle s'essuie la bouche et lâche un petit rot.

— Excusez-moi...

— Ce que tu es mignonne, sourit le Gouverneur. Tu sais quoi? Tu as rien à envier à Bonnie Raitt.

Elle baisse les yeux.

— Je suis passée parce que je me demandais...

— Oui?

— Un type du supermarché m'a dit que vous auriez peut-être de l'herbe. Ou des médocs.

— Duane?

— Oui, il a dit que vous auriez peut-être des bons trucs.

— Je me demande bien comment Duane pourrait savoir ce genre de choses, répond le Gouverneur en buvant une gorgée.

— Oui, bon, le fait est...

— Pourquoi être venue me voir? demande-t-il avec un regard dur. Pourquoi pas aller voir ton copain Bob? Il a toute une pharmacie dans son camping-car.

— Je sais pas, élude-t-elle. Je me disais, vous et moi… on pourrait faire… un marché.

Elle lève les yeux en se mordant la lèvre et le Gouverneur sent le sang qui afflue dans son bas-ventre.

Dans l'obscurité trouée par le clair de lune, Megan le chevauche. Entièrement nue, ruisselante de sueur, les cheveux collés sur le visage, elle n'éprouve ni peur, ni émotion, ni regret, ni honte. Rien. C'est un rodéo sexuel mécanique.

Dans la pièce, tout est éteint. Par-dessus les rideaux entre un peu de la clarté lunaire qui baigne le fauteuil où est vautré le Gouverneur, la tête renversée en arrière. Malgré l'acharnement de Megan, il n'émet aucun bruit et ne semble prendre aucun plaisir. Elle entend seulement le battement de son cœur tandis qu'il la pilonne rageusement.

Le fauteuil est placé de telle sorte que Megan peut voir le reste de la pièce. Il n'y a aucune décoration, pas de table basse, de lampes, seulement des objets rectangulaires alignés le long du mur. Au premier abord, elle les prend pour des télévisions, disposées côte à côte comme dans un magasin. Mais que ferait ce type avec une vingtaine d'écrans? Megan perçoit alors le sifflement sourd qui en émane.

— Qu'est-ce que tu as, putain? grogne le Gouverneur.

Megan s'est retournée et son regard s'est habitué à la pénombre. Elle voit des choses qui bougent dans ces récipients rectangulaires. Leurs mouvements furtifs la pétrifient.

— Rien, rien… Je… j'ai pas pu m'empêcher de…

— Putain de merde! s'exclame-t-il en tendant le bras pour allumer une lanterne de camping à piles posée sur une caisse à côté du fauteuil.

La lumière révèle des rangées d'aquariums remplis de têtes humaines coupées. Megan laisse échapper un cri et se lève brusquement. Elle trébuche et s'affale, haletante. Allongée sur la moquette humide, saisie par la chair de poule, elle regarde bouche bée les récipients de verre bien rangées où les visages de zombies grimacent et clignent des yeux en ouvrant et fermant la bouche comme des poissons hors de l'eau.

— J'ai pas fini ! (Le Gouverneur se jette sur elle, la retourne et lui écarte les jambes pour la pénétrer avec tant de violence qu'elle réprime un cri.) Bouge pas, putain !

Megan voit un visage familier dans le dernier aquarium sur la gauche et le spectacle la pétrifie. Allongée sur le dos, paralysée, la tête tournée, elle regarde, horrifiée, l'étroit visage nimbé de bulles dans l'aquarium, tandis que le Gouverneur la besogne sans merci. Elle reconnaît les cheveux blonds décolorés qui ondulent comme des algues autour des traits juvéniles, la bouche molle, les longs cils et le petit nez pointu. Elle reconnaît Scott Moon à l'instant même où le Gouverneur se répand en elle. Et en Megan, quelque chose s'écroule, aussi irréparablement qu'un château de sable sous l'assaut d'une vague.

* *
*

— Tu peux te lever, chérie, va te nettoyer, dit le Gouverneur un peu plus tard.

Il a prononcé ces mots sans mépris ni rancœur, comme un professeur informerait la classe que le cours est terminé et que tout le monde peut ranger ses affaires.

C'est alors qu'il la voit contempler, hébétée, l'aquarium qui contient la tête de Scott Moon et qu'il se rend compte qu'ils sont dans un moment de vérité, une occasion à saisir, un instant pivot dans les festivités de la soirée. Un homme de décision comme Philip Blake a toujours su repérer les occasions. Il sait quand tirer avantage d'une position supérieure. Jamais il n'hésite, ne recule ni se dérobe devant une tâche pénible.

Il se baisse et remonte son caleçon resté au bas de ses chevilles, puis il se lève et contemple la femme roulée en boule sur le sol.

— Allons, chérie…

— Me faites pas de mal, s'il vous plaît, gémit Megan en se couvrant le visage.

Le Gouverneur se baisse et lui pince la nuque, sans méchanceté, juste pour obtenir son attention.

— Je vais pas te le demander deux fois. Bouge ton cul et va dans la salle de bains.

Elle se lève péniblement, s'enveloppant la poitrine de ses bras, comme si elle risquait de tomber en morceaux à tout instant.

— Par là, chérie.

Il lui saisit sans ménagement le bras et la conduit de l'autre côté de la pièce dans la salle de bains.

Debout sur le seuil, il la regarde en regrettant de l'avoir traitée si durement, mais il sait aussi que Philip Blake ne renoncerait pas dans un tel moment. Il ferait ce qu'il doit faire, il serait fort et résolu. Et la partie du Gouverneur qui s'appelait naguère « Brian » est bien obligée de suivre.

Megan se baisse sur le lavabo et prend un linge d'une main tremblante. Elle fait couler l'eau et s'essuie en hésitant.

— Je jure que je dirai rien à personne, murmure-t-elle en larmoyant. Je veux juste rentrer chez moi et qu'on me laisse tranquille.

— C'est de ça que je veux te parler, lui répond le Gouverneur.

— Je dirai rien…

— Regarde-moi, chérie.

— Je…

— Calme-toi. Respire un bon coup. Et regarde-moi. Megan, je t'ai dit de me regarder.

Elle lève les yeux vers lui, le menton tremblant, les joues ruisselantes de larmes.

— Tu es avec Bob, maintenant.

— Pardon… ? Quoi ? Je suis quoi ? demande-t-elle en s'essuyant les yeux.

— Tu es avec Bob, répète-t-il. Tu te rappelles, Bob Stookey, le type avec qui tu es arrivée ? (Elle hoche la tête.) À partir de maintenant, tu es avec lui. Tu as compris ? (Elle hoche lentement la tête.) Et une dernière chose, ajoute-t-il. Si tu racontes quoi que ce soit à quiconque… ta petite tête finira dans l'aquarium à côté du défoncé.

Quelques minutes après le départ de Megan, frissonnante et haletante, le Gouverneur retourne dans le salon. Il se laisse tomber dans le fauteuil et contemple la collection d'aquariums.

Il reste là un long moment à les fixer, un vide en lui. Des gémissements étouffés lui parviennent de la pièce voisine. La chose qui était autrefois une petite fille a de nouveau faim. Une nausée lui vient dans la gorge, lui noue le ventre et lui fait monter les larmes aux yeux. Il se met à trembler, terrifié en se rendant compte de ce qu'il a fait.

Un instant plus tard, un sursaut le pousse en avant et il tombe à genoux devant son fauteuil en vomissant. Ce qui reste de son dîner se déverse sur la moquette sale. À quatre pattes, il se vide l'estomac, puis il se redresse et s'adosse au fauteuil pour reprendre péniblement haleine.

Une partie de lui – cette partie profondément enfouie appelée « Brian » – sent la vague de révulsion le submerger. Il ne peut plus respirer. Ni réfléchir. Et pourtant, il se force à regarder les visages boursouflés et gonflés d'eau qui le fixent en oscillant dans les bulles des aquariums. Il veut se détourner. Fuir cette pièce et ces têtes coupées qui gargouillent et s'agitent. Mais il sait qu'il doit les regarder jusqu'à ne plus rien éprouver. Il doit être fort.

Il doit être prêt à affronter ce qui va suivre.

15

Dans le quartier ouest de la ville, à l'intérieur de l'enceinte fortifiée, dans un appartement au deuxième étage au-dessus du bureau de poste, Bob Stookey entend frapper à sa porte. Il se redresse sur son lit en cuivre, pose son bouquin corné – un western de Louis L'Amour intitulé *Les Hors-la-loi de Mesquite* – et enfile son pantalon et ses vieux mocassins. Il a du mal à remonter la fermeture éclair de la braguette tellement ses mains tremblent.

Après s'être saoulé jusqu'au coma en début de soirée, il se sent désorienté et déconnecté de la réalité. En proie au vertige et à la nausée, il sort en titubant de sa chambre et va ouvrir en étouffant un rot acide.

— Bob… sanglote Megan dans la pénombre du palier Il s'est passé quelque chose d'atroce… *Oh, mon Dieu, Bob.*

Le visage tendu et les yeux rouges, elle semble au bord de la crise de nerfs. Elle grelotte dans le froid, serrant le col de son blouson.

— Entre, ma chérie, entre donc, dit Bob, le cœur battant. Mais qu'est-ce qui s'est passé, enfin ?

Megan entre d'un pas vacillant dans la cuisine. Bob la prend par le bras et l'aide à prendre place sur une chaise près de la table qu'il n'a pas débarrassée. Elle s'y laisse tomber et essaie de parler, mais les sanglots l'en empêchent.

Bob s'agenouille près d'elle et lui caresse l'épaule pendant qu'elle pleure, le visage enfoui dans sa poitrine.

— Tout va bien, ma chérie… quoi que ce soit, on trouvera une solution.

Elle geint et ses larmes qui ruissellent de plus belle mouillent le t-shirt de Bob. Il caresse ses boucles trempées.

— Scott est mort, finit-elle par dire au bout d'un long moment.

— Quoi ?

— Je l'ai vu, Bob, hoquette-t-elle, secouée de sanglots. Il est… mort et… il est devenu une de ces créatures.

— Calme-toi, ma chérie, reprends ton souffle et essaie de me dire ce qui s'est passé.

— Je *sais pas* ce qui s'est passé !

— Où tu l'as vu ?

Elle ravale ses sanglots et raconte à Bob, avec des phrases décousues et hachées, les têtes coupées qu'elle a vues dans les aquariums.

— Où ça ?

— Dans le… Chez… chez le Gouverneur.

— Chez le Gouverneur ? Tu as vu Scott là-bas ?

Elle hoche vigoureusement la tête. Essaie d'expliquer, mais les mots s'étranglent dans sa gorge.

— Ma chérie, qu'est-ce que tu faisais chez lui ? (Elle s'efforce de parler. Les sanglots la reprennent. Elle cache son visage dans ses mains.) Je vais te donner de l'eau, dit finalement Bob.

Il se précipite à l'évier et laisse couler un peu d'eau dans un gobelet en plastique. La moitié des maisons de Woodbury n'ont plus d'eau, d'électricité ni de chauffage. Les rares qui ont la chance de bénéficier de ce confort sont les proches du Gouverneur. Bob est devenu une sorte de favori et sa résidence témoigne de son statut. Bouteilles vides et emballages de nourriture, boîtes de tabac à bourrer, magazines érotiques, couvertures et gadgets électroniques s'amoncellent; l'appartement ressemble à l'antre d'un célibataire.

Bob apporte le gobelet à Megan, qui boit si avidement qu'elle en répand sur son blouson. Bob l'aide gentiment à l'enlever tandis qu'elle finit de boire. Il se détourne en voyant le chemisier boutonné n'importe comment, ouvert au nombril et plusieurs marques et égratignures rouges entre le ventre et la poitrine. Son soutien-gorge est mis de travers et l'un de ses tétons dépasse.

— Tiens, ma chérie, dit-il en allant chercher une couverture dans un placard et en l'en enveloppant tendrement.

Elle parvient à maîtriser ses sanglots et fixe le sol en hoquetant de temps à autre, ses mains menues reposent, inertes, sur ses genoux, comme si elle avait oublié comment s'en servir.

— Jamais j'aurais dû... commence-t-elle à expliquer. Ce que j'ai fait, Bob... putain, mais je suis dingue ou quoi?

— Mais non, la rassure-t-il gentiment en passant un bras autour de son épaule. Je suis là, ma chérie. Je vais m'occuper de toi.

Elle se laisse aller dans ses bras. Bientôt, elle appuie sa tête sur son épaule et sa respiration devient plus régulière, comme si elle allait s'endormir. Bob reconnaît les symptômes d'un état de choc. Elle est glacée. Il serre la couverture autour d'elle. Elle se réfugie contre son cou.

Bob tente de se calmer, en proie à un raz-de-marée affectif. Tout en la serrant contre lui, il cherche ses mots. Des émotions contradictoires s'entrechoquent en lui. L'histoire des têtes coupées et du cadavre démembré de Scott le révolte, tout comme le fait qu'elle ait rendu une visite aussi douteuse au Gouverneur. Mais Bob est aussi submergé par le désir. La proximité de ses lèvres, la douce caresse de son haleine sur son cou, les boucles luisantes qui lui frôlent le menton – tout cela l'enivre bien plus efficacement qu'une pleine caisse de bourbon de douze ans d'âge. Il lutte contre l'envie de déposer un baiser sur son front.

— Tout va bien se passer, lui murmure-t-il doucement à l'oreille. On va trouver une solution.

— Oh, Bob… Bob…

— Ça va aller, dit-il en lui caressant les cheveux.

Elle relève la tête et dépose un baiser sur sa joue mal rasée. Bob ferme les yeux et laisse la vague l'engloutir.

Ils dorment ensemble cette nuit-là et tout d'abord, Bob panique à la perspective de se trouver dans une telle proximité et intimité avec Megan pendant un moment aussi prolongé. Bob n'a pas couché avec une femme depuis onze ans, depuis l'époque où il a cessé d'avoir des relations avec sa femme, Brenda, aujourd'hui décédée. Des années d'alcoolisme ont diminué sa virilité. Mais le désir couve toujours en lui comme une braise – et il a tellement envie de Megan qu'il sent comme un aiguillon dans ses reins.

Ils dorment enlacés et entortillés dans les draps humides du grand lit. Au grand soulagement de Bob, ils ne font pas l'amour et la possibilité ne s'en présente même pas. Pendant toute la nuit, les pensées fiévreuses de Bob alternent entre un rêve où il fait l'amour à Megan sur une île déserte, entourée d'eaux infestées de zombies, et de brusques moments de lucidité dans la pénombre de la chambre. Il trouve miraculeux et merveilleux d'entendre la respiration irrégulière de la jeune fille à côté de lui, de sentir la chaleur de sa hanche contre son ventre, ses cheveux dans son visage et leur enivrant parfum musqué. Curieusement, pour la première fois depuis le débit de la peste, il se sent revivre. L'espoir qui revient le ragaillardit. Les soupçons et inquiétudes vis-à-vis du Gouverneur disparaissent dans les limbes obscurs de la chambre et la paix provisoire qui l'envahit finit par le faire sombrer dans un profond sommeil.

Juste après l'aube, il est réveillé en sursaut par un cri perçant.

Tout d'abord, il croit qu'il est encore en train de rêver. Le cri provient de l'extérieur et résonne dans ses oreilles comme la fin d'un cauchemar qui s'insinue dans la réalité du réveil. Dans cette demi-inconscience, il cherche Megan à tâtons et trouve l'autre moitié du lit vide. Les draps sont tombés sur le sol. Megan est partie. Il se redresse brusquement.

— Megan, ma chérie ? (Il sort de la chambre, pieds nus sur le sol glacé, quand un autre cri perçant retentit. Il ne remarque pas la chaise renversée dans la cuisine, les tiroirs et les placards ouverts, signes que l'on a fouillé dans ses affaires.) Megan ? (Il court vers la porte entrouverte qui bat dans le vent.) Megan ! (Il sort sur le palier du deuxième étage, ébloui par la lumière et cinglé par le vent glacial.) Megan !

Tout d'abord, il ne perçoit pas l'agitation autour de l'immeuble. Il voit des gens rassemblés en bas de l'escalier, de l'autre côté de la rue et le long du parking de la poste. Ils sont une douzaine à désigner de leur bras tendu Bob ou quelque chose sur le toit – c'est difficile à dire. Le cœur battant à tout rompre, Bob dévale les escaliers. Il ne remarque le bout de corde enroulé autour du pilastre que lorsqu'il arrive en bas. Il se retourne et reste pétrifié.

— Oh, Seigneur, non, murmure-t-il en levant les yeux vers le corps qui se balance et tourne paresseusement dans le vent. Oh, non, non, non…

Megan est pendue au bout de la corde, le visage blême et marbré comme une porcelaine craquelée.

Lilly entend le brouhaha devant sa fenêtre au-dessus de la teinturerie et se traîne hors de son lit. Elle écarte le rideau et voit des gens sur le pas de leurs portes, certains parlant à mots couverts en désignant le bureau de poste avec un air affolé. Quelque chose d'affreux a dû se produire. Elle voit le Gouverneur qui arrive d'un pas décidé avec son long imperméable, encadré par ses sbires, Gabe et Bruce, qui sont en train de charger leurs armes. Elle s'habille précipitamment.

Il lui faut moins de trois minutes pour enfiler ses vêtements, dévaler l'escalier, suivre une ruelle entre deux immeubles et gagner le bureau de poste deux rues plus loin.

Des nuages menaçants tourbillonnent dans le ciel et le vent charrie de la neige fondue. Quand Lilly aperçoit la foule réunie en bas de l'escalier de Bob, elle comprend qu'elle arrive après un drame. L'expression des spectateurs et la manière dont le Gouverneur parle à mi-voix à Bob à l'écart, tête baissée, le visage fermé, tout le lui confirme.

Elle s'arrête net en voyant au milieu du cercle de spectateurs, Gabe et Bruce accroupis sur le trottoir auprès d'une masse recouverte d'un drap. Elle se fige, paralysée. Le spectacle d'un autre corps sous un linceul lui revient.

— Lilly?

Elle se retourne. Martinez est à côté d'elle, une cartouchière en bandoulière.

— C'était une amie à toi? interroge-t-il en posant la main sur son épaule.

— Qui c'est?

— Personne te l'a dit?

— C'est Megan ? Qu'est-ce qui s'est passé ? demande-t-elle en le plantant là pour aller voir.

Bob s'interpose et la prend par les épaules.

— Attends, Lil, tu ne peux plus rien faire.

— Qu'est-ce qui s'est passé, Bob ? supplie-t-elle, les larmes aux yeux, le cœur serré. Un zombie l'a eue ? Lâche-moi !

Bob tient bon.

— Non, c'est pas ce qui s'est passé. (Elle remarque qu'il a les yeux rouges.) Ils vont s'occuper d'elle.

— Elle est… ?

— Oui, Lilly, répond-il en baissant la tête. Elle s'est suicidée.

— Mais qu'est-ce qui lui a pris ?

Sans relever la tête, Bob marmonne qu'il ne sait pas trop.

— Lâche-moi, maintenant, Bob ! s'écrie Lilly en se faufilant entre les spectateurs.

— Holà ! On se calme ! (Gabe vient lui barrer le chemin. Le costaud au cou de taureau et aux cheveux en brosse la saisit par le bras.) Je sais que c'était une de tes copines…

— Laisse-moi la voir ! crie Lilly en se dégageant. (Gabe la rattrape in extremis et la maîtrise solidement. Lilly se débat rageusement.) Lâche-moi, putain !

À quelques mètres, sur l'herbe desséchée du parc, Bruce, le grand Noir au crâne rasé, agenouillé auprès du cadavre, met un chargeur neuf dans son semi-automatique. Avec une expression résolue, il respire un bon coup, se préparant à achever une tâche répugnante. Il ne prête pas attention à l'agitation derrière lui.

— Lâche-moi ! crie Lilly en se débattant, le regard fixé sur le corps.

— Calme-toi, siffle Gabe. Tu nous facilites pas la tâche…

272

— Lâche-la !

La voix grave et rauque de fumeur s'élève derrière Gabe, et tous les deux se figent. Ils se retournent et voient le Gouverneur, les mains sur les hanches, ses deux Colt à crosse de nacre glissés de chaque côté de sa ceinture, style desperado, ses longs cheveux de rock-star d'un noir d'encre noués en catogan et flottant dans le vent. Les pattes d'oie et les rides qui creusent ses joues sont accentuées par son expression sinistre.

— C'est bon, Gabe. Laisse-la dire au revoir à sa copine.

Lilly court vers le corps, s'agenouille et fixe la masse recouverte d'un drap, une main sur les lèvres comme si elle tentait de retenir l'émotion qui afflue en elle. Bruce ôte le cran de sûreté de son semi-automatique et recule maladroitement en regardant Lilly tandis que la foule autour d'elle se tait.

Le Gouverneur s'approche, mais reste à distance respectueuse derrière elle.

Lilly soulève le drap et serre les dents en regardant le visage violacé de celle qui était Megan Lafferty. Les yeux gonflés et fermés, les traits déjà pétrifiés, le visage de porcelaine, déjà marbré de veinules noires, est épouvantable à regarder, mais aussi affreusement émouvant pour Lilly, qui revoit l'époque démente où elles se défonçaient dans les toilettes du lycée et grimpaient sur le toit pour jeter des cailloux à l'équipe de basket qui s'entraînait. Megan a été la meilleure copine de Lilly pendant des années et, malgré ses défauts – nombreux –, Lilly la considère toujours comme telle. Mais là, elle ne peut détacher son regard de la dépouille méconnaissable de son exubérante amie.

Elle étouffe un cri quand les paupières violacées s'ouvrent brusquement, révélant des pupilles laiteuses.

Lilly ne fait pas un geste quand le Noir aux cheveux rasés s'approche, son .45 braqué sur le crâne du cadavre. Mais avant qu'il ait eu le temps d'appuyer sur la détente, la voix du Gouverneur retentit.

— Ne tire pas encore, Bruce ! (L'homme jette un coup d'œil par-dessus son épaule, tandis que le Gouverneur s'avance.) Laisse-la le faire, dit-il. (Lilly lève les yeux vers l'homme au long manteau et cligne les paupières sans rien dire, glacée, le cœur serré. Au loin, le tonnerre gronde dans le ciel.) Allez, Bruce. Donne-lui l'arme.

Le moment s'éternise, et Lilly finit par recevoir l'arme. Sous elle, la chose qui a été Megan Lafferty est agitée de soubresauts, son système nerveux redémarrant, et elle retrousse les lèvres sur des dents déjà noircies.

— Abats ta copine, Lilly, la presse doucement le Gouverneur.

Lilly lève l'arme. Megan tord le cou pour la regarder et claque voracement des mâchoires. Lilly pose le canon sur le front du monstre.

— Vas-y, Lilly. Mets fin à ses souffrances.

Lilly ferme les yeux. La détente lui brûle l'index comme un glaçon. Quand elle les rouvre, la créature se précipite sur elle pour lui sauter à la gorge.

Tout se passe si vite que Lilly en a à peine conscience.

La détonation retentit.

Lilly tombe à la renverse en laissant échapper le .45, tandis que le dessus du crâne de Megan explose dans une brume sanglante et éclabousse le trottoir de cervelle. Le cadavre revenu à la vie s'affaisse et retombe, inerte, sur le drap emmêlé, ses yeux de requin fixant le ciel noir.

Un moment, Lilly reste immobile par terre, le regard sur les nuages, désorientée. Qui a tiré ? Lilly n'a jamais appuyé sur la détente. Qui est le coupable ? Lilly chasse ses larmes et parvient à voir le Gouverneur debout au-dessus d'elle, qui regarde gravement quelque chose à sa droite.

Bob Stookey se dresse au-dessus du cadavre de Megan Lafferty, un .38 Spécial Police encore fumant au bout de son bras ballant. L'expression effondrée de son visage creusé de rides est déchirante.

Les jours suivants, personne ne prête guère attention au changement de temps.

Bob est trop occupé à se saouler à mort pour remarquer un détail aussi insignifiant que la météo, et Lilly à organiser les obsèques de Megan, qui sera ensevelie à côté de Josh. Le Gouverneur passe la majeure partie de son temps à préparer le prochain combat dans l'arène du circuit. Il nourrit de grands projets pour les futurs spectacles, où il compte faire participer des zombies.

Gabe et Bruce sont chargés de la tâche peu enviable de débiter les gardes morts dans un entrepôt sous le circuit. Le Gouverneur a besoin de viande pour nourrir sa ménagerie toujours plus nombreuse de zombies, logée dans une salle secrète des tréfonds du circuit. Gabe et Bruce engagent quelques-uns des hommes de l'équipe de Martinez qui viennent travailler à la tronçonneuse dans l'abattoir près de la morgue et équarrir les cadavres.

Pendant ce temps, les pluies de janvier menacent insidieusement la région. D'abord, les franges du front orageux n'inquiètent guère : quelques averses éparses gonflent les caniveaux et verglacent les rues, la température oscillant autour de zéro. Mais les éclairs lointains et le ciel de plus en plus noir à l'ouest commencent à inquiéter les gens. Personne ne comprend – ni ne pourra comprendre – pourquoi cet hiver-*là* est si inhabituel en Géorgie. Les hivers relativement doux sont parfois troublés par des pluies torrentielles, une ou deux chutes de neige ou des pluies verglaçantes, mais personne n'est prêt à ce qui va s'abattre sur la région en provenance du Canada.

La station météorologique de Peachtree City – qui fonctionne encore bon an mal an sur des générateurs et diffuse sur ondes courtes – lance une alerte sur toutes les fréquences possibles. Mais peu d'auditeurs peuvent apprendre la nouvelle. Seule une poignée d'entre eux entendent la voix affolée du météorologue épuisé, Barry Gooden, qui se répand sur le blizzard de 1993 et les inondations de 2009.

Selon lui, le violent front froid qui va s'abattre sur le sud des États-Unis dans les prochaines vingt-quatre heures se heurtera aux températures de surface élevées et humides du centre de la Géorgie. À côté, les précédents orages d'hiver passeront pour des averses de printemps. Avec des vents connaissant des pointes à cent dix kilomètres-heure, des éclairs et un mélange de pluie et de neige fondue, la tempête promet de provoquer des dégâts sans précédent dans la région déjà accablée par la peste. Non seulement les changements imprévisibles de température menacent de transformer les averses en blizzards, mais, comme l'État l'a appris il y a seulement quelques années, les habitants sont affreusement mal préparés aux ravages de cette inondation. D'autant plus que la peste fait rage désormais.

Quelques années plus tôt, un orage exceptionnel a fait déborder la Chattahoochee qui s'est déversée dans les régions très peuplées de Roswell, Sandy Springs et Marietta. Des coulées de boue ont emporté des maisons. Des autoroutes ont été noyées et la catastrophe a provoqué des dizaines de morts et des centaines de millions de dollars de dégâts. Mais cette année, ce monstre qui se forme au-dessus du Mississippi à une vitesse alarmante, promet de battre tous les records.

Les premiers signes de cet extraordinaire changement climatique se font entendre dans l'après-midi, ce vendredi-là.

À la nuit tombée, poussée par des rafales de vent à quatre-vingt-dix kilomètres-heure, la pluie s'abat sur la barricade de Woodbury, sifflant dans les lignes à haute tension défuntes qui claquent comme des fouets dans toute la ville. La foudre illumine les moindres recoins et les caniveaux débordent dans Main Street. La plupart des habitants se terrent chez eux, laissant déserts trottoirs et devantures de magasins…

Presque déserts, car quatre d'entre eux bravent la pluie pour se réunir subrepticement dans un bureau sous le circuit.

— Laissez la lumière éteinte, Alice, si vous voulez bien, dit une voix dans la pénombre derrière un bureau.

La lueur terne des lunettes à monture métallique qui flotte dans la pénombre est la seule chose qui permette d'identifier le Dr Stevens. La pluie qui tambourine ponctue le silence.

Alice acquiesce et reste auprès de l'interrupteur en se frottant les mains pour les réchauffer. Sa blouse a une allure fantomatique dans le sombre bureau sans fenêtres que Stevens utilise comme réserve.

— Tu as convoqué cette réunion, Lilly, murmure Martinez depuis le coin opposé de la salle, où il fume un cigarillo, assis sur un tabouret, dessinant dans l'obscurité une petite luciole rouge. Qu'est-ce que tu as en tête ?

Lilly s'approche d'une rangée de classeurs à tiroirs. Elle porte l'un des imperméables militaires de Josh, tellement grand pour elle qu'elle ressemble à une petite fille déguisée.

— Ce que j'ai en tête? De ne plus vivre comme ça.

— C'est-à-dire?

— C'est-à-dire que cette ville est pourrie jusqu'au trognon, malsaine, que ce mec, le Gouverneur, c'est le plus malsain de tous et que je vois pas comment ça pourrait s'arranger.

— Et… ?

— Je suis en train de regarder les possibilités que j'ai.

— Et ce sont?

Elle fait quelques pas en choisissant soigneusement ses mots.

— Faire mes bagages et me barrer toute seule, c'est du suicide… mais je serais prête à prendre le risque si c'était la seule manière de m'échapper de cette ville de merde.

Martinez regarde Stevens, qui essuie ses lunettes en écoutant attentivement. Les deux hommes sont mal à l'aise.

— Tu as parlé de possibilités, dit finalement le médecin.

Lilly s'immobilise et regarde Martinez.

— Ces types avec qui tu bosses sur la muraille… Tu leur fais confiance?

— Plus ou moins, répond-il après avoir tiré une bouffée de son cigarillo.

— À certains plus qu'à d'autres?

— On peut dire ça, ouais.

— Mais ceux à qui tu te fies le plus, ils te soutiendraient en cas de pépin?

— De quoi tu parles, là, Lilly?

Elle respire un bon coup. Elle ne sait absolument pas si elle peut se fier à ces gens, mais ils paraissent aussi être les seuls sains d'esprit à Woodbury. Elle décide d'abattre ses cartes.

— Je vous parle de changement de régime, dit-elle à mi-voix après un long silence.

Martinez, Stevens et Alice échangent de nouveau des regards pleins d'appréhension. Le silence gêné est seulement troublé par l'écho étouffé de la tempête. Le vent s'est renforcé et les grondements de tonnerre ébranlent de plus en plus les fondations.

— Lilly, je ne crois pas que vous sachiez ce que vous…

— Non ! le coupe-t-elle. Plus de leçons d'histoire, toubib, continue-t-elle d'une voix monocorde en fixant le sol. Ce Philip Blake doit partir… Et vous le savez aussi bien que moi.

Le tonnerre déchire le ciel. Stevens laisse échapper un soupir.

— Une place dans l'arène des gladiateurs, c'est tout ce que vous allez gagner, à parler comme ça.

— Je te connais pas très bien, Martinez, dit Lilly sans se démonter, mais tu as l'air équilibré. Le genre capable de diriger une révolte, de remettre la situation sur les rails.

— Doucement, gamine… Tu vas te faire du mal…

— Pensez ce que vous voulez… Je vous oblige pas à m'écouter… Je m'en fous, maintenant. (Elle les regarde tour à tour.) Mais vous savez que j'ai raison. La situation va nettement empirer ici si on ne fait rien. Si vous voulez me dénoncer pour trahison, allez-y, je m'en fiche. Mais on n'aura peut-être pas d'autre occasion d'abattre ce taré. Moi, en tout cas, je compte pas rester à rien foutre pendant que la situation dégénère et que des innocents continuent de mourir. Vous savez que j'ai raison là-dessus. Il faut que le Gouverneur parte.

Une autre salve de roulements de tonnerre ébranle le bâtiment. Tous se taisent. Puis finalement, Alice prend la parole.

— Elle a raison, vous savez.

16

Le lendemain, la tempête – devenue un bombardement incessant de pluie et de neige fondue – déchaîne sa violence sur le sud-est de la Géorgie. Des poteaux téléphoniques tordus s'effondrent sur les autoroutes encombrées de voitures abandonnées. Les évacuations débordent et inondent les fermes désertes, tandis que les points les plus élevés se couvrent de dangereuses couches de glace. À une trentaine de kilomètres au sud-est de Woodbury, dans un vallon boisé proche de l'autoroute 36, la tempête frappe le plus grand cimetière civil du sud des États-Unis.

L'Edward Nightingale Memorial Garden & Columbarium borde une colline d'un peu moins de deux kilomètres au sud du Sprewell State Park et contient des dizaines de milliers de sépultures historiques. La chapelle gothique et l'accueil des visiteurs sont à l'extrémité est du terrain, à un jet de pierre du Woodland Medical Center – l'un des plus grands hôpitaux de l'État. Rempli de zombies récemment transformés, abandonné par le personnel dès les premières semaines de la peste, l'ensemble des bâtiments, notamment la morgue, ainsi que l'immense labyrinthe de salons funéraires dans les sous-sols du Nightingale, grouille de morts ressuscités, certains récents et attendant autopsie et inhumation, blottis dans les tiroirs des chambres froides et tous enfermés dans ce lieu jusque-là hermétique.

À 16 heures 37, ce samedi, la rivière voisine, la Flint, atteint son niveau de crue. Sous un déchaînement d'éclairs, l'eau déborde sur les rives, emporte des fermes, des panneaux d'affichage et des véhicules abandonnés sur les chemins comme des jouets éparpillés par un enfant en colère.

Les premières coulées de boue ont lieu dans l'heure qui suit. Toute la pente nord le long du cimetière cède et une vague brune et gluante déferle vers la Flint, arrachant sur son passage pierres tombales et cercueils qui dévalent la colline. Les cercueils éclatent et répandent leur macabre contenu dans l'océan de boue et de neige fondue. La plupart des squelettes se brisent comme des fétus. Mais beaucoup des cadavres non inhumés – surtout ceux qui sont encore intacts et capables de marcher ou ramper – commencent à remonter vers les points les plus élevés.

Les élégantes fenêtres du centre d'accueil du Nightingale cèdent sous la pression de la crue et explosent. Les bourrasques de vent font le reste, arrachant les clochetons gothiques et décapitant tourelles et pignons. À cinq cents mètres à l'est, la crue heurte violemment le centre médical et y déverse par les portes et fenêtres une marée de débris.

Les zombies prisonniers dans la morgue s'échappent par les ouvertures, beaucoup finissant aspirés par les courants et poussés par le vent.

Dès 17 heures ce jour-là, une multitude de morts suffisante pour remplir une nécropole – tel un banc de créatures marines rejeté sur une grève – se retrouve déposée dans les vergers et champs de tabac voisins. Ballottés par les courants, certains sont pris dans les arbres, d'autres dans des machines agricoles. Certains dérivent sous l'eau pendant des kilomètres, s'agitant dans l'obscurité, en proie à une faim instinctive. Des milliers d'entre eux, échoués dans les fossés, les vallées et les zones abritées au nord de l'autoroute, surgissent de la boue comme le premier homme sortant de la fange primitive.

Avant que les pluies torrentielles soient passées pour déferler sur la côte Est, la population de zombies qui grouille dans la campagne dépasse celle des vivants d'avant la peste, dans la ville voisine de Harrington, qui, d'après le panneau sur l'autoroute 36, atteint un total de 4 011 âmes.

Après ce déluge, presque un millier de ces cadavres errants commencent à se rassembler pour former la plus grande horde jamais vue depuis le début de la peste. Dans l'obscurité balayée par la pluie, les zombies se réunissent lentement, maladroitement, jusqu'à ce qu'une foule peuple les champs entre Crest Highway et Roland Road. Elle est si compacte que de loin, on pourrait prendre le sommet de ces crânes en putréfaction pour une sombre marée qui déferle au ralenti sur la région.

Sans autre raison que leur inexplicable comportement – qu'il soit mû par l'instinct, les odeurs, les phéromones ou un simple hasard –, les morts-vivants pataugent dans la boue vers le nord-ouest, directement sur le plus proche lieu d'habitation situé sur leur chemin : la ville de Woodbury, qui se trouve à un peu plus d'une douzaine de kilomètres.

La fin de la tempête laisse les fermes et les champs du sud-est de la Géorgie inondés avec de vastes étendues d'eau noire stagnante, qui gèlent là où elles sont peu profondes, les zones les plus élevées étant pétrifiées sous la boue.

Les pluies verglaçantes passent sur toute la région, couvrant les forêts et les collines autour de Woodbury d'un glacis scintillant, festonnant les câbles électriques de stalactites et givrant de cristal les chemins. Tout cela serait magnifique ailleurs et à un tout autre moment, dans un monde qui ne connaîtrait ni la peste ni le désespoir.

Le lendemain, les habitants de Woodbury s'efforcent de rétablir le fonctionnement de la ville. Le Gouverneur ordonne à ses équipes de se réapprovisionner en blocs de sel dans les fermes voisines. Ceux-ci sont rapportés dans des camions, pulvérisés à la tronçonneuse et répandus sur les chaussées et les trottoirs. Des sacs de sable sont disposés sur le côté sud le long des voies ferrées noyées, afin d'éviter les inondations. Toute la journée, sous un ciel couleur de suie, les habitants s'activent avec pelles et balais, salent et raclent jusqu'aux moindres recoins.

— Le spectacle doit continuer, Bob, dit le Gouverneur en fin d'après-midi, sur le bord du circuit inondé de la lumière blanche des projecteurs, dans le bourdonnement sourd des générateurs. L'air sent la fumée de gasoil, l'ammoniaque et les ordures qui brûlent.

La piste n'est plus qu'une mer de boue épaisse que vient rider le vent. La pluie cingle et le terrain central est noyé sous cinquante centimètres d'eau. Les gradins couverts de givre sont vides, hormis une poignée d'ouvriers qui s'activent à tout nettoyer.

— Hein ? fait Bob, affalé sur un banc à quelques mètres derrière le Gouverneur.

Rotant d'un air absent, la tête enfumée par les vapeurs de l'alcool, Bob a l'air d'un petit garçon perdu. Une bouteille de Jim Beam vide gît sur le banc à côté de lui, et il en tient une autre, encore à moitié pleine. Il boit sans discontinuer depuis cinq jours, depuis que Megan Lafferty a quitté ce monde.

Un ivrogne invétéré sait entretenir l'ivresse mieux que quiconque. La plupart des buveurs occasionnels atteignent le moment optimal – l'anesthésie et l'étourdissement indolore qui donne aux timides la force d'avoir une vie sociale – quelques instants seulement avant de sombrer dans l'ivresse la plus complète. En revanche, Bob peut arriver à l'inconscience avec un litre de whisky et l'entretenir pendant des jours.

Mais là, Bob a atteint le crépuscule de l'alcoolisme. À force de boire un litre par jour, il se met régulièrement à dériver, perdre contact avec la réalité et sombrer dans le coma pendant des heures.

— J'ai dit que le spectacle devait continuer, répète le Gouverneur en haussant la voix et en se rapprochant du grillage qui les sépare. Ces gens s'ennuient, Bob. Ils ont besoin de leur catharsis.

— Carrément, répond Bob d'une voix pâteuse.

Il est incapable de garder la tête droite. Il fixe le Gouverneur, à un mètre de là, qui le foudroie du regard à travers le grillage. Il lui trouve l'air d'un démon dans l'éclairage cru du circuit, avec le halo argenté qui nimbe ses cheveux noirs tirés en arrière. Son haleine se condense en petits nuages blancs et sa moustache de Fu Manchu tressaille tandis qu'il reprend :

— C'est pas une petite tempête qui va nous abattre, Bob. J'ai en tête un truc qui va les laisser sur le cul. Attends, tu n'as pas tout vu.

— Ça a l'air… cool, marmonne Bob en piquant du nez.

— Demain soir, Bob. (Le visage du Gouverneur flotte comme un fantôme devant lui.) Ce sera une leçon. À partir de maintenant, les choses vont changer, par ici. La loi et l'ordre, Bob. Ce sera la plus grande occasion de l'apprendre.

Et un grandiose spectacle, par-dessus le marché. Tout va se nouer ici, dans cette boue. Bob ? Tu m'écoutes ? Ça va ? Reste avec moi, bonhomme. (Alors que Bob glisse du banc, victime d'un autre coma, la dernière image qui lui reste est le visage du Gouverneur découpé en petits losanges par le grillage.) Et il est où, Martinez, putain ? s'agace celui-ci en se retournant. Ça fait des heures que j'ai pas vu ce con.

— Écoutez-moi, dit Martinez en regardant tour à tour droit dans les yeux chacun des conspirateurs, dans la pénombre sépulcrale de la remise de chemin de fer. (Les cinq hommes sont accroupis en demi-cercle autour de lui, dans le fond de la remise envahie de toiles d'araignée. Il allume un cigarillo dont la fumée enveloppe son visage rusé.) On utilise pas un piège pour prendre un foutu cobra. On frappe, le plus vite et le plus fort possible.

— Quand ? demande le plus jeune, Stevie.

Accroupi auprès de Martinez, ce grand et mince métis porte un blouson de roadie en soie. Il a un petit duvet en guise de moustache et cligne nerveusement ses longs cils. Son allure innocente dissimule sa férocité à détruire les zombies.

— Bientôt, dit Martinez en soufflant sa fumée. Je vous dirai ce soir.

— Où ? demande un autre, un plus âgé en caban et cache-nez, qu'on appelle le Suédois.

Sa touffe de cheveux blonds hirsutes, son visage tanné et sa large poitrine, où s'entrecroisent en permanence deux cartouchières, lui donnent l'air d'un combattant de la Résistance française de la Deuxième Guerre. Martinez se tourne vers lui.

— Je vous informerai.

Le Suédois pousse un soupir agacé.

— On risque notre peau, là, Martinez. Tu pourrais nous donner quelques détails sur ce qui nous attend.

Broyles, un Black en doudoune, prend la parole :

— S'il nous les donne pas, il y a une raison, le Suédois.

— Ah ouais ? Et laquelle ?

— La marge d'erreur.

— La quoi ?

— Trop à perdre, si quelqu'un se fait pincer avant l'opération, qu'on le torture et tout ça...

— C'est à peu près ça, ouais, opine Martinez.

Un quatrième, un ancien mécanicien de Macon nommé Taggert, intervient :

— Et les deux porte-flingues ?

— Bruce et Gabe ? demande Martinez.

— Ouais... Tu crois pouvoir les retourner ?

— À ton avis ? fait Martinez en tirant une bouffée de cigarillo.

— Je crois pas qu'ils vont marcher dans ce genre de truc, dit Taggert en haussant les épaules. C'est des lèche-culs.

— Exactement, dit Martinez. C'est pour ça qu'on doit les liquider en premier.

— Si tu veux mon avis, marmonne Stevie, la plupart des gens de la ville se plaignent pas du Gouverneur.

— Il a raison, renchérit le Suédois en hochant nerveusement la tête. Je dirais que quatre-vingt-dix pour cent apprécient carrément cet enfoiré et que la situation leur va telle qu'elle est. Du moment que le garde-manger est plein, que le mur tient, et que le spectacle continue... C'est comme les Allemands avec ce salaud d'Hitler dans les années trente...

— OK, on a compris, coupe Martinez en jetant son cigarillo sur le ciment et en l'écrasant du bout du pied. Écoutez-moi tous. On va le faire et vite, sans tourner autour du pot. Sinon on finira dans l'abattoir, débités en petits morceaux pour nourrir les zombies. Il aura un accident. C'est tout ce que vous avez besoin de savoir pour le moment. Si vous voulez pas en être, la porte est là-bas. Sans rancune. Votre chance, c'est maintenant. Vous avez été de bons bosseurs, des gars honnêtes… Et la confiance, c'est pas courant ici. Si vous voulez pas participer et partir, je vous en voudrai pas. Mais que ça soit tout de suite. Parce qu'une fois qu'on sera lancés, on pourra pas faire machine arrière.

Il attend. Personne ne dit rien. Tout le monde reste.

Cette nuit-là, la température chute avec le vent du nord qui se lève. Les cheminées crachent leur fumée le long de la rue principale et les générateurs tournent à fond. À l'ouest, les puissants projecteurs du circuit restent allumés durant les préparatifs de la grande représentation du lendemain soir.

Dans son appartement, Lilly dépose une paire de pistolets et de munitions sur son lit : deux semi-automatiques Ruger Lite calibre .22 avec un chargeur supplémentaire et une boîte de balles. C'est Martinez qui lui a tout donné et appris comment recharger.

Elle recule et regarde les pistolets plaqués or en plissant les paupières. Son cœur s'emballe, elle a la gorge sèche. De nouveau, ces sensations familières de panique et de doute. Elle marque une pause. Ferme les yeux et ravale la peur. Elle rouvre les yeux, lève sa main droite et reste songeuse comme si elle appartenait à quelqu'un d'autre. La main ne tremble pas. Elle est solide comme le roc.

Elle ne dormira pas ce soir ni peut-être le lendemain.

Elle sort de sous son lit un gros sac à dos, y fourre les armes, les munitions, une machette, une torche, une corde en nylon, des somnifères, du chatterton, une cannette de soda, un briquet, un rouleau de bâche plastique, des mitaines, des jumelles et un gilet matelassé. Puis elle le referme et le replace sous le lit.

Il reste moins de vingt-quatre heures avant la mission qui va changer le cours de son existence. Lilly enfile une doudoune, des bottes fourrées et une casquette. Puis elle jette un coup d'œil à son réveil mécanique sur la table de chevet. Cinq minutes plus tard, à 23 heures 45, elle sort et verrouille sa porte.

*   *

*

La ville est déserte dans le froid glacial et dans l'air flotte l'odeur âcre du soufre et du sel. Lilly doit marcher avec précaution sur les trottoirs, car la glace crisse bruyamment sous ses pas. Elle jette un coup d'œil par-dessus son épaule. Personne. Elle contourne le bureau de poste pour gagner l'immeuble de Bob.

L'escalier en bois où Megan s'est pendue, couvert de glace, craque sous ses chaussures. Elle frappe chez Bob. Pas de réponse. Frappe encore. Toujours rien. Elle l'appelle à mi-voix, mais elle n'entend pas le moindre bruit à l'intérieur. Elle entre.

La cuisine est sombre et silencieuse, le sol jonché de vaisselle, couverts et éclaboussures. Un instant, elle se demande si elle n'aurait pas dû venir armée. Elle balaie du regard le salon sur la droite et voit les meubles renversés et les tas de linge sale.

Elle trouve une lanterne à piles sur le comptoir, s'en empare et l'allume. Elle s'enfonce dans l'appartement en appelant Bob. Dans la lumière de la lanterne scintillent des éclats de verre dans le couloir. L'une des trousses médicales de Bob gît sur le sol, renversée, son contenu éparpillé. Une substance gluante luit sur les murs. Lilly réprime sa peur et continue.

— Il y a quelqu'un ?

Elle jette un coup d'œil dans la chambre au bout du couloir et trouve Bob assis par terre, adossé au lit défait, le menton sur la poitrine, en débardeur et caleçon tachés, les jambes d'un blanc blafard, si immobile qu'un instant Lilly le croit mort. Mais elle voit sa poitrine se soulever et retomber lentement et remarque la bouteille de whisky sur laquelle repose sa main.

— Bob !

Elle se précipite et lui relève doucement la tête. Les paupières lourdes, les yeux rouges et vitreux, il marmonne quelque chose qui ressemble à :

— Y en a trop… ils vont…

— Bob, c'est moi, Lilly. Tu m'entends ? Bob !

Il dodeline de la tête.

— Ils vont mourir… Les urgences sont débordées…

— Bob, réveille-toi, tu fais un cauchemar. Ça va, je suis là.

— Grouillant d'asticots… trop… horrible…

Elle se relève, tourne les talons et, dans la salle de bains, remplit d'eau un gobelet sale qu'elle lui apporte. Elle lui enlève doucement sa bouteille et la jette de l'autre côté, où elle se fracasse contre le mur. Bob sursaute en entendant le bruit.

— Tiens, bois, dit-elle. (Il avale en toussotant, agitant les mains. Il essaie vainement de la regarder. Elle caresse son front fiévreux.) Je sais que tu souffres, Bob, mais ça va aller. Je suis là.

Elle l'attrape sous les aisselles, le hisse sur le lit et lui met un oreiller sous la tête. Puis elle remonte la couverture jusqu'à son menton et murmure :

— Je sais que c'était dur pour toi de perdre Megan et tout ça, mais il faut que tu attendes ici.

Il fronce les sourcils et une grimace angoissée tord son visage blême et ridé. Il scrute le plafond, comme un homme qu'on aurait enterré vivant et qui cherche de l'air.

— Jamais… j'ai voulu… dit-il d'une voix pâteuse. C'était pas… mon idée à moi de…

— C'est bon, Bob. Tu n'es pas obligé de parler, dit-elle doucement en lui caressant le front. Tu as fait ce qu'il fallait. Tout ira bien. Les choses vont changer, ici, pour le meilleur.

Elle caresse sa joue glacée hérissée de poils gris, puis elle se met à chantonner. Le *Circle Game* de Joni Mitchell. Bob laisse sa tête s'enfoncer dans l'oreiller humide et commence à se calmer. Ses paupières se ferment. Comme au bon vieux temps. Il se met à ronfler. Lilly continue de fredonner longtemps après qu'il s'est endormi.

— On va le liquider, dit-elle à mi-voix à l'homme endormi. (Elle sait qu'il n'entend plus ce qu'elle dit, mais c'est plus pour elle-même qu'elle parle, à présent. À cette part d'elle-même profondément enfouie.) Il est trop tard pour rebrousser chemin, à présent… On va le liquider…

Elle se tait, puis elle décide de se trouver une couverture pour passer le reste de la nuit au chevet de Bob en attendant que se lève l'aube fatale.

17

Le lendemain matin, le Gouverneur s'attelle de bonne heure aux derniers préparatifs de son grand spectacle. Levé avant l'aube, il s'habille, prépare du café et donne à Penny le reste de sa réserve d'organes humains. À 7 heures, il sort retrouver Gabe chez lui. L'équipe de salage est déjà sur le pied de guerre et le temps est étonnamment doux, malgré la tempête de la semaine précédente. Le mercure a atteint la douzaine de degrés et le ciel s'est éclairci, voire calmé, avec un plafond de nuages d'un gris de ciment. Le vent souffle à peine et le Gouverneur trouve la journée qui s'annonce idéale pour ses nouveaux combats de gladiateurs.

Gabe et Bruce surveillent le transfert des zombies détenus dans les cellules sous le circuit. Il faut plusieurs heures pour emmener ces créatures jusqu'au terrain en surface, non seulement parce que les morts-vivants sont des fauves indisciplinés, mais aussi parce que le Gouverneur veut que ce soit fait en secret. Avec l'inauguration du Ring de la Mort, il s'est découvert une âme de metteur en scène et il tient à ce que le public soit ébloui. Il passe la majeure partie de l'après-midi dans le circuit à vérifier fonctionnement des rideaux, sonorisation, musique, lumières, portes, verrous et sécurité, et surtout, le plus important, les concurrents.

Les deux gardes survivants, Zorn et Manning, toujours détenus dans les cellules souterraines, ont littéralement fondu. Avec un régime de restes, biscuits avariés et eau depuis des mois, enchaînés vingt-quatre heures sur vingt-quatre, on dirait des squelettes ambulants et ils ont presque perdu la raison. Leurs seuls avantages sont leur formation militaire et leur fureur qui, au cours des semaines, s'est décuplée et a fait d'eux des déments assoiffés de vengeance. En d'autres termes, s'ils ne peuvent pas égorger leurs geôliers, ils seront heureux de se rabattre sur le second choix : se déchiqueter mutuellement.

Les gardes sont la pièce finale du puzzle et le Gouverneur attend la dernière minute pour les faire amener. Gabe et Bruce prennent trois de leurs ouvriers les plus costauds pour entrer dans la cellule et injecter aux soldats du penthotal afin de les rendre plus dociles. Ils n'ont pas beaucoup de chemin à faire. Bâillonnés et entravés au cou, poignets et chevilles, les deux gardes sont traînés dans les escaliers métalliques jusqu'à la surface.

Autrefois, les fans de courses arpentaient ces couloirs en béton pour acheter t-shirts, *corndogs*, bières et barbe à papa. Désormais, ces tunnels perpétuellement plongés dans le noir, condamnés et cadenassés, servent d'entrepôt pour tout et n'importe quoi, des bidons de carburant aux caisses de marchandises volées aux victimes de la peste.

Tout est prêt à 18 heures 30. Le Gouverneur ordonne à Gabe et Bruce de prendre position chacun à une extrémité du circuit à la sortie des tunnels, afin d'empêcher un combattant égaré – un zombie errant, en l'occurrence – de s'enfuir. Satisfait de sa mise en place, il rentre chez lui endosser son costume de scène. Il s'habille tout en cuir noir – gilet, pantalon et bottes de moto, jusqu'au lacet de son catogan. Il se sent comme une rock star. Il couronne le tout en enfilant son légendaire long manteau.

Peu après 19 heures, la quarantaine d'habitants de Woodbury commence à arriver au circuit. Toutes les affiches accrochées aux poteaux de téléphone et aux vitrines des magasins en début de semaine annoncent que le spectacle est à 19 heures 30, mais tout le monde veut être devant et au centre, bien installé avec coussins et couvertures.

Avec le temps qui s'est radouci, tous sont de plus en plus surexcités à mesure que l'heure approche.

À 19 heures 28, le silence se fait parmi les spectateurs rassemblés au plus près de la piste, certains collés au grillage. Les plus jeunes hommes sont devant, tandis que les femmes, couples et personnes âgées sont assis un peu plus haut, enveloppés dans des couvertures pour se protéger du froid. Tous les visages expriment l'avidité pleine d'espoir d'un drogué en manque. Tendus, hagards, nerveux, ils sentent que quelque chose d'extraordinaire va survenir. Ils flairent dans le vent l'odeur du sang.

Le Gouverneur ne va pas les décevoir.

À 19 heures 30 pile – selon la montre automatique du Gouverneur – la musique commence à s'élever par-dessus le gémissement incessant du vent. Dans les haut-parleurs, c'est d'abord un accord de basse sourde – l'ouverture que beaucoup connaissent, mais dont ils seraient pour la plupart incapables de donner le nom : *Also Sprach Zarathustra*, de Richard Strauss. Mais ils savent que les tonitruantes notes qui s'égrènent une par une dans une dramatique montée sont le thème de *2001, l'Odyssée de l'espace*.

Un léger voile de neige poudre le faisceau des projecteurs braqué sur le centre du terrain boueux où il dessine un cercle aveuglant. L'assistance pousse un hourra en voyant le Gouverneur apparaître dans la lumière.

Alors que le vent soulève les basques de son imperméable et que la musique explose, il lève une main dans un geste royal et mélodramatique. Ses bottes s'enfoncent de vingt centimètres dans le bourbier qu'est devenu le terrain, mais il estime que la boue ne fera que renforcer la mise en scène.

— Amis! Habitants de Woodbury! tonne-t-il dans un micro branché sur la sono du circuit. (Sa voix résonne dans le ciel nocturne, répercutée par les tribunes vides.) Vous avez travaillé dur pour que cette ville continue de fonctionner! Vous allez bientôt en être récompensés! (Une quarantaine de voix au bord de la démence, cela peut faire un véritable vacarme. Les vivats tourbillonnent dans le vent.) Êtes-vous prêts pour l'action? (De l'assistance fusent des glapissements de hyènes et des acclamations.) Qu'on fasse entrer les combattants!

Aussitôt, d'énormes projecteurs s'allument en haut des gradins et balaient le terrain. Un par un, les cônes de lumière argentée viennent se braquer sur cinq immenses rideaux noirs qui dissimulent les ouvertures débouchant sur le terrain.

À l'autre bout du circuit, une porte de garage se soulève et découvre Zorn, le plus jeune des deux gardes. Revêtu de protège-épaules et de jambières et armé d'une grosse machette, il tremble comme un dément. Avec une expression féroce, il s'avance vers le centre du terrain de la démarche raide et saccadée d'un homme qui est resté enchaîné des semaines durant.

Presque au même instant, la porte du côté opposé se soulève à son tour et laisse apparaître Manning, le soldat aux cheveux gris hirsutes et aux yeux injectés de sang. Armé d'une énorme hache de guerre, il s'avance en pataugeant dans la boue comme un zombie.

Alors que les deux combattants sont sur le point de s'affronter, le Gouverneur beugle dans son micro:

— Mesdames et messieurs, c'est avec une immense fierté que je vous présente le Ring de la Mort !

L'assistance laisse échapper un cri de stupeur quand les rideaux s'écartent brusquement et révèlent des bandes de zombies affamés et grondants. Certains spectateurs se lèvent instinctivement d'un bond pour s'enfuir, alors que les Bouffeurs commencent à avancer d'un pas lourd, les bras tendus vers la chair humaine.

C'est lorsqu'ils arrivent à mi-chemin du terrain, d'une démarche ralentie par la boue, qu'ils sont retenus par leurs chaînes. Certains, surpris de cette entrave à leur liberté tombent grotesquement à la renverse, les quatre fers en l'air. D'autres grondent de fureur en agitant leurs bras sous les huées des spectateurs.

— Que le combat commence !

Au centre du terrain, Zorn se jette sur Manning avant que celui-ci soit prêt – avant même, d'ailleurs, que le Gouverneur ait pu se mettre à l'abri – et Manning a tout juste le temps de parer le coup. La machette s'abat sur la hache dans une gerbe d'étincelles.

L'assistance pousse des cris tandis que Manning recule en dérapant et s'étale dans la boue, manquant de peu de se faire agripper par un zombie. Le mort-vivant, assoiffé de sang, claque des mâchoires, retenu de justesse par sa chaîne. Manning se relève précipitamment, terrifié.

Le Gouverneur sourit intérieurement en quittant l'arène et en gagnant les souterrains où résonnent les cris des spectateurs. Ce serait génial si l'un des gardes se faisait mordre sous les yeux de l'assistance et se transformait en zombie au beau milieu du combat. Là, ce serait un sacré spectacle.

Au détour du tunnel, il aperçoit à côté d'une boutique condamnée l'un de ses hommes qui glisse un chargeur dans son AK-47. Le jeune homme est un gamin de la campagne qui a grandi trop vite, vêtu d'une doudoune en loques et coiffé d'une casquette.

— Alors, chef, comment ça se passe là-bas ?

— Ça s'excite, Johnny, ça s'excite, répond le Gouverneur avec un clin d'œil. Je vais voir Gabe et Bruce aux sorties. Assure-toi que les zombies restent sur le terrain et retournent pas vers les portes.

— C'est noté, chef.

Le Gouverneur continue son chemin dans un tunnel désert.

Les cris étouffés de la foule résonnent par vagues dans le sombre couloir menant à la sortie est. Il se sent en pleine forme et se met à siffloter quand soudain, il se tait et ralentit en portant instinctivement la main à son .38. Brusquement, quelque chose lui paraît louche.

Il s'arrête net au milieu du tunnel. La sortie est, à quelques mètres devant lui, est totalement déserte. Gabe n'est visible nulle part. La porte en planches, ouverte, laisse entrer la lumière des phares d'un véhicule qui attend au point mort.

C'est à cet instant que le Gouverneur remarque le canon d'un fusil d'assaut M1 qui dépasse par terre du coin du mur. C'est celui de Gabe.

— Putain de merde ! s'exclame le Gouverneur en dégainant son arme et en faisant volte-face.

L'éclair bleuté d'un Taser crépite devant son visage et le projette en arrière.

Martinez entre rapidement, le Taser à la main, une lourde matraque dans l'autre, au moment où la décharge de cinquante mille volts envoie valser contre la paroi le Gouverneur qui lâche son arme.

Martinez lui assène un violent coup de matraque sur la tempe. Le Gouverneur tressaute contre le mur, pris de convulsions, mais refuse de se laisser abattre. Il pousse les cris inarticulés d'un homme victime d'une attaque cérébrale, les veines de son cou et de ses tempes gonflées, et décoche des coups de pied à son adversaire.

Le Suédois et Broyles apparaissent aux côtés de Martinez, prêts à agir avec leur corde et du chatterton. Un dernier coup de matraque finit par assommer le Gouverneur.

L'homme se raidit et glisse sur le sol, les yeux révulsés. Le Suédois et Broyles se précipitent sur le corps qui tressaille encore, prostré sur le ciment.

Ils le ligotent et le bâillonnent en moins d'une minute. Martinez siffle les hommes restés dehors et la porte s'ouvre immédiatement.

— À trois, murmure-t-il en rangeant son Taser et sa matraque dans sa ceinture avant d'empoigner leur prisonnier par les chevilles. Un, deux… *trois* !

Broyles soulève le Gouverneur par les épaules, Martinez par les jambes, et le Suédois les précède dans le vent glacial jusqu'à la camionnette qui attend. À l'arrière, les deux portes sont déjà ouvertes. Ils y glissent le corps. Quelques secondes plus tard, les hommes une fois montés, le véhicule s'ébranle et il ne reste plus devant la porte qu'un nuage de fumée.

— Réveille-toi, espèce de connard ! ordonne Lilly en giflant le Gouverneur.

L'homme allongé sur le sol de la camionnette sans fenêtres ouvre les yeux. Gabe et Bruce sont attachés et bâillonnés, les yeux écarquillés, près des portes arrière. Le Suédois les tient en respect avec son Smith & Wesson calibre .45. Des caisses de matériel militaire sont entassées le long des parois. Il y a de tout, depuis les balles anti-blindage jusqu'aux bombes incendiaires.

Le Gouverneur, qui reprend progressivement conscience, regarde autour de lui et éprouve la solidité de ses liens : il est entravé avec des menottes en plastique, de la corde de nylon et bâillonné avec du chatterton.

— Va falloir m'écouter, Blake, lui dit Lilly. « Gouverneur »… « Président »… « Ton Altesse mon cul »… Le titre que tu voudras. Tu crois que tu es une espèce de dictateur bienveillant ? (Le Gouverneur jette autour de lui des regards d'animal pris au piège.) Mes amis étaient pas forcés de mourir, continue-t-elle, penchée sur lui. Tu aurais pu faire quelque chose de génial de cette ville… un endroit où les gens auraient pu vivre en sécurité et en harmonie… au lieu d'en faire un cirque malsain.

— Stevie, tu vois quelque chose ? demande Martinez par radio depuis l'avant.

— Négatif… rien encore, grésille la réponse. (Un silence, puis un larsen, et la voix de Stevie :) Putain, mais c'est quoi, ça ?

— Stevie, répète ! dit Martinez. (Des grésillements et des chuintements.) Stevie ? Tu me reçois ? Je veux pas m'éloigner trop de la ville !

Entre les parasites, ils entendent par intermittence la voix de Stevie :

— Arrête, Taggert… Arrête ! Putain, mais c'est quoi ?

À l'arrière, Lilly continue :

— Coucher pour manger ? Sans blague ? Tu déconnais pas ? C'est quoi, cette société ?

— Lilly ! crie Martinez. Arrête, on a un problème ! Broyles ! Arrête la camionnette !

Entre-temps, le Gouverneur a pleinement repris conscience et pose sur Lilly un regard flamboyant de la

rage muette qui consume son âme. Mais elle s'en contre-
fiche, elle ne relève même pas.

— Tous ces combats, ces suicides et la terreur qui
abrutit tout le monde… ? (Elle se retient de lui cracher au
visage.) C'est ça, ton idée d'une *communauté* ?

— Lilly, putain ! dit Martinez en se retournant. Tu veux
bien…

La camionnette freine brusquement, projetant Martinez
contre la paroi et faisant culbuter Lilly par-dessus le Gouverneur sur les caisses de munitions qui s'effondrent. Le
talkie-walkie glisse sur le sol et s'arrête contre un sac de
toile. Le Gouverneur roule d'un côté et de l'autre et le
chatterton commence à se décoller de sa bouche.

— J'ai un zombie en visuel ! crie la voix de Broyles
dans le talkie.

Martinez rampe vers la radio, s'en empare et la porte à
ses lèvres.

— Qu'est-ce qui se passe, Broyles ? Pourquoi tu as
freiné ?

— Encore un ! crie la voix dans le haut-parleur. Il y en
a deux qui sortent du… Oh, putain, putain !

— Broyles, qu'est-ce qui se passe, merde ? demande
Martinez.

— Il y en a plus que…

Les grésillements noient sa voix un moment, puis celle
de Stevie s'élève à nouveau.

— Bon Dieu, il y en a tout un tas qui sortent des… (Grésillements.) Ils sortent des bois, les mecs, ils arrivent !

— Stevie, réponds-moi ! On les laisse et on retourne ?
hurle Martinez.

— Il y en a trop, chef ! crie Broyles. J'en ai jamais vu
autant en une…

Une série de grésillements, puis une détonation et un
bruit de verre brisé retentissent dehors. Lilly se lève d'un

bond. Elle comprend ce qui se passe et tire le Ruger de sa ceinture.

— Martinez! Rappelle tes hommes, sors-les de là! crie-t-elle.

— Stevie, tu m'entends? dit Martinez. Foutez le camp, repliez-vous! Demi-tour! On va trouver un autre endroit! Tu m'entends, Stevie?

Le cri terrifié de Stevie déchire le haut-parleur, suivi d'une rafale de mitraillette, d'un crissement de métal et d'un énorme fracas.

— Attendez! crie Broyles. Ils l'ont retourné! Ils sont trop nombreux! On est foutus, complètement baisés!

La camionnette frémit, le moteur passe en marche arrière et le véhicule s'élance brusquement, projetant tout le monde contre la paroi de séparation. Lilly se cogne à l'armurerie, faisant tomber une douzaine de carabines. Ballottés, Gabe et Bruce se cognent l'un contre l'autre. Mais à l'insu de tous, Gabe a réussi à glisser les doigts sous les menottes de Bruce et entreprend de les desserrer. Le bâillon de son compagnon s'est décollé.

— Espèces de connards, vous allez tous crever! hurle-t-il dans un gargouillement.

La camionnette cahote sur une bosse, puis une autre, et encore une autre, avec un bruit humide et étouffé qui ébranle le châssis, et Lilly se cramponne à une poignée de sa main libre tout en évaluant la situation.

Le Suédois braque son arme sur le Black qui continue d'éructer.

— Ferme ta gueule!

— Pauvres connards, vous savez même pas…

L'arrière du véhicule cogne quelque chose et s'embourbe. Les roues glissent et patinent dans une substance gluante et visqueuse sur la route et le tête-à-queue envoie tout le monde valser dans un coin. Des armes se détachent et le Gouverneur, dont le bâillon s'est entièrement décollé, est projeté contre des caisses qui retombent sur lui. Il laisse échapper un cri de rage, puis il se tait.

Tout le monde reste silencieux dans la camionnette immobile.

Puis le véhicule tout entier frémit. Les secousses alertent tous les passagers. Dans le haut-parleur du talkie tombé sur le sol, ils entendent la voix de Broyles qui répète *trop nombreux* et *foutre le camp*, puis soudain, le crépitement de son AK-47 retentit dans la cabine, suivi de bris de verre et d'un cri perçant.

Le silence retombe. Tout est de nouveau calme. Hormis le bourdonnement sourd et gargouillant des centaines de voix des zombies qui gronde à l'extérieur et fait vibrer les parois de la camionnette. Quelque chose heurte de nouveau le véhicule et le secoue violemment.

Martinez décroche un fusil d'assaut, gagne les portes arrière et s'apprête à ouvrir, quand il entend derrière lui une voix grave rendue rauque par le whisky :

— Je ferais pas ça à ta place.

Lilly baisse les yeux et voit le Gouverneur qui se redresse contre la paroi, le regard flamboyant. Elle braque son Ruger sur lui.

— Tu donnes plus d'ordres, maintenant, lui dit-elle, les dents serrées.

La camionnette est à nouveau secouée. Le grondement continue.

— Ton petit plan a capoté, continue le Gouverneur avec une joie sadique, le visage agité de tics.

— Ta gueule !

— Tu pensais nous larguer ici en pâture aux Bouffeurs et que personne le saurait jamais.

— Je t'ai dit de la fermer ! ordonne-t-elle en braquant le canon de son arme sur son front.

Le van tressaute encore. Martinez reste figé, indécis. Il se tourne et s'apprête à parler à Lilly quand une forme floue apparaît rapidement et les prend de court.

Bruce, qui a réussi à se libérer les mains, assène un coup de poing au Suédois qui laisse échapper son arme. Le .45 tombe bruyamment sur le sol et le coup part sous le choc, avec une détonation assourdissante, arrachant du sol un fragment de métal qui frôle le pied du Suédois. L'homme pousse un cri et s'affale contre la paroi du fond.

D'un mouvement souple, avant que Martinez ou Lilly aient pu tirer, le grand Black ramasse le .45 encore chaud et tire trois balles dans la poitrine du Suédois, qui retombe inerte.

De l'arrière, Martinez fait volte-face et tire deux coups rapides dans sa direction, mais Bruce a déjà bondi derrière les caisses. Les balles traversent les cartons, faisant exploser en partie leur contenu et projetant une pluie d'éclats de bois, d'étincelles et de papier. Tout le monde se jette au sol. Bruce dégaine le poignard qu'il avait dissimulé à sa cheville et s'attaque aux menottes de Gabe. Tout s'accélère. Lilly tourne son Ruger vers les deux hommes. Martinez bondit sur Bruce. Le Gouverneur hurle quelque chose qui ressemble à : « Les tuez pas ! » Bruce donne un coup de son poignard à Martinez qui esquive et recule, heurtant Lilly qu'il envoie valser contre les portes. Sous le choc, elles s'ouvrent toutes grandes et laissent une marée de cadavres se déverser dans le véhicule.

18

Un énorme Bouffeur en putréfaction vêtu d'une chemise de nuit d'hôpital en lambeaux se jette sur Lilly et manque de peu de la mordre quand Martinez parvient à lui faire sauter le crâne d'une balle.

Une giclée de sang noir et âcre jaillit sur le plafond et le visage de Lilly, qui recule. D'autres Bouffeurs s'introduisent par l'ouverture. À moitié assourdie par la détonation, Lilly se réfugie dans le fond.

Le Gouverneur, toujours menotté, recule à son tour, tandis que Gabe s'empare d'un fusil chargé et tire une rafale qui crible les morts-vivants. Des crânes volent en éclats dans une gerbe de débris de cervelle et l'intérieur de la camionnette se remplit de fumée et d'une puanteur de mort. D'autres zombies continuent de monter malgré le tir de barrage.

— Bruce, détache-moi !

En entendant la voix du Gouverneur – presque noyée par le vacarme –, Bruce s'approche avec son couteau. Pendant ce temps, Martinez et Lilly vident leurs chargeurs dans une salve de balles et font un véritable carnage. Bruce tranche les entraves du Gouverneur, qui se relève d'un bond et s'empare d'une carabine.

L'air est rempli de détonations et les cinq humains survivants qui se retrouvent rapidement blottis au fond de la camionnette tirent sans relâche. Le bruit assourdissant se répercute sur les parois du véhicule. Quelques balles manquent leur cible et ricochent sur le chambranle des portes dans des gerbes d'étincelles et un éclat de métal touche Lilly à la cuisse.

Des zombies mutilés tombent comme des dominos sur le sol et glissent à l'extérieur sur les autres. Les tirs continuent et les cinq humains finissent recouverts d'une substance noire et visqueuse. Pendant cette minute qui semble durer une éternité, ils sont parvenus à abattre jusqu'au dernier assaillant qui retombe en laissant des traces de sang sur le plancher en acier.

Dans le silence qui s'ensuit, alors que Gabe, Martinez et le Gouverneur rechargent, Bruce se précipite sur les portes. D'un coup de pied, il repousse les derniers cadavres. Lilly laisse tomber son chargeur vide et recharge, le cœur battant. Prestement, Bruce tire les portes qui se referment en grinçant. Ils se retrouvent enfermés dans la camionnette ruisselante de sang, mais le pire, ce qui est désormais gravé dans leur esprit, c'est ce qu'ils ont entraperçu à l'extérieur, la forêt de part et d'autre de la route et les flancs des collines plongés dans l'obscurité et remplis d'une masse d'ombres mouvantes.

Ce qu'ils ont vu avant que les portes se referment défie l'entendement. Ce n'est pas la première fois qu'ils voient des hordes de zombies, certaines énormes, mais celle-ci est une masse indescriptible de morts-vivants comme nul n'en a jamais vu depuis le début de la peste il y a des mois. Presque un millier de cadavres à des stades plus ou moins avancés de décomposition s'étendent à perte de vue. Une masse si dense qu'on pourrait marcher dessus borde les collines de part et d'autre de l'autoroute 85. Elle se meut d'une démarche lourde de somnambules, comme un glacier noir dont l'avancée abat les arbres et emporte champs et routes. Certains n'ont presque plus de chair sur leurs os où pendent leurs vêtements en lambeaux comme des lichens à des branches d'arbres. D'autres sont agités de soubresauts comme des serpents dérangés dans leur tanière. Cette masse de visages livides est si immense qu'on dirait une marée de pus.

La terreur qu'inspire ce spectacle fige tous les occupants de la camionnette.

— Espèce de pauvre connard, dit Gabe en braquant sa carabine sur Martinez. Regarde ce que tu as fait ! Regarde la merde où tu nous as foutus !

Avant que quiconque ait pu réagir, Lilly braque son Ruger sur lui. Ses oreilles bourdonnent encore et elle n'a pas bien entendu ses paroles, mais elle sent qu'il ne blague pas.

— Je te fais sauter le caisson si tu recules pas, enfoiré, le menace-t-elle.

Bruce se jette sur elle et pose sa lame sur sa gorge.

— Espèce de salope, tu as trois secondes pour lâcher ton…

— Bruce ! s'écrie le Gouverneur en le mettant en joue. Recule !

Le garde ne bouge pas et garde son couteau sur la gorge de Lilly, qui braque toujours Gabe, tandis que Martinez met le Gouverneur en joue.

— Philip, écoute-moi, dit-il calmement. Je te jure que je te descends avant que j'y passe.

— Que tout le monde se calme, putain ! tonne le Gouverneur. La seule manière de sortir de ce merdier, c'est ensemble !

La camionnette tressaute à nouveau sous le poids des zombies qui recommencent à se masser autour.

— Tu as quoi en tête ? demande Lilly.

— Pour commencer, baissez tous vos armes.

— Bruce, tu la lâches, dit Martinez.

— Fais ce qu'il dit, Bruce, ajoute le Gouverneur, son arme toujours braquée sur lui. Baisse ton couteau ou je t'éparpille la cervelle sur le mur !

À contrecœur, les yeux flamboyants, Bruce obéit. La camionnette oscille de nouveau tandis qu'ils baissent tous lentement leurs armes les uns après les autres. Martinez est le dernier.

— Si on réussit à entrer dans la cabine, on pourra sortir en leur roulant dessus.

— Pas question ! répond le Gouverneur. On risque de les attirer tous sur Woodbury !

— Tu proposes quoi ? lui demande Lilly, avec l'horrible sensation de céder de nouveau à ce dément. On va pas rester ici sans rien faire.

— On est à combien de la ville ? Moins de deux kilomètres ? demande le Gouverneur en balayant du regard l'intérieur de la camionnette. (Il repère les armes et les munitions.) Je vais te demander un truc, dit-il à Martinez. On dirait que tu as planifié ton petit putsch comme un militaire. Tu as des roquettes, dans tes caisses, là ? Des trucs un petit peu plus puissants qu'une simple grenade ?

Il leur faut moins de cinq minutes pour trouver le nécessaire, charger la roquette, définir la stratégie et se mettre en position. C'est le Gouverneur qui donne les ordres et fait activer les autres, tandis que la horde se presse contre la camionnette comme un essaim d'abeilles grouillantes. Les zombies sont si nombreux qu'ils font presque basculer la camionnette. La voix étouffée du Gouverneur qui commence son compte à rebours leur est incompréhensible.

— *Trois… deux… un…*

Le premier tir fait voler les portes arrière et catapulte une demi-douzaine de zombies dans les airs et la roquette s'enfonce dans la masse compacte de morts-vivants comme un tisonnier brûlant dans une motte de beurre. Le projectile explose à dix mètres de la camionnette, déchiquetant plus d'une centaine de zombies, dans un bruit de tonnerre qui résonne dans les arbres.

L'énorme nuage de flammes qui jaillit éclaire la nuit et pulvérise les zombies les plus proches, engloutissant dans une fournaise tout ce qui se trouve dans un rayon de cinquante mètres. Gabe est le premier à sauter du véhicule, un foulard sur le visage pour se protéger des fumées âcres de chairs grillées par ce maelstrom de feu. Lilly le suit de près, une main sur la bouche, tirant de l'autre sur quelques zombies rescapés.

Ils parviennent à la cabine, ouvrent la portière et montent à l'intérieur. Après avoir repoussé le cadavre ensanglanté de Broyles, ils démarrent et, en quelques secondes, la camionnette s'ébranle.

Le véhicule fonce dans la masse de zombies comme un bulldozer et les réduit en gelée putréfiée sur la chaussée, pour atteindre un virage en épingle à cheveux un peu plus loin. Sur place, Gabe exécute la dernière phase de leur évasion. D'un brusque coup de volant, il quitte la route et commence à gravir une colline boisée. Le terrain accidenté met à l'épreuve les pneus et la suspension, mais Gabe ne décolle pas le pied de l'accélérateur et les roues patinent dans le sol boueux, dérapant violemment dans des embardées qui manquent d'éjecter les trois hommes restés à l'arrière.

Une fois en haut de la colline, Gabe freine. Il leur faut une minute pour installer le lance-roquette que Martinez a fixé rapidement sur un affût de mitrailleuse. Le canon est dirigé à un angle de quarante-cinq degrés vers le haut. Le temps qu'ils s'apprêtent à tirer, deux bonnes centaines de zombies ont commencé à gravir la colline, attirés par le bruit et la lumière des phares.

Martinez arme le lance-roquette et appuie sur le déclencheur. Le projectile s'élance vers le ciel, décrit un arc au-dessus de la vallée en laissant une traînée lumineuse dans la nuit. La roquette tombe en plein milieu de la marée de zombies. À quatre cents mètres de la camionnette, le mini-champignon de flammes illumine d'une clarté orange les alentours, quelques fragments de seconde avant que le souffle de l'explosion se fasse entendre. Des particules enflammées montent dans le ciel, mélange de terre, de bois et de chairs, et un torrent de flammes se déverse dans un rayon de cent mètres, réduisant des centaines de morts-vivants en cendres, tel un immense autoclave. Les derniers zombies font demi-tour vers la lumière aveuglante qui les attire.

Loin de Woodbury.

Ils rentrent à la ville cahin-caha avec des pneus crevés, un essieu cassé, des fenêtres pulvérisées et les portières arrachées. Ils continuent de scruter les alentours derrière eux, guettant le moindre signe de la horde phénoménale, mais, à part quelques égarés en bordure des vergers, il ne reste plus d'elle que la clarté orange à l'horizon.

Personne ne voit Gabe glisser discrètement au Gouverneur un semi-automatique à crosse de nacre derrière le dos de Martinez.

— On a un compte à régler, toi et moi, lui annonce soudain le Gouverneur en posant le canon de l'arme sur sa nuque alors que la camionnette prend un virage.

— Finissons-en, soupire Martinez.

— Tu as la mémoire courte, mon gars, répond le Gouverneur. C'est le genre de saloperie qui arrive à l'extérieur de nos murs. Je vais pas te faire passer par pertes et profits, Martinez... En tout cas, pas tout de suite... Pour le moment, on a besoin l'un de l'autre.

Sans répondre, Martinez baisse les yeux vers le plancher métallique et attend sa fin. Ils entrent dans la ville par l'ouest et Gabe va se garer devant le circuit sur le parking de service. Les spectateurs continuent de pousser des cris, mais, d'après les sifflets et les huées, les combats ont dû dégénérer en mêlée générale. L'excentrique Monsieur Loyal du spectacle a disparu depuis plus d'une heure... mais personne n'a eu la présence d'esprit de s'en aller.

Gabe et Lilly descendent de la cabine et font le tour du véhicule. Recouverte d'une pellicule sanglante et visqueuse, Lilly, affreusement mal à l'aise, pose la main sur la crosse de son Ruger glissé dans sa ceinture. Elle ne parvient pas à réfléchir, c'est comme si elle était à moitié endormie ou assommée. En arrivant à l'arrière du véhicule, elle voit Martinez sans arme, recouvert de la suie projetée par le mortier, des éclaboussures de sang sur le visage, et le Gouverneur derrière lui, le canon de son .45 sur sa nuque.

Instinctivement, elle dégaine son Ruger, mais avant qu'elle ait pu viser, le Gouverneur prend la parole.

— Si tu tires, l'avertit-il, ton petit copain y passe. Gabe, prends-lui sa petite pétoire.

Gabe arrache l'arme à Lilly qui reste à fixer le Gouverneur. Au-dessus d'eux, une voix les hèle dans l'air nocturne.

— Hé !

— Martinez, dis à ton gars là-haut que tout va bien, ordonne le Gouverneur en se baissant.

Tout en haut du circuit, dans un coin des gradins, trône une mitrailleuse dont le long canon perforé est braqué sur le parking. Elle est manœuvrée par un jeune acolyte de Martinez – un grand Black d'Atlanta du nom de Hines qui n'a pas été informé de la tentative de coup d'État.

— Qu'est-ce qu'il se passe ? leur crie-t-il. On croirait que vous revenez de la guerre !

— Tout est OK, Hines ! répond Martinez. On a dû se fritter avec quelques Bouffeurs, c'est tout !

Le Gouverneur dissimule son .45 braqué dans les reins de Martinez.

— Hé, gamin ! lui crie-t-il en désignant du menton le bosquet d'arbres de l'autre côté de la route principale. Tu veux bien être gentil et dégommer les derniers qui arrivent entre les arbres ? Et quand tu auras fini, il y a deux cadavres dans le van à qui il faut flanquer une balle dans le crâne avant de les emmener à la morgue.

La tourelle de la mitrailleuse pivote en grinçant et tous se retournent vers les derniers zombies qui avancent d'un pas chancelant de l'autre côté de la route.

La mitrailleuse gronde dans un crépitement d'étincelles, pendant que le Gouverneur pousse Martinez vers le bâtiment.

La rafale de balles anti-blindage fauche les zombies qui sortent de la forêt. Les morts-vivants tressautent un instant dans une brume sanglante comme des pantins désarticulés. Hines vide toute une cartouchière sur les monstrueuses créatures. Puis quand il ne reste plus qu'un tas de bouillie fumante, le gamin laisse échapper un petit cri de victoire et se retourne vers le parking.

Le Gouverneur, Martinez et les autres ont disparu.

19

« Vous vous imaginez qu'on est dans une foutue démocratie ? »

La voix cassée du Gouverneur résonne sur les murs en béton de la salle en sous-sol. À l'origine prévue comme bureau pour accueillir les livres comptables et les recettes du circuit, la pièce a été vidée et le vieux coffre-fort défoncé. À présent, il ne reste plus qu'une longue table de réunion rayée, quelques calendriers érotiques aux murs, deux bureaux et des fauteuils pivotants. Le Gouverneur fait les cent pas, les pans de son manteau ensanglanté balayant le sol. Martinez et Lilly sont assis sur des chaises pliantes contre un mur, silencieux et abasourdis, Bruce et Gabe les tenant en respect. L'atmosphère de la pièce est électrique. « Vous avez l'air d'avoir oublié que cette ville fonctionne pour une raison et une seule, continue-t-il, le visage agité de tics résiduels provoqués par la décharge du Taser. Elle fonctionne parce que c'est moi qui la fais marcher ! Vous avez vu sur quoi on est tombés au-delà des fortifications ? C'est ce qui vous attend si vous avez envie d'aller vous balader ! Vous voulez un paradis utopique, une espèce d'oasis chaleureuse et douillette ? Appelez ce foutu Norman Rockwell ! On est en guerre, putain ! »

Il marque une pause, le temps de les laisser digérer ses paroles. Un lourd silence s'abat sur la salle.

« Demandez à tous ces cons assis dans les gradins : ils ont envie d'une démocratie ? D'un truc chaleureux et douillet ? Ou bien de quelqu'un qui dirige le bazar et leur évite de finir au déjeuner d'un zombie ! questionne-t-il, le regard flamboyant. On dirait que vous avez oublié ce que c'était quand Gavin et ses hommes dirigeaient ! On a repris cette ville ! On a… »

Un coup frappé à la porte l'interrompt. Il fait volte-face et aboie.) Quoi ?

La poignée tourne avec un déclic et la porte s'entrouvre sur le visage penaud du jeune de Macon, son AK-47 en bandoulière.

— Chef, les gens sont excités.

— Quoi ?

— Ça fait un bout de temps qu'on a plus de combattants. Il reste plus que des cadavres et des Bouffeurs qui tirent sur leurs chaînes. Mais personne s'en va… Ils sont tous bourrés et ils balancent sur les zombies tout ce qui leur tombe sous la main.

Le Gouverneur s'essuie le visage et lisse sa moustache de Fu Manchu.

— Dis-leur qu'il va y avoir une annonce importante dans une minute.

— Oui, mais…

— Dis-leur, c'est tout !

Le gamin hoche timidement la tête et tourne les talons en refermant la porte. Le Gouverneur jette un regard au grand Black aux vêtements couverts de sang.

— Bruce, va chercher Stevens et sa petite bonniche. Je m'en tape s'ils sont occupés, je veux qu'ils rappliquent tout de suite ! Et plus vite que ça !

Bruce glisse son pistolet dans sa ceinture et sort précipitamment. Le Gouverneur se tourne vers Martinez.

— Je sais très bien où tu as déniché ton Taser…

Le temps que prend Bruce pour aller chercher Alice et le médecin paraît interminable à Lilly. Assise à côté de Martinez, toujours gluante de sang, elle s'attend à prendre une balle dans le crâne à tout instant. Elle sent la présence de Gabe derrière elle, tout près, mais elle n'ose pas dire un mot. Martinez reste tout aussi coi.

Le Gouverneur ne pipe pas mot non plus et continue de faire les cent pas. À présent, cela est égal à Lilly de mourir. Quelque chose d'inexplicable s'est produit en elle. Elle pense à Josh en train de pourrir dans sa tombe et n'éprouve plus rien. Elle pense à Megan pendue au bout de sa corde et n'a aucune émotion. Elle pense à Bob qui sombre dans le coma. Plus rien de tout cela n'a d'importance. Le pire, c'est qu'elle sait que le Gouverneur a raison. Ils ont besoin d'un rottweiler, ici. D'un monstre qui repousse cette marée sanglante.

La porte s'ouvre sur Bruce accompagné de Stevens et Alice. Le médecin entre, sa blouse froissée, poussé par Bruce qui lui braque son arme dans les reins. Alice suit.

« Venez vous joindre à la fête, lance le Gouverneur avec un sourire glacial. Prenez un siège. Détendez-vous. Prenez votre temps. »

Sans un mot, le médecin et Alice traversent la pièce et vont s'asseoir à côté de Martinez et Lilly comme des enfants envoyés au coin. Le médecin fixe le sol sans rien dire.

« Maintenant que toute la bande est réunie, dit le Gouverneur en venant vers le quatuor, alors voilà : on va se mettre gentiment d'accord. Oralement. C'est très simple. Regarde-moi, Martinez. »

Celui-ci doit faire un effort surhumain pour relever le nez et croiser le regard noir du Gouverneur.

« Le contrat, ce sera ça : du moment que je tiens les loups en respect et que les assiettes sont pleines, me posez pas de questions sur la manière dont je m'y prends. »

Il marque une pause, campé devant eux avec les mains sur les hanches, dents serrées, en les fixant tour à tour. Personne ne pipe mot. Lilly s'imagine en train de bondir en hurlant, attraper un fusil et descendre le Gouverneur. Mais elle fixe le sol. Le silence s'éternise.

« Autre chose, reprend le Gouverneur en souriant, le regard froid. Si quelqu'un rompt cet accord, Martinez sera liquidé et les autres seront bannis. C'est pigé ? »

Il attend.

« Répondez-moi, connards ! Vous comprenez en quoi consiste l'accord ? Martinez ?

— Ouais, souffle celui-ci.

— J'ai pas entendu !

— Oui, j'ai compris, répète-t-il.

— Et toi, Stevens ?

— Oui, Philip, répond le docteur d'un ton méprisant. Très belle plaidoirie. Vous auriez dû être avocat.

— Alice ?

Elle hoche rapidement la tête.

— Et toi ? demande le Gouverneur à Lilly. On est bien d'accord ?

Lilly fixe le sol sans répondre.

— J'ai pas un assentiment général, là, insiste le Gouverneur. Je repose la question, Lilly. Tu as compris les termes de l'accord ?

Lilly refuse de parler. Le Gouverneur sort son Colt à crosse de nacre et pose le canon sur sa tête. Mais avant qu'il ait pu prononcer un mot ou tirer, elle lève les yeux.

— J'ai compris.

— Mesdames et messieurs ! la voix nasillarde du petit jeune grésille dans les haut-parleurs, résonnant au-dessus de la pagaille qui continue de l'autre côté du grillage.

Le petit groupe de spectateurs s'est éparpillé sur les gradins, mais tout le monde est resté. Certains sont vautrés, ivres, et fixent le ciel sans lune. D'autres se passent des bouteilles d'alcool, essayant de noyer les horreurs dont ils viennent d'être témoins.

Les plus ivres jettent des détritus et des récipients sur le terrain, tourmentant les Bouffeurs enchaînés qui s'agitent, impuissants, au bout de leurs chaînes en bavant. Les deux combattants morts gisent hors de portée des zombies sous les huées et les sifflets de l'assistance. Cela fait presque une heure que cela dure.

— C'est une annonce spéciale du Gouverneur ! grésille la voix.

Ces paroles attirent leur attention et la cacophonie de cris et de glapissements décroît. Les spectateurs reviennent en chancelant vers les gradins du bas. Quelques minutes plus tard, tous sont rassemblés sur le devant, derrière le grillage qui protégeait naguère les fans de courses automobiles des carambolages et des pneus en feu projetés hors de la piste.

— Applaudissez notre intrépide chef, le Gouverneur !

Sur la passerelle centrale, tel un fantôme, apparaît la silhouette au long manteau flottant dans le vent sous la lumière glaciale des projecteurs, couvert de sang et de boue, comme un général grec revenant du siège de Troie. Il se dirige à grands pas vers le terre-plein central et, debout entre les cadavres des deux gardes, il tire sur le câble du micro d'un geste sec comme sur un fouet et entonne :

« Mes amis, vous êtes tous rassemblés ici à cause du destin… Un destin qui nous a réunis… Et notre destin, c'est de survivre ensemble à cette peste ! »

L'assistance pousse une clameur avinée.

« C'est aussi mon destin d'être votre chef ! Et j'accepte ce rôle avec fierté ! Et s'il y a un enfoiré à qui ça ne plaît pas, qu'il vienne me le dire ! Quand il veut ! Vous savez où me trouver ! Il y a des volontaires ? Quelqu'un qui en a assez dans le ventre pour protéger cette ville ? »

Les voix d'ivrognes se taisent. Derrière le grillage, les visages se calment. À présent, on l'écoute.

« Ce soir, chacun d'entre vous sera témoin d'une nouvelle ère qui se lève sur Woodbury ! Ce soir, le système de troc est officiellement aboli ! »

Le silence s'abat sur l'arène. Les spectateurs, qui ne s'attendaient pas à cette nouvelle, dressent l'oreille.

« À partir de maintenant, les vivres et les biens seront récoltés pour tous ! Et distribués équitablement ! C'est ainsi que les gens gagneront leur place dans notre communauté ! En l'approvisionnant ! En se préoccupant du bien commun ! »

Un vieux bonhomme se lève en chancelant, son manteau claquant au vent. Il se met à applaudir en hochant la tête, le menton farouchement levé. « Cette nouvelle politique sera sévèrement appliquée ! Quiconque sera surpris à échanger des services de n'importe quelle sorte contre des marchandises sera contraint en châtiment de se battre sur le Ring de la Mort ! »

Il marque une pause en scrutant la foule, le temps de la laisser assimiler la nouvelle.

« Nous ne sommes pas des barbares ! Nous veillons sur notre prochain ! Nous nous occupons de nos frères ! »

À présent, de plus en plus de spectateurs se sont levés et le chœur d'acclamations rugissantes retentit dans les gradins. Les gens applaudissent, poussent des vivats et échangent des regards agréablement surpris, pleins de soulagement… et peut-être même d'espoir.

Il faut dire qu'à cette distance, derrière le grillage, la plupart d'entre eux, abrutis d'alcool et le regard vitreux, ne peuvent pas percevoir la lueur sanguinaire qui flamboie dans les yeux de leur bienveillant dirigeant.

Le lendemain matin, la mince jeune femme à queue-de-cheval se retrouve dans la puanteur fétide de l'abattoir des sous-sols du circuit.

Dans son gros sweat-shirt de Georgia Tech, avec ses bijoux achetés dans une brocante et son jean déchiré, Lilly ne tremble pas, elle ne ressent pas le besoin irrépressible de se ronger les ongles, ni la moindre tension ou le plus petit dégoût devant la tâche répugnante qui lui a été assignée en punition de sa complicité dans la tentative de coup d'État.

En réalité, elle n'éprouve rien d'autre qu'une rage sourde, tandis qu'elle s'accroupit dans la faible clarté de la salle souterraine, armée de sa hache en téflon.

Elle l'abat fermement, débitant la jambe coupée du Suédois posée sur le sol. Avec un bruit de succion, la lame s'enfonce dans l'articulation du genou comme un couteau de cuisine qui découpe une volaille. Du sang éclabousse Lilly sur le col et le menton. Elle y prête à peine attention tandis qu'elle jette les deux morceaux dans le sac poubelle à côté d'elle.

Il contient déjà des morceaux des cadavres du Suédois, de Broyles, Manning et Zorn, tel un chaudron d'entrailles, organes, calottes crâniennes, os et lambeaux de viande, recueillis et conservés au frais pour que continuent les jeux et que les zombies de l'arène restent dociles.

Lilly porte des gants de jardinage en caoutchouc qui, au bout d'une heure, sont devenus d'un violet noirâtre et c'est sa colère qui lui donne la force de poursuivre. Elle a équarri trois cadavres sans la moindre difficulté, sans prêter beaucoup d'attention aux deux hommes – Martinez et Stevens – qui travaillent d'arrache-pied chacun dans un coin de la salle sans fenêtres aux parois ruisselantes de sang.

Les réprouvés n'échangent pas un mot et le travail se poursuit pendant une demi-heure quand, aux alentours de midi, des pas étouffés résonnent dans le couloir. La serrure cliquette et la porte s'entrouvre.

— Je voulais voir où vous en étiez, lance le Gouverneur en entrant, vêtu d'un élégant gilet de cuir, un pistolet dans son holster à la cuisse, les cheveux tirés en arrière, découvrant son visage taillé à la serpe. Très impressionnant, comme boulot, commente-t-il en venant inspecter le contenu gélatineux de la poubelle de Lilly. Je viendrai peut-être prendre quelques morceaux tout à l'heure pour nourrir les affamés.

Lilly ne lève pas la tête. Elle continue de débiter, jeter et essuyer la lame de sa hache sur son jean. Enfin, elle traîne tout un torse encore pourvu de sa tête jusqu'à son plan de travail.

— Continuez, approuve le Gouverneur avant de se retourner vers la porte.

Alors qu'il sort, Lilly murmure quelque chose qu'elle est la seule à entendre. La voix qui hurle dans sa tête n'est plus qu'un chuchotement quand elle atteint ses lèvres, mais les paroles sont pour le Gouverneur.

— Bientôt, quand tu ne seras plus indispensable… ce sera *toi*.

Et elle abat de nouveau sa hache.

Table

Le Livre de Poche s'engage pour
l'environnement en réduisant
l'empreinte carbone de ses livres.
Celle de cet exemplaire est de :
500 g éq. CO$_2$
Rendez-vous sur
www.livredepoche-durable.fr

PAPIER À BASE DE
FIBRES CERTIFIÉES

Composition réalisée par DATAGRAFIX

Achevé d'imprimer en octobre 2012 en Espagne par
BLACK PRINT CPI IBERICA
Sant Andreu de la Barca (Barcelona)
Dépôt légal 1re publication : octobre 2012
LIBRAIRIE GÉNÉRALE FRANÇAISE – 31, rue de Fleurus – 75278 Paris Cedex 06

31/3483/0